威 尔 斯 科 幻 小 说 集

H. G. WELLS

[英]H.G.威尔斯/著　穆雷/译

IN THE DAYS OF THE COMET

彗星来临

大连理工大学出版社
Dalian University of Technology Press

图书在版编目（CIP）数据

彗星来临 /（英）赫伯特·乔治·威尔斯
（H.G.Wells）著；穆雷译. — 大连：大连理工大学出
版社，2018.9
（重读经典·科幻大师作品集 / 许钧，吴文智主编.
威尔斯科幻小说集）
ISBN 978-7-5685-1615-0

Ⅰ. ①彗… Ⅱ. ①赫… ②穆… Ⅲ. ①科学幻想小说
－英国－现代 Ⅳ. ① I561.45

中国版本图书馆 CIP 数据核字（2018）第 153940 号

彗星来临
HUIXING LAILIN

大连理工大学出版社出版

地址：大连市软件园路 80 号　　　　邮政编码：116023
发行：0411-84708842　　邮购：0411-84708943　　传真：0411-84701466
E-mail:dutp@dutp.cn　　　　URL:http://dutp.dlut.edu.cn
大连金华光彩色印刷有限公司印刷　　大连理工大学出版社发行

幅面尺寸：130mm×185mm　　印张：10　　字数：195 千字
2018 年 9 月第 1 版　　　　　　2018 年 9 月第 1 次印刷

责任编辑：于建辉　田中原　　　　　　责任校对：李宏艳
封面设计：奇景创意

ISBN 978-7-5685-1615-0　　　　　　定价：36.00 元

本书如有印装质量问题，请与我社发行部联系更换。

目录

生命因阅读经典更精彩

——《重读经典·科幻大师作品集》序

记得在三年前，有几位记者朋友来我家，说要看我的藏书。我和他们说，我的书不是拿来藏的，是用来读的。书架是开敞式的，架上的每一本书都像我的朋友，我都触摸过，阅读过，与之交流过，大部分书上还留下了我写下的或长或短的心得与体会。我喜欢读哲学，因为哲学探究人何以为人；我也喜欢读历史，因为历史阐明人何以成其为人；我更喜欢读文学，因为文学给人启迪，指明人何以丰富人生。昆德拉在《不能承受的生命之轻》中有一句话，说人生"没有草图"。无论精彩与否，人生都只有一次，不能重来。那么，如何了解人生，领悟人生，创造人生，让有限的人生活出无限的精彩呢？

回望走过的人生之路，我发现自己命中与书有缘：读书，教书，译书，编书，写书，评书。人生之精彩，各有各的理解与领悟，况且在技术高度发展的今天，人生在现实世界与虚拟世界中仿佛拥有了丰富的双重性，导向了无限的疆域。我的生命之花的确因书而绽放。我爱书，尤其爱经典。经典不应该是供奉在殿堂里的"圣经"，而应在阅读、理解与阐释中敞开生命之源。经典是读出来的，常读常新，在阅读与阐释中生成永恒的生命之流。

因为爱经典，所以我读经典，译经典。我译过雨果的《海上劳工》，巴尔扎克的《贝姨》与《邦斯舅舅》，参加翻译过普鲁斯特的《追忆似水年华》，还翻译过已然成为经典的当代作家昆德拉的《不能承受的生命之轻》与诺贝尔奖得主勒·克莱齐奥的《沙漠》与《诉讼笔录》。我还组织翻译"法国文学经典译丛"，主编法国浪漫主义大师《夏多布里昂精选集》以及已经进入法国文学殿堂的著名作家杜拉斯十五卷本的《杜拉斯文集》。在经典的阅读与翻译中，我得到了双重收获：一是经典滋养着我的人生；二是通过我的翻译与阐释，也在参与经典的创造。为此，我说过一句话：阅读参与创造，翻译成就经典。

正是基于这样的认识，我和老朋友吴文智先生经过多次交流，商定依托我主持的中华译学馆，组织全国优秀的翻译力量，译介一套《科幻大师作品集》，向广大读者倾心推荐威尔斯、凡尔纳、阿西莫夫等科幻文学大家的作品，一起重读科幻文学经典，让科学与幻想互动，拓展我们的想象世界，丰富我们的现实人生。有学者评论说："科幻历来有两大经典主题，一为星际旅行，一为生命智能。前者以宇宙为舞台，拓展人类生存空间的广度；后者以人为核心，探索生命自身生存的意义。"循着这两大主线，我们也许可以更好地把握科幻文学的发展脉络，但在不同的科幻大师的笔下，会呈现出异样的精彩与深刻。我一直觉得，只要人类有梦想，文学就不会死。重读科幻文学经典，放飞想象，拓展生命的空间，相信你的人生会闪现出属于你的精彩光芒。

许 钧

2018 年春

现代科幻文学的奠基者

——赫伯特·乔治·威尔斯

自 1818 年《弗兰肯斯坦》[1] 问世以来，科幻文学已经整整走过了 200 个年头。200 年来，科幻文学由浪漫主义催生的科学传奇逐步转变为由现实主义启发的现代科幻文学。作为将科幻文学由浪漫主义过渡至现实主义的一代大师，赫伯特·乔治·威尔斯自创作以来便在其别具一格的作品中融入对社会与科学的深刻思考，因而无论是在主流文学领域还是在科幻文学领域，都有着令人惊叹的成就与地位。在主流文学领域，威尔斯曾先后四次获得诺贝尔文学奖提名，与阿诺德·贝内特、约翰·高尔斯华绥并称作"20 世纪英国现实主义文学三杰"。在科幻文学领域，威尔斯

---

1 1818年，英国作家玛丽·雪莱出版了《弗兰肯斯坦》，该书被誉为第一部科幻小说。

被称为"科幻小说界的莎士比亚"，与儒勒·凡尔纳并称作"科幻大师中最闪亮的双子星"。

一

走进威尔斯

1866年9月21日，威尔斯出生于伦敦城外东南部的肯特郡。父亲约瑟夫是一位园丁，同时也是一名职业板球手，后靠经营一家小店为生；母亲莎拉是一家名为"上花园"宅邸里贵妇人的女佣。父母低微的社会地位和童年清贫的生活使威尔斯深切体会到底层社会的艰辛。

7岁那年，威尔斯意外跌断了胫骨。在养病期间，他在酷爱阅读的父亲的影响下养成了阅读的习惯。同年，威尔斯进入小学学习，阅读的兴趣伴随着他进入接下来的学生时代。10岁时他开始对写小说、画插画产生了浓厚的兴趣。

1877年，他的父亲在一次意外事故中成了跛子。这次事故产生的高额医药费使一家人的生活变得愈发艰难，家庭的收入越来越不足以支付孩子们的读书费用。两年后，13岁的威尔斯便早早进入社会谋生。

1880—1881年，威尔斯先后做过布店伙计、药店学徒、信差和小学助教，但都没做多久就被辞退。被辞退后，威尔斯便来"上花园"投靠母亲。而他就是利用在"上花园"这短短的接触上层社会的时间，琢磨出了使用望远镜观测天体的方法，并通过宅邸丰富的藏书，阅读了诸如伏尔泰的散文、斯威夫特的《格列佛游记》以及柏拉图的《理想国》等对其后来思想及文学创作具有启发作用的名家名著。在这期间，威尔斯还接受了不系统的教育，在一所中学寄读，以高于同龄人的禀赋学习了各种基础科学知识。

1883年，在最后一次做学徒后没多久，威尔斯想重回校园当助教。他曾经寄读的那所中学的校长很欣赏威尔斯，主动给他提供了职位。在当助教期间，威尔斯既是教员又是学生。在校长的热心协助下，他仅仅用了两年时间，便修习了文学、数学、地质学、无机化学、物理学、天文学、人类生理学、植物生理学等学科，不但通过了考试，还获得了奖学金。

就在优异的成绩换来奖学金的回报时，英国教育部门下发了一则通告：集合各地科学教员，统一组织到科学师范学校（后来的英国皇家科学院）的"教师训练班"进行培训，以提高其素质。当时这所学校恰好有一定的免费生名额，且每人每星期还能得到生活补助。对于一直在贫困中挣扎的威尔斯来说，这是一次从底层社会翻身的契机。

1884年，18岁的威尔斯顺利进入科学师范学校学习。这一年最令他兴奋的是他的生物学教师由大名鼎鼎的"达尔文斗士"托马斯·赫胥黎担任。在自传中，威尔斯曾饱含钦佩地回忆道：

"他用一种清晰而坚定的声音讲解着，不慌不忙，也不踌躇，不时转身在后边黑板上画些图解。在他继续讲之前，常常要把手指间的粉笔灰拂得干干净净，他是颇有洁癖的……由赫胥黎任教的生物学课程，在性质上是纯粹而精确地属于科学的。他除了充实、研究、完成在他范围内的知识以外，没有其他（如经济利益上的）目的……" [1]

然而，之后两年所修的物理学、地质学课程，由于教师授课的枯燥乏味，威尔斯的学习热情消耗殆尽，他将这种热情逐步转移到了创作上。在一次学生辩论会上，威尔斯偶然听到一个关于四维时空的宇宙理论的新观念，这对于当时的物理学宇宙观可谓一种新见解。他把握住了这种思想，在将其作为《时间机器》的理论设定基础之前，尝试着写了一篇题为《刚性宇宙》的思辨性论文。在大学期间，他还创办并主编了名为《科学学派杂志》的刊物。在 1887 年的学年测验中，他因地质学成绩不及格，没能在当年拿到学位，只好放弃学业回去教书。在教书期间，威尔斯曾试图锻炼瘦弱的身体，却伤病不断。他在一次足球比赛中遭到撞击，导致肾破碎和肺出血，被迫辞去了教职。在接下来的一段时间，威尔斯静心休养，并全身心投入写作。

1888 年，受纳撒尼尔·霍桑的作品《红字》的影响，威尔斯在《科学学派杂志》上连载了一部名为《时空长河中的寻金羊毛者》的小说，这就是他的成名作《时间机器》的前身。

1　H.G.Wells. 韦尔斯自传 . 方土人，林淡秋，译 . 上海：光明书局，1933.

1890 年，威尔斯通过了伦敦大学的考试，被授予理学学士学位。随后，他开始在大学函授学院教书，并尝试着给期刊与报纸投稿。他的《独特之物的重新发现》一文很快经由一个名叫弗兰克·赫里斯的编辑发表到了《半月评》上。威尔斯深受鼓舞，于是乘胜追击，将《刚性宇宙》一文寄出，并很快被赫里斯主动约见。赫里斯言辞激烈地表达了对《刚性宇宙》所涉及的四维时空理论的费解，并将论文底稿就此销毁。直到1894 年，当赫里斯成为《星期六评论》主编后才回忆起那篇稿件的价值，又悔不当初地向威尔斯约稿，并使其成为期刊的长期撰稿人之一。

这一阶段的威尔斯除了教师的身份外，还成了伦敦的一名记者。他担任的是类似今天公共知识分子的角色，对各领域的问题发表看法，甚至对通灵术也有见解。[1] 可以感受到的是，那时的他力图通过独到的理解力将科学知识加以通俗化表达，通过敏锐的察觉将社会问题予以深刻化呈现。

1893 年起，在做新闻记者的同时，威尔斯开始在伦敦各类刊物上发表短篇小说、评论以及各类主题的文章。这一年，威尔斯在工作的压力下又一次咳血，不得不在病床上休养数周。他最终决定放弃教学工作，专攻写作。

1895 年，威尔斯开始在《新评论》上连载《时间机器》，并于同年结集出版。《时间机器》为威尔斯赢得了巨大的声誉，他也以此为起点，创作出了一系列脍炙人口的科幻小说。

1 江晓原. 科学外史Ⅱ. 上海：复旦大学出版社，2014.

威尔斯十分关注社会问题，并于 1903 年受邀加入费边社，参与英国的社会主义改良运动，与萧伯纳等人结为好友。但最终因政见分歧而分道扬镳。

在第一次世界大战期间，威尔斯参与了国家联盟活动，前往各国访问并宣扬"世界国"理念，他的采访文章常常引起世界性的轰动。在第一次世界大战后，威尔斯用一年时间编写出了 100 多万字的《世界史纲》，这部历史著作一经问世，便使威尔斯名气大增，它的销量无论在当时还是在以后的数十年都位列前茅。[1]

诚如布赖恩·奥尔迪斯[2]所言："到了 30 年代，小说家威尔斯让位于世界名人威尔斯。他成了一个大名人，忙于规划一个更好的世界。他同高尔基交谈，与乔治·萧伯纳斗嘴，飞往白宫与罗斯福会谈，或者飞往克林姆林宫与斯大林会谈。"

1939 年，73 岁的威尔斯给自己写了一句简短的墓志铭："上帝将要毁灭人类——我警告过你们。"这句墓志铭深刻地反映了他对人类未来、科学未来的关注和担忧，也表明他的科幻小说具有警示灾难的意义。

即便是到了将要踏上人生归途时，威尔斯仍旧热心于公共事务。1946 年 8 月 13 日，威尔斯在伦敦病逝，享年 79 岁。

个人之于宇宙犹如一粟之于沧海。威尔斯知道，无论走访多少国家，途经多少城市，结交多少名人，其所能带来的影响、留

---

1 赫伯特·乔治·威尔斯.世界史纲.吴文藻，冰心，费孝通，译.南京：译林出版社，2015.

2 布赖恩·奥尔迪斯（1925—2017），英国著名科幻作家。

下的印迹与书籍传播的力量相比都将是微不足道的。书籍作为那个时代的最佳思想载体，有着无可比拟的延展性，而思想对于人类塑造文明、改变周遭环境的启迪无疑引领着我们一路走到了今天。

二
解读威尔斯

在威尔斯所处的时代，第二次工业革命如火如荼，社会生产力突飞猛进，划时代发明目不暇接，引发了人类社会各方面的空前变革。在科学技术和生产力发展的同时，国际形势风云变幻，帝国主义殖民地扩张与争夺空前激烈，维多利亚晚期的英国社会阶级分化严重，劳资冲突不断加剧。在这一时代背景下，威尔斯以其广博的自然科学知识、深刻的思想性、超凡的预见性及卓越的想象力，创作出了一部部引人入胜的科学传奇，开创了"时间旅行""外星人入侵""反乌托邦"等一系列题材的范式，并在作品中融入了富有预见性的观点和对人类社会深刻的洞察。

本套丛书选取了威尔斯最具代表性的中长篇科幻小说和短篇小说。这些中长篇科幻小说有科幻史上里程碑式的经典，也包括一些稍显冷门但仍然很具代表性的作品。其中，有广为流传的科幻经典《时间机器》和《隐身人》，也有知名度极高、曾在美国引起巨大恐慌的《世界大战》，还有被多次改编成电影的《莫罗博士岛》和《神食》，更有启发了"反乌托邦小说三部曲"的《昏睡百年》和影响了C.S.刘易斯"空间三部曲"的《月球上的第一批来客》，以及预言了原子弹的《获得自由的世界》、预言了"空中战争"的《大空战》、与《世界大战》有着千丝万缕联系的《新人来自火星》、威尔斯的第一部乌托邦小说《彗星来临》和寄托了威尔斯后期乌托邦理想的《神秘世界的人》。威尔斯的中长篇科幻小说读者并不陌生，一直被认为是现代科幻小说的先驱之作；而他的另一类短篇小说名篇，如《水晶蛋》《盲人乡》等则知者较少，但在他的整个创作中有着特殊的意义。下面按威尔斯创作这些作品的时间顺序做以介绍。

《时间机器》（1895）是威尔斯最早获得成功的一部科幻小说。威尔斯利用早在《刚性宇宙》就已阐述的观点，借"时间旅行者"之口解释了四维时空的概念，探讨时间旅行的可能性。故事的主人公"时间旅行者"发明了一部"时间机器"，乘上它就能够自由驰骋于过去和未来的世界。当他乘着机器来到公元802701年时，发现人类已分化为两个人种：一种是住在颓败宫殿中悠闲优雅、娇小柔弱的艾洛伊人；另一种是生活在地下的面目狰狞、终日劳动的莫洛克人。不劳而获的生活使艾洛伊人的体力和智力明显退化，而莫洛克人白天为艾洛伊人制造生活的必需品，夜晚却到地面上到处捕食他们。"时间旅行者"还来到了几百万年之后，那时人类已经灭绝，沙滩上只有巨蟹、蝴蝶、日食等复古图景。善于科学思辨的威尔斯对当时高度工业资本化而极度缺乏人文关怀的英伦社会有着丰富的阅历。他自幼就对斯威夫特的讽刺小说如痴如醉，因而在《时间机器》中继承了《格列佛游记》的衣钵，以斯威夫特式的辛辣调喻风格，尖锐地揭示了艾洛伊人与莫洛克人的畸形共生关系，并从进化论的角度出发，将人类历史演进中所要面对的冷酷现实与阶级暴力予以生动的体现，为社会分工最终演化为某种或然存在的恶性循环做出警示。

《莫罗博士岛》（1896）讲述了一个名叫莫罗的科学家，在一个无名的小岛上对各种动物进行活体解剖和器官移植，将其改造成兽人。这些兽人能直立行走，能讲话，具备人的某些特性，并且能够进行一些人类活动。莫罗试图对兽人进行肉体和精神的双重控制，却惨遭失败，最后和助手双双被兽人杀死。《莫罗博士岛》从古老神话传说与当时争议颇大的活体解剖实验中汲取灵感，结合威尔斯师从赫胥黎的经历以及对达尔文进化论的认识，从生物学角度构想出了"兽人合体"与"动物人化"的可能性。小说借由疯狂科学家莫罗的所作所为警示读者，却也为当今跨物种器官移植的动物培育技术提供了一个新的方向。

《隐身人》（1897）描写了穷困的研究员格里芬怀着极大的热情发明了一种隐身术，把自己变成了来去无踪的隐身人。这种"超能力"使他渐渐迷失了自我，企图依靠此发明建立一个"恐怖王朝"，使自己成为凌驾于社会之上的超人。最终隐身人在与人们的对抗中，跌入了犯罪的深渊，走向了毁灭的末路。《隐身人》异常大胆地想象了存在一种理论上可以改变身体折射率的药物，人服下后可以实现真正意义上的肉身隐形。如今隐形技术广泛地运用在军事上，却不是真正意义上的可见光波段隐形。而一种具有负折射率的人工合成材料——超颖材料——已经能够在微观条件下实现可见光波段的隐形。《隐身人》这部小说在某种程度上暗示了隐藏于社会之外的边缘人群的潜在矛盾，也从另一面揭示了受制于社会陈规约束的常人在脱离社会约束后可能带来的社会威胁，为社会忽视边缘人群提供了警示。

当《莫罗博士岛》和《隐身人》这两部作品将自玛丽·雪莱的《弗兰肯斯坦》以来塑造的"疯狂科学家"形象再度演绎时，我们会发现威尔斯笔下的两位科学家已然抛弃了弗兰肯斯坦还曾仅存的关乎伦理道德的愧疚之情，反而像斯蒂文森的《化身博士》里的海德先生一般，成为脱离社会约束的法外之徒。威尔斯或许从来都不会质疑科技的力量，却一度对科技力量之外所涉及的道德挑战与社会问题感到焦虑，并尽其所能地对个体获得科技力量后可能带来的负面影响做出令人赞叹的预想与反思。

《世界大战》（1898）据说源于威尔斯与兄长弗兰克的一次对话，这次对话中两兄弟讨论到了 19 世纪装备先进的英国殖民者对塔斯马尼亚土著实行种族屠杀这一话题。当时，弗兰克在讨论中设想了当天外来客如英国殖民者一般对待地球人类的情境，令威尔斯印象深刻，此后便将其通过《世界大战》呈现给世人。

故事中，入侵者并非敌国，而是地球以外的火星人。火星人被叙述成狰狞的怪物，且依靠吸食人类的血液为生。这些怪物在英国进行大肆破坏，而威尔斯却从一个寻常之极的市民视角，以荒芜萧索的笔触营造了一种凄凉的绝望，在平淡与挣扎中呈现世界由人间堕入地狱的恐怖末日……故事的结尾将末日的转折交给了为人所忽略的细微之物，着实耐人寻味，令人眼界大开。威尔斯所设想的突袭地球的火星人所使用的物理武器"热线"，尤似几十年后才实现的激光武器，而激光的理论基础——受激发射理论——在《世界大战》出版将近20年后的1917年，才由爱因斯坦发表的论文《关于辐射的量子理论》正式提出。

《昏睡百年》（1899）讲述的是主人公格雷汉姆在长期失眠后终于昏睡过去，醒来时却发现自己已然身处两百年后的世界。存款复利的神秘增长使他牢牢控制了世界经济，从而"莫名其妙"地成为世界之主，且有12名受托人以他的名义组成管理团体。管理团体对格雷汉姆的苏醒毫无准备，以至为了维护统治地位，试图隐瞒和控制格雷汉姆的行动。然而东窗事发，格雷汉姆最终还是成为反抗管理团体统治的人民领袖，与管理团体决一死战。而对抗管理会的革命者实际上也是为了私利在利用他。故事的结局，作为首领的格雷汉姆亲自架机阻击敌军——"尽管他不敢向下看，但骤然意识到大地已近在咫尺。"这是一部出彩的作品，其近乎反乌托邦的故事架构相当引人入胜。反乌托邦文学作为社会科幻小说中备受重视的子类型，以其颠覆人性长久以来对乌托邦的美好幻想而见长。在反乌托邦科幻小说中，极端化的政治、经济、宗教等意识形态是常见的社会背景，而《昏睡百年》虽然用了一个谈不上严肃的"长眠苏醒"设定，却能将两百年后的社会体系置于一个初看合理却极其恐怖的意识形态中预演。

《月球上的第一批来客》（1901）或许可以称为威尔斯版的《真实的故事》[1]。故事幻想了一位天才科学家卡沃尔研制出了一种"反重力"金属，在制成飞行舱后卡沃尔携朋友柏德福进行了登月实验。两位冒险者在成功登月后遭遇月球人追捕的惊险遭遇，展现了威尔斯天马行空的丰富想象力。小说中对于月球表面奇幻景色的描写与半个多世纪后人类真正登上月球时发回的照片也不无相似之处。威尔斯笔下的月球人是一种近似蚂蚁的"虫族"生物，它们十分脆弱，不堪一击。小说意在通过月球人的蜂巢思维剖析维多利亚时代的社会分工，将抹杀个人自由的管理体制进行戏剧化表达。

《神食》（1904）乍看之下很容易被误认作《莫罗博士岛》和《隐身人》的延续，从而被认为是对科技盲目发展和滥用的警示寓言作品，实则不然。故事讲述的是两位科学家发明了一种新的营养品"神食"，这种营养品能让食用者生长加速且变得巨大：鸡吃了后大得能食人，黄蜂和老鼠吃了后也能大得攻击人，婴儿

---

1 卢奇安的这部作品对威尔斯影响匪浅。卢奇安，又译琉善，古希腊讽刺散文作家、无神论者，其主要代表作品是讽刺散文《真实的故事》。在《真实的故事》中，主人公越过大西洋去旅行，经历了一连串令人难以置信的历险，如乘船时意外被吹到月球，之后还遭遇了太阳与月球军队争夺金星的战役等。

吃了后则很快长成巨婴乃至巨人。然而就在读者眼看着故事中的世界即将陷入一场恐怖的危机、人类社会将可能被斯威夫特笔下的"巨人国"所取代之时，威尔斯却笔锋一转，描绘起被排挤的巨人。这些巨人在人类的压迫下组成了一种"新人类"团体，为了突破传统人类的各种约束壁垒，最终决定奋起反抗，为自由而战。这种剧情上的转变与威尔斯那段时间世界观的转变是有联系的。在威尔斯看来，人类社会的矛盾冲突不是纯粹的利益之争，更不是简单的正邪对立、善恶分明，归根到底还是人性本质中的排异心理与人类社会日益演化形成的阶级隔离屏障作祟，这就使得吃下"神食"的巨人成了原始人类社会"党同伐异"的对象。而威尔斯则借巨人的抗争打通了这种社会阶级隔离屏障，意欲唤起人类在形成文明后所具有的同理心，从而实现某种意义上的阶级融合。"新人类"的存在将逐步消解人类的阶级隔阂，这样一场自由之战也将预示着人类在通过"神食"诱发人体改良后，将迎来一个或然存在的乌托邦。

《彗星来临》（1906）以一种散文式的记述，缓步推进着一个看似俗套的三角恋故事，却在关键节点上通过一条漫不经心的暗线将一次情杀危机反转，而故事也最终走向了一个充满光明、友爱等良善品质的乌托邦。故事背景是一颗彗星即将接近地球的消息不断在剧情中跟进，而情节上讲述的则是一位四处碰壁的主人公，在接连的失败与对刚刚分手不久的女友立即寻获归宿的妒意之下，决定谋杀前女友及其情夫。但就在下手的当晚，一颗彗星的尾巴扫过地球，通过与空气中的氮气反应产生"绿色烟雾"，给予世间人心以光明、友爱等良善品质。于是，世界变成了乌托邦，故事变成了大团圆。在《彗星来临》中，威尔斯最终想要表达的主旨，可以说就是在《神食》中还未到来的乌托邦图景。这种乌托邦式的理想社会在小说中最显著的一点即男、女主人公在彗星来临后消除私欲的过程。而在更深层次，威尔斯真正想要探索的还是一种破除传统道德束缚、打破阶级壁垒的美好新世界。

《大空战》（1908）一方面受莱特兄弟于1903年首次试飞成功后，各国精英对战场制空权思考的影响；另一方面又显然受到了 M.P. 希尔的小说《黄祸》（1898）以及1905年日俄战争的影响。故事讲述了身处社会中下阶层的主角意外卷入了德国空袭美国的战争，随之引发了一场飞艇对飞艇、飞机战飞机的世界性战争，整个世界陷入了空战。这样的战争最终无疑会把世界拖入万劫不复的末日之境，《大空战》中关于"废土世界"的结局书写与《时间机器》一般开放悲凉。《大空战》为我们呈现了另一种与《世界大战》相悖的末日殊途。具有敏锐洞察力的威尔斯再度通过小人物的视角预想出他想象的空中战场，并以其出色的社会寓言性指代了某种群体或团体在获得科技力量后对平民的威胁。

《获得自由的世界》（1914）以当时拉姆齐、卢瑟福、弗雷德里克·索迪等科学家的理论与发现为指导，并从索迪的《镭的介绍》（1908）一书中获取灵感，设想了一个人类广泛使用核能后的未来图景。威尔斯充分预见了核能产生后人类将其运用在武器上的可能性，并开创性地使用了"原子弹"一词来给故事中的一种能够加速核物质衰变、引发连锁反应的持续性燃烧弹式核武器命名，而故事中的"原子弹"也正如现实中一般，给世界带来了极大的震慑性后果。在小说后半段，当人类即将因滥用核武器而走向无可挽回的深渊时，威尔斯又借由一位具有远见卓识的政治家在各大国家中积极斡旋，最终让故事中那个硝烟四起的世界获得了自由。《获得自由的世界》以其在预想核武器的使用及应对核管控等方面的先见之明而显得格外不同寻常，但这部作品在展现威尔斯极为敏锐的洞察力的同时，也充满了对反战思想及世界主义的说教。这种立足于技术官僚与权威主义的乌托邦构想，几乎成为威尔斯中后期幻想作品的核心思想，这些小说也逐渐成为一种传播这类思想的说教工具。当然，尽管小说中那些饱含感染力的说教不可避免地削弱了阅读观感，但读者依然可以追寻到它的时代意义。

《神秘世界的人》（1923）可以看作威尔斯在积极投身反对战争、维护人权的国际联盟建设事业后，对重建人类文明满怀信心的蓝皮书。在《神秘世界的人》中，威尔斯将其中后期日渐成型的乌托邦蓝图描绘得细致考究。这部作品再次借助《时间机器》的四维时空理论设定，讲述了一位旅行者因为神秘世界的一次物质空间循环实验意外，莫名进入了一个被称为"乌托邦"的神秘星球。在这个"乌托邦"中，威尔斯通过旅行者的所见所闻，将这个神秘星球的美妙境况和盘托出，向世人展现一个曾经与人类面对过相同灾害与命运的世界，是如何依托于技术官僚的运作，发展出属于他们的高度发达的技术文明，以及仍在不断完善建设的"动态"乌托邦的。《神秘世界的人》所描绘的这种"动态"乌托邦，无疑是给同样存在诸多社会问题的世人提供了一种建设理想社会的参考。小说中对于人类科技发展带来的物质财富的激增所引发的生态灾害及人口爆炸等社会问题提供了理论指导，也深刻反映了威尔斯重视心理教育、关注生态环保等理念。

《**新人来自火星**》（1937）再次展现了《世界大战》中火星人的先进技术。《世界大战》中的火星人以激进暴力的方式对人类进行"革命式"入侵，而《新人来自火星》中的火星人则以渐进温和的手段对人类进行"改良式"渗透，从对社会变革角度的思考来看，简直与威尔斯一直身体力行的政治改良思想如出一辙。作品间接描述了一种来自火星人的长期外部干预。火星人通过发射宇宙射线的形式诱导地球人实现改良性质的突变，将人类转化为智力超群且足以构建地球乌托邦的新人类。主人公在听闻火星人发射宇宙射线对人类影响的坊间传闻后，对即将降生的孩子可能产生的变异感到不安。直到他最终发现，自己早已是被改良的新人类，而新世界的秩序与乌托邦未来，由他们这些伟大的新人类联合起来方能重塑。有评论家认为，这部充满超人式设定的作品在欧洲法西斯主义盛行时期，"不合时宜"地表露出了威尔斯对权威主义的改良幻想。倘若仔细观察作品中极富隐喻色彩的预言与文字，读者也能从另一角度感受到威尔斯真诚而严肃地探讨摆脱现实世界纷乱秩序的努力。

像众多科幻名家一样，威尔斯在进行中长篇科幻小说创作之前，也是通过在各类刊物上发表短篇小说积累写作经验的。从1893年起，威尔斯发表了一系列短篇幻想作品。其中最具野心的早期作品是在《蓓尔美尔街公报》发表的短篇——《公元100万年之人》（1893）。这篇小说大胆地描述了一种在自然选择下最终重塑的人类：一种因为太阳冷却后被迫撤离到地下的生物，他们有着硕大的头颅、巨大的眼睛、纤细的双手，躯干部分则占其中的一小部分，这种人类只能永久沉浸在营养液中。这种新人类的设定很容易令人联想起《时间机器》里生活在地上的艾洛伊人与生活在地下的莫洛克人的部分特征，从而奠定了威尔斯在创作初期对于人类异化或演化主题探索时频频涌现的社会寓言特质。其他作品还有《飞人现世》（1893）、《人的灭绝》（1894）、《浅游太阳》（1894）等，其中《浅游太阳》讨论了硅基生命的可能性。他早期集中出版的短篇小说集《失窃的细菌与其他事件》（1895）中收录的《失窃的细菌》《奇兰花开》《怪物大闹天文台》等作品在惊险程度上虽然不如前述短篇，却也对后世作品产生了一定的影响，如克拉克的短篇作品《扭捏的兰花》就提到了《奇兰花开》。

19世纪末，威尔斯在短篇主题创作上的想象愈发大胆。这在其1895年以后的短篇《手术刀下》（1896）、《天外来客撞击地球》（1897）、《一个石器时代的故事》（1897）、《水晶蛋》（1897）、《能够创造奇迹的人》（1898）中足以见得。《天外来客撞击地球》

讲述的是不明天体向地球逼近的灾难故事。值得注意的是，类似的情节在《彗星来临》亦有体现，相信两者之间在创作上也联系匪浅。在《水晶蛋》中，威尔斯通过一种"以小见大""以平凡见证奇迹"的叙事策略，将科幻小说中揭示未知世界时的惊奇感，在与之形成鲜明反差的平凡现实中进行演绎，并从中下阶层的小人物视角出发，见证"水晶蛋"中诡异神秘的世界。

到了20世纪，威尔斯的短篇幻想作品同样不乏佳作。《新时间加速剂》（1901）以一种漫不经心的方式对科技新发明可能带来的社会问题进行了探讨。《盲人乡》（1904）被许多西方评论家认为是威尔斯最好的短篇小说。尽管这篇小说并不描述未来，而是描述遥远的山谷，但它具备了科幻小说的全部要素，使读者动摇对传统的信心，并引发人们去思考事物的本来面貌。[1]《墙上之门》（1911）以主人公的成长为线索，通过对比在"梦幻花园"内、外的成长过程，揭示了工业革命对现代文明生活方式的影响。

威尔斯把科学幻想和人类的发展结合起来，以深切的忧患意识关注人类未来和科学未来。其远见卓识的抗争意识与精雕细琢的艺术追求，又体现了其不囿于特定时空的超越精神。威尔斯的科幻小说体现了在所处时代对人类未来的想象与思考，其思想源于维多利亚时代的历史环境与文化土壤，因而有一定的局限性。我们应该从其生活的时代出发，取其精华，对所涉及的政治性、思想性内容进行辩证的思考与择弃。

1　詹姆斯·冈恩. 过眼云烟：英国科幻小说. 北京：北京大学出版社，2008.

三

重读威尔斯

经典作品是那些你经常听人家说"我正在重读……"而不是"我正在读……"的书。即使我们初读也好像是在重温以前读过的东西，每次重读都好像初读那样会带来发现。我们越是道听途说，以为懂了，当实际读时，就越是觉得它们独特、意想不到和新颖。[1] 威尔斯的科幻小说就是这样的经典。科幻小说作为一种与科技发展有密切联系的文学类型，犹如一架人类的望远镜，遥望着浩瀚的天河，对科技发展带来的种种可能性，对社会的潜在影响进行提问、预测、探讨与思辨——这亦是现代科幻小说的核心精神。而这一精神的源头正是威尔斯。

威尔斯所处的时代正值人类历史的转折点。他出生的那一年，德国工程师西门子发明了世界上第一台大功率发电机，标志着人类进入了电气时代；他逝世的那一年，世界上第一台电子计算机诞生，掀开了信息时代的序幕。其人生横跨的两次工业革命颠覆性地改变了人类文明的发展进程，科技、政治、经济的变迁使得世界发生着难以想象的变化。正是在这种时代背景下，威尔斯对科技前景和社会现实进行了可信的分析与预测，对当时的诸多问

---

1 伊塔洛·卡尔维诺.为什么读经典.黄灿然，李桂蜜，译.南京：译林出版社，2012.

题都有深入的探究与思考。他一方面肯定科学技术的巨大作用，另一方面也意识到当科技被枉顾伦理道德之辈利用时，人类将会为此付出惨痛的代价。除了创作针砭时弊、充满寓言色彩的作品外，胸怀社会改良理想的威尔斯还身体力行地参与政治活动。尽管威尔斯的作品及其对社会问题的思考具有一定的历史局限性，但无疑对那个时代产生了深远的影响。

正是由于这种特殊的生平背景，以及艺术想象、科学警示、社会批评相结合的创作手法，使得威尔斯的作品具有深刻的思想性和恒久的生命力。在 100 多年后的今天，人类文明又一次面临重大拐点，随着以人工智能为核心的"第四次工业革命"的到来，各项重大技术创新即将在全球范围内掀起波澜壮阔、势不可挡的巨变[1]。作为曾经变革浪潮的亲历者和预言者，威尔斯在作品所展现出的预见性和对科技、社会问题的思索，在照亮那个时代的同时，也冥冥中关照了人类未来相似的发展境遇。也因此，时至今日，我们依然需要去聆听这位科幻先知的思想，去感受现代科幻小说发轫阶段所寄托的希望与沉思，去体会在激荡的洪流中一个知识分子的理想与信念。

或许，当 1895 年威尔斯写出《时间机器》的那一刻，他便真的发明了一台"时间机器"，并乘着它到达了未来，带回了警示的讯息。后世的科幻作家无不踏着这位前辈的脚印，乘坐这台机器，开启了一次又一次抵达未来的旅程，捎回一封又一封来自

---

1 施瓦布.第四次工业革命.北京：中信出版社，2016.

未来的信，谱写了科幻 200 年间一段又一段波澜壮阔、气象万千的乐章。如今，与未知同行的这一代人，或许很渴望也有一台这样的"时间机器"，以便到达未来一探究竟，用更有远见的视野指导今天的生活。若真是这样，拜访这些乘坐过"时间机器"的科幻作家或许是一个不错的方法。当然，最应该拜访的当然是那个发明了"时间机器"的人。他是社会科幻的领路人，更是现代科幻的奠基者，他是 H.G. 威尔斯。

《科幻世界》 陈 俊
2018 年夏

在塔楼里写作的人

我看到一位头发灰白、精神矍铄的老人正坐在桌前写作。

他似乎是在一座极高的塔楼里，从他左边高大的窗户看出去，只能感受到距离，可以遥望海平线，看到海岬，数英里外，在夕阳的映衬下薄雾蒙蒙，光影闪烁，看得出是座城市。室内一切家具摆设都井井有条、美观典雅，精巧而又略有差异。这一切对我来说，既新奇又陌生。我说不出来这是一种什么样的风格，老人衣着简朴，看不出朝代与国籍。我想这大概就是所谓"欢乐未来""理想国"或者"纯朴梦境"了吧。飘忽不定的记忆、亨利·詹姆斯的话语，还有"六好地方"的故事，纷纷在我脑海中闪现又匆匆流逝，不留痕迹。

老人在用自来水笔一样的东西写作，那种现代风格不容你回顾历史，他文笔流畅，从容不迫，每写完一页，就把它放到窗下一张别致的小桌上那一摞不断增高的稿纸上。刚刚写完的这几页没放整齐，斜压在其他稿纸上面，夹成一叠。

　　他显然没有意识到我的出现，我也就站在那里等待他歇笔。他虽然年事已高，但写起字来手却一点也不颤抖。

　　他头顶上歪歪斜斜地高悬着一面凹面镜，镜中的变化深深地吸引了我的注意力。我抬眼望去，所见之处反射出豪宅、露台、长街的模糊透视图。这透视图中的一切皆已被扭曲放大，看起来十分古怪，却又色彩明快。长街上来来往往的人群由于凹面镜的弯曲而被放大，脱离了实际的样子。我迅速转过头来，以便透过身后的窗户看得更加清楚，但直接俯瞰近景对我来说又太高了，片刻停留之后，我又把目光收回，投向那面凹面镜。

　　正在这时，老人放下笔，靠在椅子上，发出一声长叹："啊，工作啊工作，真是喜人又累人！"这是一位笔耕不辍者的抱怨。

　　"这是什么地方？"我问道，"你是谁？"

　　他四下打量了一下，脸上掠过一丝惊讶。

　　"这是什么地方？"我又问了一遍，"我这是在哪里？"

　　他皱起眉头，凝视了我片刻，然后表情柔和下来，面露微笑，指着桌旁的椅子说："我在写作。"

　　"写这个吗？"

　　"写巨变。"

　　我坐了下来。椅子非常舒适，所放的位置采光也好。

　　"要是你愿意看的话——"他说。

　　我指着手稿问："这能说明你在写什么吗？"

"可以。"他答道。

他一边瞧了我一眼,一边又抽了一张纸放在面前。

我把目光从他身上移开,扫视了一眼房间,又落回小桌上。一叠清晰地标有"1"的稿纸引起了我的注意,我拿了起来。在他友好的目光中我笑着说:"真棒。"突然就感到放松了。他点点头,又继续写了起来。我带着信任与好奇读了起来。

以下就是那位慈眉善目、才思敏捷的老人在那样舒适惬意的环境中写下的故事。

上篇

彗星

第一章
阴影里的尘埃

一

我一直埋头于巨变故事的写作，目前这对我的个人生活以及与我关系密切的一两个人的生活产生了一些影响，主要还是自娱自乐。

很久以前，在我坎坷悲惨的青年时代，我就怀有写书的梦想，偷偷地写初稿、做作家梦最能使我感到欣慰。我怀着艳羡的心情贪婪地阅读了所能找到的一切有关文学界和文学家事迹的只言片语。处于眼下这种无忧无虑的状态，找时间寻机会写点什么，哪怕是在一定程度上实现这些往日无望的梦想，也是挺有意思的。然而，世上可供老人选择的兴趣也是花样繁多，与日俱增，仅仅是实现梦想的理由还不足以使我长坐桌前，静心写作。写作能够

5

使自己对过去进行一些总结，对于维持内心世界的连续性很有必要。岁月变迁终究会使人回首往事，一个人七十二岁时对青年时代的重视，要远超过四十岁时对青年时代的重视。我已经告别青春岁月，昔日的生活似乎已与新生活截然两分，如此陌生又如此不合情理，有时甚至令人难以置信。岁月已流逝，旧建筑、老地方都踪迹难觅。不久前的一个午后，我在穿过一片荒野时突然停下，这片荒野正是斯瓦辛格利向着利特方向延伸的荒凉郊区。我问自己："当时我蹲伏在杂草与杂物丛中，摔碎陶器，上好左轮手枪准备杀人，就是在这里吗？我的生活中真的有过此事吗？我果真有过这种心境、这种想法和这种意图吗？还是说，梦境中某种稀奇古怪的噩梦之幽灵将虚拟记忆投入我已然湮灭的生活记忆之中？"一定会有许多人有着相同的困惑。正在成长的一代人要接替我们从事人类的伟大事业，就会需要许许多多像我所写的这类故事，哪怕是在我们的好日子来临之前记录这个旧世界的阴暗面。我的故事恰巧就是巨变的典型事例，我是在一阵突然迸发的激情中偶然发现巨变的，一桩稀奇古怪的突发事件把我推进了某种新秩序的中心。

记忆将我带回半个世纪前的一间光线昏暗的小屋，屋里一扇格窗向繁星密布的夜空敞开着，我立刻闻到了小屋特有的气味，是那盏装饰简陋的油灯发出的刺鼻气味，灯里烧着廉价煤油。用电照明十五年前就已经十分完善了，但仍有很多地方使用这种灯盏。此情此景在我脑海中至少引起了嗅觉上的共鸣。那是这间小屋夜晚的气味，白天它会散发出淡淡的清香，一种若有若无的特殊的辛香，不知为什么我把这种气味与灰尘联系在一起。

让我详细描述一下这间屋子吧。房间大约有八英尺长，七英尺宽，高度倒比这两个数字大出不少。石膏做的天花板已有裂缝，到处凹凸不平，被煤油灯的烟熏得灰蒙蒙的，有一处被天花板上渗出来的潮气染成黄色和橄榄绿色。墙上贴着暗褐色的墙纸，上面斜印着暗红色的图案，有点像鸵鸟的卷毛，或是像已经黯然失色、行将枯萎的莨菪花。墙上有几大块石膏糊的补疤，那是因为帕洛德想把钉子打进墙里却又徒劳无功而留下的痕迹，否则他会在那上面挂上几幅画呢。有一颗钉子在两块砖之间找到了立足之处，上面挂着帕洛德的悬挂式书架，靠着磨损打结的窗帘绳勉强没有掉落，书架的板条上刷了一层油腻腻的蓝色磁漆，上面又用大头针粗粗钉了一缕美国油布做装饰。书架下方是一张小桌，似乎能把任何突然塞进来的双膝狠狠卡断；桌上蒙着一块桌布，帕洛德的多用墨水瓶不留神被打翻过，使桌布红黑相间的图案不再那么单调了，桌上最醒目的地方立着一盏台灯，散发出燃料的气味。这盏灯是用发白的半透明的东西做成的，可那东西既非陶瓷又非玻璃。灯罩是用相同的材料制作的，一点儿也起不到保护眼睛的作用，它似乎极能适应使下述事实更加显著的需求。那就是此灯一经点燃，灰尘和煤油就会满不在乎、随随便便地在灯罩外面安营扎寨。

这套房间凹凸不平的地板木条上刷的巧克力色磁漆已经斑斑

驳驳、擦痕累累，地板上一小块磨破了的地毯在灰尘和阴影中影影绰绰现出形状。

　　屋里有一个很小的壁炉，炉栅是用铸铁做的，漆成了浅黄色，外面一只铸铁护栏更小，更不相称，露出灰色的壁炉铺石。壁炉里没有生火，在炉栅后只能看见一些碎纸片和一碗掰断的玉米芯，角落更深处有一只棱角分明、刷了亮漆的煤箱，上面吊着一只破合页。每一间房屋分别用不同的壁炉取暖，生成的灰土多过热量，这在当时却是一种习俗。无须任何过多的说明，从摇摇晃晃的格窗、小型烟囱和关不严实的门上可以想象房间通风良好。

　　房间的一边放着帕洛德装有脚轮的矮床，床上铺着灰蒙蒙的床单，上面又蒙着一块用各色花布拼成的旧床罩，箱子和类似的小家具上都蒙着相同的罩单。窗户两边的角落各挤放着一只旧古董架和脸盆架，上面乱放着几件简陋的盥洗用具。

　　脸盆架用松木制成，制作者用边角料随意做了这只脸盆架，他企图用接缝处和架腿上引人注目的瘤节装饰物来掩饰粗糙的做工。这件作品后来落到了某个悠闲的人手中，这人有一罐咖啡色的油漆、一罐清漆和一套折叠梳。他准是先给脸盆架刷上一层油漆，再涂上一层清漆，然后用梳子在上面划条纹，把清漆划成某种形状怪异的木材纹路。把脸盆架做成这副模样，显然是为了在粗暴使用中延长寿命，它饱经削凿、脚踢、劈裂、拳打、玷污、烧灼、锤打、干燥、潮湿、腐蚀，除了没有经过火灾和擦洗，几乎经历了所有可能的冒险，最后它来到帕洛德这个顶楼上的高级避难所，用以维持帕洛德个人清洁卫生的基本需求。脸盆架上主要放有一个脸盆、一壶水和一只马口铁做的污水桶，此外还有一块放在肥皂盒里的黄肥皂、一把牙刷、一把马尾毛做的剃须刷、一条浮松布毛巾，以及其他一两件小物品。当时只有非常富裕的人家才用得起比这更高级的设备，而且帕洛德所用的每一滴水，都是由一名倒霉的女用人（帕洛德管她叫"女佣"）从房子的底层提到顶层，用完之后再从顶楼提下去的。个人清洁其实并不是个古老的发明。实际上，帕洛德一辈子都没有脱掉衣服去游过泳，从童年时代起，也没有把全身浸泡在水里洗过澡。我所述故事的那个年代，五十个人[1]都找不出一个人这么做。

一口大衣柜，也被漆出奇特的木材纹路，两只大抽屉和两只小抽屉都装着帕洛德的换洗衣服，门后的挂钩上挂着两顶帽子，这就是他"卧室兼起居室"的全部家当，巨变之前我了解的就是这个样子。可是我却忘记了还有一把带有厚靠垫的椅子，用以勉强弥补藤椅座位的不舒适。之所以一下子没想起来这把椅子，是因为我在开始讲故事的时候恰好就坐在这把椅子上。

我之所以这样详细地描绘帕洛德的房间，是因为这会帮助理解书中前几章的中心思想。可是你千万不要以为，当时这种独特的家具陈设或煤油灯的气味使我把注意力集中在一些细枝末节上。我注意这些令人不愉快的脏东西，似乎这就是我能想到的最自然、最合适的生活环境，这就是我所熟悉的世界。当时我的头脑中装满了紧张严肃的问题，只有在现在，在遥远的回顾中，我才认为周围环境的这些细节值得注意、意味深长，它显然正是我们心中旧世界杂乱无章的表现形式。

二

帕洛德站在敞开的窗前，手中拿着看戏用的小望远镜，搜寻着彗星，找到了彗星，又看着彗星逐渐模糊，直至消失。

当时，我正想谈点别的话题，所以觉得彗星不过是个让人讨厌的东西。可是帕洛德却醉心于彗星。我脑袋发热，烦恼和痛苦交织在一起，难以平静。我想向他敞开心扉，至少想通过对自己困境中的一些不切实际的描述来宽慰自己，所以对他所说之事没怎么在意。我还是第一次听说，在浩瀚的天空中那数不尽的点点繁星中有这么一颗新星，倘若不是又一次听说，我是不会留心的。

帕洛德与我年纪不相上下，他二十二岁，比我大八个月。但是我们从事不同的职业，对于欧弗卡斯尔的小律师来说，称他"迷人的职员"还挺名副其实，而我那时在克雷通罗顿的瓷器厂里是办公室三名职员中的一名。我们首次相遇是在斯瓦辛格利基督教青年会的"议会"上。后来还发现，我们同在欧弗卡斯尔读书，他学科学而我学速记，从那时起我们就一块儿步行回家，由此建立了友谊（斯瓦辛格利、克雷通和欧弗卡斯尔是连片的小镇，属于米德兰大工业区）。我们彼此分享对宗教存疑的秘密，互相袒露对社会主义的共同兴趣。他曾两次在星期天晚上到我母亲家来吃饭，我也经常自由出入他的公寓。我记得他当时长得高大魁梧，亚麻色头发，脖子和手腕长得不成比例，他的性格热情开朗，又稍微带点内敛的羞涩。他每周用两个晚上去上夜校，在欧弗卡斯尔组织严密的科技学校读书，自然地理学是他最喜欢的"科目"。通过这种潜移默化的影响，星际空间的奇观塞满了他的脑海。他的叔叔在荒野那边的利特经营农场，那架看戏用的小望远镜正是从他叔叔那里要来的。此外，他还买了一张廉价的纸本星座图和一本《惠特克历书》。在那段时间里，观星是他生命中唯一满足的现实，而日光高照或月光太亮时会扰乱观星。星空深不可测，宽广无垠，多少谜一样的可能漂浮在这未经探测的深邃中，不见天日，他正是为此沉迷。经过无数次努力，凭借《天空》上一篇文章的确切说明（《天空》是份月刊杂志，专门迎合沉迷于此的读者），他终于得以用这架看戏用的小望远镜来观察从外层空间到我们太阳系造访的新客人。他欣喜若狂地凝视着在一片闪烁的星光中那隐约闪现的小光点，一动不动。我就得无比耐心地等在一边。

"真棒啊！"他叹了口气，接着，好像强调得还不够似的，又感叹了一声，"真棒呀！"

他转向我问："你想不想看看？"

我不得不去观看一下，接着就不得不听他给我讲述。这难得一见的入侵者是一颗彗星，而且它现在还是我们所能见到的最大的彗星，其轨道如何把其与地球数百万英里的距离变得仅仅一步之遥，好像帕洛德就是这么认为的。他还给我讲望远镜如何揭示其化学秘密，又如何因其前所未见的绿色波段而困惑。彗尾向着太阳方向舒展，这个舒展方向非常罕见，而这也被拍下来了（这条彗尾眼下又缩卷起来）。在此期间，我首先想到的就是内蒂·斯图尔特及其刚刚写给我的书信，接着就会想到老罗顿那张可憎的面孔，就像我那天下午见到的一样。我盘算着怎样答复内蒂，怎样本该早早答复雇主的回话，然后"内蒂"又在我脑海里来回闪现……

内蒂·斯图尔特的父亲是富有的维罗尔先生遗孀的园丁领班。我和内蒂还没到十八岁时就吻过对方，成了恋人。我的母亲和她的母亲是远房表姐妹，也是老同学。后来，由于一场火车事故，我的母亲过早地孀居，不得不出租住房（她是克莱顿牧师的房东），她的社会地位已经远远低于斯图尔特夫人了，但她保持着偶尔造访位于切克希利托尔斯的园丁小屋的习惯，这使得她们仍然维系着友谊。我一般都与她一起前往。我记得，7月的傍晚金光灿烂，久不入夜，当然，最后会出于礼貌将一切交予明月高悬、疏星几颗的夜晚。正是在其中的一个傍晚，我和内蒂在紫衫步道交会之处的金鱼池旁许下了初恋者羞涩的海誓山盟。我仍然记得那种奇遇所带来的激情，一回忆起这种激情，我就会激动不已。内蒂身着白装，从她黑亮的眼睛上面看去，她的头发乌黑柔亮，卷成大波浪。在她富有立体感的漂亮脖子上戴着一串小巧的珍珠项链，项链中间隐约可见一枚精巧的金币。在她半推半就中我亲吻了她的朱唇，在随后的三年里——哦，不！在我和她的余生中，我差不多都在想着，我可以为她赴汤蹈火。

当时的世界与现在的世界有天壤之别，而理解这种区别的难度与日俱增。当时的世界一片黑暗，到处是本来可以避免的混乱、疾病和痛苦，充满粗暴和冒失愚蠢的残酷行为，然而，也许正是由于这一片黑暗，才会有难得的、短暂的美妙瞬间。这种美妙的瞬间，我似乎不大可能再次经历。巨变已然来临，我们周围一片幸福美好，和平降临地球，全人类都能受益。没有人愿意重温昔日全人类伤心的旧梦，往日的痛苦记忆一旦被旧话重提，其灰蒙蒙的幕帘就会不时地被强烈的愉悦感一而再、再而三地戳破，被敏锐的理解力所揭穿。在我看来，这种敏锐的洞察力如今已从我们的生命中消失殆尽。我想知道，巨变是否剥夺了生命的极致？或者说是否正因为发生了巨变，青春才离我而去？眼下我甚至连中年的精力也不复存在，它带走了绝望和狂喜，只留下批评，或许还有同情与记忆。

我不确定，大概一个人得年轻一点，而且要永葆青春，才能解决那无法解决的问题。

或许，即使是那个旧时代的冷静观察者也很难从我们的组合中发现什么美感。我用来写作的办公桌上就有我们的两张照片，照片里有一位身着并不合体的成衣的腼腆青年，还有内蒂——内蒂的穿着打扮确实不怎么漂亮，态度也非常拘谨。但我能够透过照片看到她那生气勃勃的样子，她对我的莫名吸引力又浮现在我的脑海里。她的面容掩盖了摄影师的不足，否则我大概早就不知道把这张照片扔到什么地方去了。

美好的现实无法用语言来表达，愿我拥有与画家一样的妙手，能在闲暇时画出语言不能描述的东西。她眼中流露出庄重的表情，上嘴唇有一种极其细微的与众不同的表情，因此她闭着嘴巴，温柔可亲，脸上挂着甜蜜的微笑。那是一种端庄而又甜美的微笑！

我们接了吻，并决定暂不将我们做出的不可改变的选择告诉自己的父母，然后就到了分别的时刻。我俩都羞羞答答的，在别人面前还要遮遮掩掩。我和母亲穿过月色溶溶的公园走回切克希利火车站，回到我们位于克莱顿的黑乎乎的地下室。受惊的小鹿跑过公园里的欧洲蕨丛，树叶沙沙作响。在此后将近一年的时间里，我再没见过内蒂，只能在心里暗暗地想她。到了再次相遇时，我们决定一定要通信。我们相当精心地保守秘密，因为内蒂不想让任何人——包括她唯一的妹妹——了解她的恋情。所以我每次给她寄信时，要先把这珍贵的书信封好口，再写上她的一名同窗挚友的地址，这位挚友家住伦敦附近。至今我都能写出那个地址，尽管郊区、街道和房屋早已面目全非，无影无踪。

通信使我们疏远起来，因为这是我们初次开始感官以外的接触，我们的心灵在寻求沟通。

现在你一定会理解，昔日的精神世界多么陌生，其中充满了陈腐的、不适合的程式套语，曲曲折折简直就像迷宫，满是无关紧要的套话和删改、谦辞、惯例、托词。我是母亲带大的，她的信仰老旧而狭隘，这信仰有一些宗教信条，有一定的行为准则，对社会和政治秩序也有一些理念。与其说这些东西已经与现实以及日常生活需求关系不大，不如假定它们是已经与薰衣草一同收入抽屉的洁净亚麻布。的确，她的宗教信仰真有薰衣草的气味。每逢星期天，她就把现实生活中的一切都抛诸脑后——包括服装，甚至每日必用的装饰品——把双手藏进精心缝补过的黑手套里。这双手骨节突出，还由于常常洗涮物品而皲裂。她穿上黑丝旧套裙，戴上帽子，又洁净又恬静，精心打扮了一番，带我去教堂。我们在教堂唱诵圣歌，鞠躬行礼，听别人声音响亮地祈祷，然后也一起响亮地应答，听教父赞美上帝，跟众人一道站起身来，松一口气，振作精神，心情舒畅。随着一声"向圣父圣子行礼！"我们毕恭毕敬地弯腰鞠躬，聆听简短的布道。

我家的小个子胖房客加布比塔先生像伊丽莎白时代的祈祷者一样坚定果断，像是要让上帝赐予母亲特别而罕见的利益。加布比塔先生有时确实还甦"关注"我，他劝我毕业离校后继续读书学习，胸怀世上最美好的愿望，同时也对时代产生的毒害有所预期。他把伯布的《答不疑论》借给我看，把我的注意力吸引到克莱顿学院的图书馆。

杰出的伯布令我大为震惊。从他对怀疑论者的答复来看，有一点似乎很清楚：说明教义正统观念的案例，所有的衰败消亡以及一点也不可怕的来世，全都极其无聊乏味（迄今为止，我承认来世这个概念就跟我承认太阳一样）。好像是为了灌输那种思想，我从图书馆借的第一本书恰巧就是一本美国人编辑的《雪莱选集》，里面是夸夸其谈的散文以及充满感情的诗句。我很快就能看出文中流露出明显的怀疑。不久，我就在基督教青年会结识了帕洛德，他借给我几本刊物，叫《号角》，刚好向已有公论的宗教观点开战。任何正值青春年华的睿智青年，对于哲学怀疑的感染和影响、对于别人的冷嘲热讽和新的观点都毫无防范，而且还总是特别容易受其影响。我承认自己在这方面表现得相当狂热。我称之为怀疑，其实并未达到断然拒绝相信的地步，怀疑这个概念比较复杂，难以说清。"我相信这个观点！"想必你还记得，我也是刚刚开始给内蒂写情书。

　　我们所处的这个时代，巨变在很大程度上已然完成，人人都教养良好，文质彬彬，这种文质彬彬并不妨碍我们朝气蓬勃。我们这一代年轻人一般都以克制的、奋进的方式思考问题，而这种方式却颇令人费解。完全用这种方法思考某些问题是一种叛逆行为，它使人在鬼鬼祟祟和公开挑战这两极之间摇摆不定。人们开始认为雪莱（主要是他全部的诗歌）文体浮夸华丽，居心叵测，因为他的无政府主义已经不见踪影。然而有一段时间，小说的思想不得不变成玻璃破碎声。思想上激荡不安，行事上想着对现有的权威疾呼大喊，以及像我们这些毛头小伙子所做的那种持续挑衅，都变得难以想象了。我开始贪婪地阅读卡莱尔、布朗宁和海茵为子孙后代所留下的作品，不仅阅读、欣赏，而且还要模仿。我给内蒂的情书经过一两次刻意表现的温柔和激情之后，就开始转向神学、社会学以及看上去拥挤膨胀而又触目惊心的宇宙。这些东西无疑令她大惑不解。

我对自己已然逝去的青春年华一直怀有强烈的同情，也怀有几近于嫉妒的难言倾诉。但我知道，要是有人指责我当时简直是个装腔作势、又蠢又冲动的笨小伙子，一如我那张褪色照片上的样子，我也难以反驳。当我试图回忆自己坚持不懈地写给我那小甜心一封封有纪念意义的书信里到底写了些什么，就会不寒而栗……而我却希望这些信没有被毁掉。

她写给我的信则相当简单，用圆润、稚嫩的字迹写成，语不成句。头两三封信因为使用"亲爱的"这个词而显示出一种羞涩的愉悦，我还记得一开始我都被弄糊涂了，后来弄懂之后才高兴起来，因为她在我的名字下面写了"asthore 威利"。我猜想，"asthore"大概是"亲爱的"的意思。但当我显露出激动时，她的反应又不那么热烈了。

我不会再讲这些事让你讨厌，比如我们如何用愚蠢幼稚的方式争吵，第二个星期日我又成了切克希利的不速之客，使局面更糟。后来我又怎样写了一封信，她认为这封信写得很"优美"，可以将功补过，诸如此类。我也不会再讲我们闹了误会之后又经过什么样的波折。总是我冒犯了她，最后悔过认错，直到最后一次闹僵，这时矛盾已初露端倪，其间我们曾有过微妙的亲密阶段，我爱她爱得死去活来。就是因为生意上的失手，我才会在黑暗中独处之时极其强烈地忌念她，想起她的双腿，她的抚摸，她可爱的、迷人的风采，可每当我坐下来写信时，却又想到雪莱，想到彭斯，想到我自己，想到其他一些不相干的事情。一个人一旦陷入情网，处于骚动之中，反而比根本没有爱情时更难。对内蒂来说，她有爱情，但爱的不是我，而是那些温文尔雅的神秘人士。我的声音不能唤起她的激情……于是，我们继续写信争吵。后来她突然给我写了一封信，信中流露出一个疑虑，说她不知道自己是否能不在意我是一个社会主义者或无神论者，接着又寄给我一张便条，措辞新颖、出人意料，令我难堪。她认为我们彼此合不来，我们的情趣和思想大相径庭，她早就想把我从我们的婚约中赦免出来。事实上，尽管我在最初的震惊之际真的不能完全理解，可我确实被人给甩了。在老罗顿毫不客气地拒绝给我加薪之后，我回到家中，又收到了她的绝交信。因此，在这个特殊的夜晚，我处于这样一种状态：让自己忙乱地接受这两个几乎难以承受又令人震惊的新情况，也就是对于内蒂和罗顿来说，我都并非必不可少。还谈什么彗星！

我这是在什么地方？

我早已习惯于把内蒂看成自己不可分割的一部分，纯粹是传统的"真正的爱情"使我产生这种想法。我们拥抱接吻过、悄声耳语过。在那略带冒险的、亲昵爱抚的青年时代，我们亲密无间，因此在她转过身，说那些确切表明甩掉我的话时，我完全被震撼了。我啊！我！连罗顿都认为我并非必不可少。我感到自己骤然间被整个宇宙遗弃了，受到被人忘却的威胁，我必须立即以明确的方式彰显自我。从所学到的宗教知识或所采取的无宗教信仰中，我都无法找到对受伤时自恋式的安慰。

我是否应该立刻冲出罗顿的工厂，然后用某种奇特而又迅速敏捷的方式，靠与弗罗比歇毗邻的、秘密竞争的瓷器厂去发财？

总而言之，这一方案的第一部分比较容易实施，我可以去对罗顿说："你会重新听到我的消息的。"至于其他方面，也许弗罗比歇会使我失望，不过那是第二步的事了。关键问题是与内蒂的关系。我发现脑子里充满了推测，全是匆匆变幻的只言片语，这些只言片语可能就是我写给她的情书中所用的话语。奚落挖苦，冷嘲热讽，棘手微妙——究竟是怎么回事？

"兄弟！"帕洛德突然叫我。

"干什么？"我问。

"他们正在放火烧克莱顿的铁匠铺，浓烟已朝这边滚滚而来。"

我正准备向他倾吐我的想法，却被打断了。

"帕洛德，"我说，"我很可能不得不放弃这一切。老罗顿不会给我加薪，而且与他谈过之后，我也不能按照原有待遇继续工作下去了。明白吗？所以我可能必须永远离开克莱顿了。"

三

听了我的话，帕洛德放下看戏用的小望远镜，望着我。

"现在就换工作可不是好时候。"他停了一会儿说。

罗顿用不那么悦耳的腔调说过同样的话。

但是跟帕洛德在一起，我总感到有一种语气夸张的倾向。我说："我讨厌为别的男人做单调乏味的工作。一个人最好饿其体肤使其离开某处或者饿其灵魂使其灵肉合一。"

"我对此一窍不通。"帕洛德缓缓地开口说。

我们就此展开了一场没完没了的谈话，那是一场冗长的、偏离主题的、极其一般的、啰里啰唆的私人交谈。这种交谈对于明白事理的年轻人来说十分珍贵，无论如何，直到世界末日来临，巨变并没有取消这场交谈。

尽管当时谈话的环境与氛围在我脑海中形成了轮廓鲜明的画面，但是让我回忆所有那些漫无目的的闲谈话语需要惊人的记忆力，我确实什么也想不起来了。我按照自己的习惯摆好姿势，举止非常愚蠢可笑，无疑像是一个受到伤害的、精明潇洒的、自高自大的人；而帕洛德则扮演了哲学家的角色，一心只考虑深奥的哲理。

眼下，我们身处异国他乡，走在温暖的夏夜里，无拘无束地谈天说地，但有一件事我敢说我能记得。"有时我希望，"我带着在极乐世界才用的手势说，"你们的那颗彗星或类似的什么东西的确应该来撞一下这个世界，把所有的罢工、战争、混乱、情仇、嫉妒以及我们生活中的所有不幸统统抹去！"

"啊！"帕洛德说，这个念头似乎就在他脑子里转悠。

"这只能增加生活的苦难。"趁我在谈论其他话题时，他言不由衷地说。

"怎么会呢？"

"跟一颗彗星相撞，只能把物体反弹回来，只能使残存的生命比现在更加凶残。"

"为什么还会有残存的生命呢？"我问道……

这就是我们的风格。与此同时，我们一起走上他住处外面的狭窄街道，走上通往克莱顿·克雷斯特和公路的人行道及狭路。

然而，我的记忆硬生生地把我带回到巨变之前的日子，让我几乎忘记如今所有地方都已认不出来，狭窄的街道、人行道，克莱顿·克雷斯特的景色，还有我生于斯长于斯的整个世界，都消失得无影无踪，空间和时间上都是如此。那些比我年轻的一代，恐怕完全想象不出来。你无法像我一样看见那些陋舍之间漆黑的、空荡荡的道路，角落里一盏光线昏暗的煤气灯照在小路上。你无法感受到靴下坚硬的条纹人行道，无法看清那星星点点般光线昏暗的窗户，当然更看不见遮掩丑陋的阴影以及束缚于其中的那些人所用的窗帘，这些窗帘常常打了补丁，变形了。你既不能一时三刻立马就从灯火辉煌、奇形怪状、装有纱窗的啤酒屋前经过，也不能从其门口闻到一股污浊的气味或是听见下流话，更看不见弯腰驼背、鬼鬼祟祟的身影，那是一些淘气鬼偷偷摸摸地从我们身边跑下台阶。

我们穿过长长的街道，行动迟缓的蒸汽机车喷吐着烟尘和火星，叮叮当当地驶过街道，沿街可见油腻发亮的店铺门脸，还有小商贩手推车上的油灯把光芒洒在黑夜。影影绰绰的人们沿街晃动，还能听见从房屋之间的空地上传来巡回传教士的演说声。我可以看见这一切，而你却无法看清，也无法想象我们所经过的巨型招贴板所能产生的影响，除非你对大艺术家海德留传在世的那些美术作品有所了解。招贴板下面是一盏汽灯，在苍白的夜空背景上高耸出一个突兀的黑边。

那些招贴板啊，在已然消逝的世界中，它们的色彩最为明丽。招贴板上糊满了一层又一层的糨糊和纸张，当时所有设备简陋的企业全都加入了这种色彩大杂烩；药商、传道士、影剧院、慈善堂、极棒的香皂和让人吃惊的泡菜、打字机和缝纫机，都以一种具体化的喧嚣混为一体。从那里经过，就有一条煤渣铺成的泥泞小道，暗无灯光，路上许许多多的小水洼映着天空的繁星。我们一边说话，一边心不在焉地溅着泥浆向前走着。

然后，我们穿过一片混着卷心菜和简易丑陋棚屋的地块，经过荒芜废弃的工厂，来到公路上。公路蜿蜒穿过许多房屋和一家啤酒屋，直到路两旁那四座工业小镇熙熙攘攘，交会融合，看不见为止。

我要承认，从暮色苍茫时分起，就有一种神秘的辉煌降临并笼罩在这片土地上，直到次日黎明。其丑陋可怖的细枝末节看上去隐约可见，还有那些称之为家的棚屋，那些林立的烟囱，以及用圆木和铁丝捆扎起来的临时栅栏间不经意长出的植物形成难看的补疤。赭色的疤痕形成两条相对的垄脊，铁矿就是从那里开采出来的；从鼓风炉里排出的炉渣形成的贫瘠的山包也模模糊糊；从铸造厂、瓷器厂和鼓风炉里冒出的蒸汽烟尘被黑夜扭曲后吞没了。整日尘土飞扬，灰暗压抑的气氛在落日时分变成一种神秘的、半透明的深色，又蓝又紫，浅黑鲜红，由绿色与黄色组成的奇妙鲜艳的清澈透明、横亘朦胧的夜空。每一座崛起的鼓风炉都在太阳落尽时喷吐出火舌，黑乎乎的炉渣堆也开始闪耀起跳动的火苗，每座瓷器厂都在火山似的灿烂光环中蹲伏着，难以对付。白日的帝国蓦然崩溃，无数燃煤形成的封地取而代之。穿过这片凹地的大街小巷以暗黄色的汽灯显示出自己的存在，在所有中心广场和十字路口，这些汽灯与灯罩的灰绿色和电弧光冰冷炫目的光耀交相辉映。纵横交错的铁轨在交叉路口上方耸立起明亮的信号箱，红、绿色的信号灯光星星般在长方形的灯座里闪烁，火车则变成一节一节连接起来的喷吐火舌的巨蟒……

在高高的头顶上，帕洛德发现了一个既不是太阳又不是高炉而是由星星的世界所统治的王国，宛如一件遥不可及的东西，也几乎被人遗忘。

这是我们两人所进行的许许多多次谈话中的一个场面。假如是在白天，我们则来到山顶，向西望去，会看到农场、公园、高楼大厦。赶上快下雨时，远处大教堂的尖顶，还有遥远群山的山巅都清晰地映在天际。在目力所不能及的地方，就是切克希利。我总能感觉到它在那儿，在黑夜里比在白天感觉更为强烈。切克希利，还有内蒂！

我们这两个年轻人沿着被压出车辙的大路旁边的煤渣小路一边散步，一边争论不休，这条路埂似乎给我们描绘了一幅整个世界的简图。

在那里，一方面，在熙熙攘攘的黑暗中，在那些简陋的工厂和车间附近，工人们成群结队，破衣烂衫，营养不良，目不识丁，生活中处处收费昂贵还要遭受白眼，日复一日，吃了上顿没下顿。那些教堂和小旅馆在他们肮脏破烂的住房中间拔地而起，真像是一大片腐烂变质物体上冒出的腐生植物。另一方面，自由和尊贵难得光顾的为数不多的村舍则过分拥挤，一派如梦似画的景象。工人们在这里苦苦挣扎，怨声载道，有钱人却过得逍遥自在，他们拥有瓷器厂、铁匠铺、农场和矿井。远处，隐约可见的、造型优美的、互不相扰的基督教住宅区从一群旧书店中露出脸来，一座正在衰败的商业城镇里有那么多酒店旅馆，罗切斯特大教堂把线条优美而又柔和的尖顶指向模糊不清的、令人不可思议的天空。因此在我们看来，整个世界似乎就是这样设计的，给人留下充满活力的第一印象。

我们把什么事情都看得很简单，年轻人就是这样。我们做事的方法粗暴而自负，谁敢对我们的方法指手画脚，说三道四，谁就是强盗之友，这明摆着就是抢劫。在这些高楼大厦里潜伏着地主和资本家，他们有流氓恶棍般的律师、善于欺诈的牧师神父，而我们这些人则都是他们蓄意犯罪的牺牲品。毫无疑问，他们对所享受的美酒佳肴、花天酒地、纸醉金迷、穿着妖艳的女人视而不见，暗自得意，图谋进一步压榨平民百姓。在所有这些肮脏卑劣的残暴行为中，劳动人民蒙受了愚昧无知和酗酒带来的各种灾难，成为无辜的受害者。我们几乎一眼就看穿了这一切，只不过它眼下还被许多强烈要求改变整个世界面貌之类的花言巧语所蒙蔽。劳动人民将会以劳动党的形式奋起反抗，并让帕洛德和我这样的年轻人作代表，堂堂正正地做人，然后呢？

然后那些强盗就会发怒，于是一切都会变得令人极其满意。

除非是我的记忆跟我搞恶作剧，否则这点小花招并未侵犯我和帕洛德的思想和行动纲领，如同没有冒犯人类的智慧一样。我们尽量相信它，并且努力抛弃对其严厉苛刻的最明显的限制。在长时间的交谈中，我们偶尔也会对自己信仰的教义近来所取得的成就充满热切的希望；我们也往往对邪恶和愚昧表示不满，这种邪恶与愚昧彻底地、不折不扣地推迟了世界格局的重构。于是，我们恶从胆边生，想到了设置路障，想到了激烈的暴力行为。我知道自己十分痛苦，尤其是在眼下正在经历的这个夜晚，正好面对资本主义和垄断集团的祸患，尤其是罗顿每周付我微不足道的区区二十先令，拒绝多加工钱而对我冷笑，我对此看得再清楚不过了。

我渴望用某种报复他的方法来维护自尊，要是可以用铲除祸患来做到这一点的话，我就会把它的遗骸拖到内蒂脚边，也就解决了我的另一桩麻烦。"这会儿你怎么看我呀，内蒂？"

总而言之，这就十分接近我的真实想法了，那么可以想象，夜里我是怎样打着手势对帕洛德高谈阔论的。你可以把我们想象成小黑影，轮廓并不讨人喜欢，凝固在红红火火、蓬勃发展的工业主义的寂静夜色之中，我那微弱的声音带着夸张的鼻音在抗议，在痛斥……

你会认为我年轻时的想法是一些无聊的、愚蠢的、偏激的废话，假如你是巨变之后出生的年轻一代，一定会持这种观点。如今，整个世界都想开了，考虑问题深思熟虑，简单明了，确实无疑，无法想象怎样才能产生其他见解。还是由我来告诉你，怎样才能进入与从前的状况相似的环境。首先，必须头脑发热，胡吃海喝，损害健康，而且不重视锻炼，身体发福。然后，还得设法过度焦虑，寝食不安，再拼命工作四五天，而且每天长时间地关注那些微不足道的无聊琐事，去做过分复杂、无法手工操作的事，并且这些事无论如何都不能对你有任何意义。做到这些之后，立刻进入一间密不通风的房间，房间里充满污浊的空气，待在那里思考一些极为复杂的问题。要不了多久，你就会发现自己处于一种理智的混乱、烦恼和急躁状态之中。在这种情况下，如果试着下棋，会下得很臭，并因此大发雷霆；如果试着去做任何使大脑和情绪承受压力的事情，都会一败涂地。

这时，巨变之前的整个世界都不对劲了，处于一种病态，骚动不安，那些一言难尽的问题（变化无常并且回避解决办法的问题）困扰着人们，使人过度疲劳，困惑不解。世上根本就没有绝对冷静的思考。在任何精神世界里，除了半真半假、草率假设、幻觉和感情之外，一无所有，一无所有……

我知道这似乎令人难以置信，已经有一些年轻人开始怀疑巨变的伟大意义，可是请看看当时的报纸吧！追溯过去时，每个时代都变得心平气和，在我们看来还不乏崇高。正是像我这样、可以讲述当年故事的人，才能以一丝不苟的精神上的现实主义态度，提供消解这种魔力的解药。

四

与帕洛德在一起时，一般都是我在讲。

我可以用一种自认为近乎完美的超然态度反思自己。世事沧桑，我现在的确变成另外一个人了，看什么都感到像自以为是的毛头小伙子一样稀奇，我还记得他的烦恼。他逢场作戏，自私自利，虚假伪善，我的确不喜欢他，只不过有着本能的同情心，而这同情心不过是长期关系密切的产物。因为他就是我自己，我能够感受并且宽容地记录下使他丧失同情心的动机，几乎每位读者都有这种同情心，可我为什么就得加以掩饰或者去为他的品质而辩护呢？

嗨，我确实一直在说话，假如有人说我在打嘴仗的过程中智商还不够高的话，我会大为惊讶的。帕洛德是个文静的小伙子，拘谨呆板，做任何事情都有节制。我暗自断定，帕洛德有点迟钝。

我认为他故作深沉，假装文静，并被"科学的谨慎"之类的概念弄得走火入魔。我并未察觉，我的双手主要是用来打手势或是拿笔杆子的，而帕洛德的双手却能做各种事情，因此我不认为这些特质一定会通过他的手指在他的脑袋里变成什么。虽然我总是没完没了地吹嘘自己的速记和学识，还说罗顿的业务少不了我，帕洛德却没有刻意炫耀自己在组织精良的科技学校里"玩命"学来的圆锥曲线和微积分。现在帕洛德成了名人，成了伟大时代的伟人，他论交叉辐射的专著已经在人类的智慧库里广为流传。而我呢，充其量不过是智慧之林的一名伐木者，生命之水的一名运水人。他却可以嘲笑我，想象我在早年的黑暗中如何对他趾高气扬，装腔作势，唠唠叨叨。

那天晚上，我失控地尖声叫喊，喋喋不休。罗顿理所当然地成了我所关注的焦点，除此之外，罗顿、罗顿式的雇主、"工资奴役"的不公平，以及将我们的生命拖入死胡同的盲目工业化，都是我的话题。我也不时地环顾一下其他事情。内蒂总是在我的脑海中出现，莫名其妙地凝视着我。这是我对帕洛德装腔作势的基本内容，我拥有远远超出我们交流范围的浪漫恋情，那种口气对我为了让他惊讶而故意做出的许多不可理喻的事情产生了一种拜伦式的共鸣。

我不会用一个傻瓜青年言谈中的琐碎细节让你烦心，这样的傻瓜自己也感到苦恼和不幸，其嗓音对于治疗其耻辱来说是一剂良药。的确，眼下在许多细节上，我都无法理清这种高谈阔论的头绪，我把这种高谈阔论跟我与帕洛德在其他交谈中可能说过的许多事情区分开来。例如，我想不起来自己什么时候无意中泄露过天机，可能会被人当成是我吸毒成瘾的口实，是在谈话中，还是在此之前或在此之后呢？

"你可不该干这事，"帕洛德突如其来地冒出一句，"用吸毒来麻痹自己的大脑是无济于事的。"

我的头脑、我的口才，在即将到来的革命斗争中都是我的宝贵财产……

可是有一件事显而易见是属于我正在回忆的这场特殊的谈话。在开始谈话时，我决心已定，不一定非要离开罗顿那里。我只不过是想在帕洛德面前辱骂一下自己的雇主而已。可我说着说着就跑题了，说不出使人心悦诚服的道理，而有这些理由我才能坚持自己的立场。当晚我回到家里，准备向我的雇主提出一个不能说是目中无人但却非常英勇的要求，没有挽回的余地。

"我无法在罗顿那里再待下去了。"我带着炫耀的口气对帕洛德说。

"困难时期就要到了。"帕洛德说。

"明年冬天吧。"

"还要早点。美国人一直都在过度生产，他们意欲倾销。钢铁贸易就要引起骚乱了。"

"我可不在乎这事，瓷器厂可都四平八稳的呢。"

"还囤积硼砂吗？不，我可听说……"

"你听说了什么？"

"这可是行业机密，但是陶工要有麻烦算不上秘密了。借贷和投机买卖由来已久。现在可不像以前，麻烦只缠着一家企业。我敢打赌，半条河谷说不定都在两个月内'玩'一把，嘿！"帕洛德以他最精辟、最有分量的方式发表这番非同寻常的长篇大论。

"玩一把"是我们这里流行一时的委婉语，指生产萧条，一个人没有工作也没有钱，整天意志消沉，饥肠辘辘，东游西逛。在当时，这种插曲似乎是工业组织的必然产物。

"你最好赖在罗顿那里别走。"帕洛德说。

"呸！"我假装不屑一顾地说。

"否则会有麻烦的。"帕洛德说。

"谁在乎？"我说，"有麻烦就有麻烦呗，多多益善，这种体制迟早要完蛋。这些资本家连同他们的投机买卖、囤积居奇以及信用把事情弄得越来越糟。我为什么要缩在罗顿的办公室里，像一条丧家犬，饿得满街乱窜？饥饿是革命大师，饥饿来临时，我们应该对它肃然起敬。不管怎么说，反正我现在就打算这么做。"

"这可太好了。"帕洛德开口道。

"我可烦透了，"我说，"我想跟所有这些罗顿决一死战。要是我既饥饿又野蛮，我就会对饥民们说……"

"其中可有令堂大人哟。"帕洛德慢条斯理地说。

这可是个难题。

我从措辞上绕过了这个难题，"为什么要牺牲世界的未来，为什么要甚至牺牲自己的未来，难道就因为他的母亲完全没有想象力吗？"

五

我离开帕洛德回到自己家中，夜已深了。

我们的房屋坐落在克莱顿教区教堂附近一个极为体面高雅的小广场内。加布比塔先生是一位全权代理牧师，寄宿在我们这幢房屋的一楼。他楼上是一位老姑娘——霍尔罗伊德小姐，以在瓷器上画花朵图案为生。住在隔壁房间的妹妹双目失明，靠她养着。我和母亲住在地下室，睡在阁楼上。房屋正面被一丛五叶地锦所覆盖，这丛地锦不畏克莱顿的污浊空气，从木制门廊上聚成凌乱的一束垂悬下来。

我走上台阶时，瞥见加布比塔先生正在房间里就着烛光洗印照片。带着一架奇形怪状的小傻瓜相机出国度假，回来时又带回在美丽有趣的地方拍摄的大量模糊不清的底片，这是他不大丰富的生活中的主要乐趣。本来照相机公司可以以优惠的价格给他冲洗照片，可他却宁愿一年到头把晚上的时间消磨在上面，再用这些照片去打扰他那些狐朋狗友。例如，克莱顿公立学校里长长一排镜框内全是他的作品，用老式的英文印刷体题写"意大利旅游照片，E.B.加布比塔牧师摄。"好像这样一来，他就生活过，旅游过，当过一回人物似的。这是他唯一的、真正的乐趣。借着暗淡的灯光，我可以看见他的小尖鼻子，眼镜片后无光的小眼，嘴巴职业性地噘着……

"雇工般的骗子。"我小声嘀咕着，不知道他还是不是这个体制中的一部分，是不是强盗计划的一部分。强盗的抢劫计划使工资成为我和帕洛德的奴隶，尽管他肯定很少参与这种活动。

"雇工般的骗子。"我站在黑暗中说，甚至站在他那旅游文化昏暗的光环之外说……

母亲让我进了门。

她默默地凝视着我，因为她知道出了什么事，而且知道打听也没用。

"晚安，妈妈。"我说着，有点漫不经心地亲了她一下，然后点燃并端起蜡烛，立刻上楼去睡觉，再没回过头来看她。

"我还给你留了些饭呢，孩子。"

"不想吃。"

"可是，宝贝儿……"

"晚安，妈妈。"我走上楼去，"砰"地向她摔上门，吹熄蜡烛，随即躺在床上，躺了很久才起身脱衣服。

母亲所流露出来的无言的恳求常常使我感到说不出来的难受，那天夜里就是这样。我感到必须努力克服这种感觉，还感到假如我向这种恳求让步，就无法活下去了，这种感觉使我痛心，却又指使我去反抗，几乎令我忍无可忍。我得认真考虑宗教问题、社会问题、品行问题和权宜之计，她那浅薄、热切、单纯的信仰根本无法助我一臂之力——可她却不懂这一点！她信仰的是被大家认可的宗教，她唯一的社会性的思想就是盲目服从那些约定俗成的制度——法律、医生、牧师、律师、名人以及所有在权势上优于我们的那些值得尊重的人，而且对她来说，信任就是敬畏。她从大量的蛛丝马迹中获悉，我正在逐渐放弃所有这些统治她生活的东西，进入某种可怕的陌生状态，尽管有时我还陪她去教堂。从我的言谈中，她可以推测出我的这种笨拙的掩饰。她感觉出我信仰社会主义，感受到我的灵魂深处反感现有制度，体会到我对她所信奉的神圣事物都充满怨恨，却又无能为力，只能暗自抱怨。可是，她想要保护我，远多于想要保护她亲爱的神祇！她好像总想对我说："宝贝儿，我知道这事儿很难，可反叛更难。不要纠缠这事儿，造成冲突，亲爱的，千万别这样！千万别做任何冒犯别人的事情。要是那样做，我敢肯定你会受到伤害；真的，要是那样做，你会感到痛苦的。"

她一向逆来顺受，像当时许多女人一样，对那些约定俗成的蛮不讲理的事情忍气吞声。这使她屈从，使她苍老，使她视力下降。结果她才五十五岁就得借助廉价的眼镜来凝视我的面孔，而且只能看得模模糊糊，这使她养成焦虑的习惯，不停地摆弄双手——她那可怜而又可爱的双手！在当今世界上，找不到哪位妇女有这样一双手：积满污垢，被针线磨损，辛勤劳累变成畸形，皲裂粗糙，骨节粗大，保养不善……总而言之，就这一点我就可以说，我对世界和命运感到的痛苦绝望，既是为她，也是为我自己。

可是，当天晚上她严厉地逼着我回答，我简略地答复了她，把她留在走廊上，向她摔门，让她在那里牵挂，困惑。

好长一段时间，我躺在床上，对生活的艰辛和痛苦，对罗顿的侮辱，对内蒂来信之缺乏爱情和冰冷无情，对自己的渺小卑微和软弱无助，对无法忍受的事情，对无能为力，而大为光火。这些破事一再浮现在我那可怜的小脑袋瓜里，把我折腾得精疲力竭，而且我无法停止这单调无聊的把戏。内蒂、罗顿、我母亲、加布比塔……突然间，我的感情消耗殆尽。什么地方敲响了午夜的钟声。毕竟我还年轻，我经历了迅速的转变。我清楚地想起了一切，从床上一跃而起，迅速摸黑脱掉衣服，倒头便睡。

那天夜里母亲是如何入睡的我却一无所知。

奇怪的是，尽管我的良心为傲慢无礼地对待帕洛德而狠狠自责，我却没有因为如此粗暴无礼地对待母亲而感到自责。在巨变时期到来之前，我已为对母亲的无礼而感到懊悔不已，它成为我记忆中的一块创伤，直到生命终结都会让我痛苦。可我却不明白，在上述情况下如何才能避免这种事情的发生。在那种糊里糊涂、昏昏沉沉的时刻，人们往往会被贫穷、辛劳、炽热的激情所征服，没有机会——哪怕是仅仅一年的时间——进行冷静的思考，使自己安下心来，严肃认真地承担部分直接责任，不再胡思乱想。他们囿于狭隘的思维方式并且越来越固执。女人过了二十五岁，男人过了三十一二岁，便没有几个能接受新观点了。对现实不满者被认为道德败坏，这当然令人烦恼，对此唯一的抗议方式、唯一能做的努力来自那些粗鲁无情的年轻人。他们可以反抗人类机构的普遍趋势：机构臃肿，人浮于事，工作吊儿郎当，机能衰退，面临灭顶之灾。在当时，对富有思想的人来说，这是严酷苛刻的法律现实——要么必须服从前辈，压抑自己；要么漠视他们，不予理睬，把他们推到一边去。趁我们还没怎么僵化，赶紧朝进步方向迈上一小步，省得轮到我们时来碍手碍脚。

我现在才发现，我那爱管闲事的母亲，我对自己沉默寡言、沉思反省的漠然背离，都不过是当时父母与子女之间紧张关系的一个缩影。看来别无他法，循环往复、不断重演的悲剧似乎是世界进程的一个特点。当时，我们没有想到，人的理智尚未僵化就会成熟，或者说儿童在尊重父母的同时仍然可以为自己着想。我们之所以生气发怒，性急上火，是因为我们窒息在黑暗中，窒息在有毒的、污染的空气中。现今已十分普遍的理解力的那种刻意的活跃，那种带有深思熟虑的活力或魄力，那种带有自信和进取心的鉴别力（满世界都能见到这种自信心和进取心），都在我们先前那种腐败的氛围中土崩瓦解而不为人知。

（看到这里第一分册结束了，我把它放在一边，然后寻找第二分册。

"怎么样？"写书的人问。

"这是小说吗？'

"这是我写的小说。"

"可你——在这种美妙的东西当中——你该不是那个缺乏教

养、品质恶劣的家伙吧？"

他微笑着说："其中确实经历了一定的巨变，我没有暗示过这一点吗？"

我对这个问题支支吾吾，于是低头看见了手边的第二分册，把它拿了起来。）

第二章
内蒂

一

我已经想不起（故事重新开始）帕洛德第一次指给我彗星那天晚上与我在切克希利度过的那个星期天下午相隔多久了，我当时不过是假装看到了彗星。

在这期间我有足够的时间：预先通知罗顿并且离开他的瓷器厂；千方百计寻找其他工作，却徒劳一场；向母亲、向帕洛德说些冷酷无情、言辞激烈的话；也经历了一些极其悲惨的阶段。我和内蒂一定有过一次感情热烈的通信，但信中所有的空谈和激情都已从我的记忆中消失殆尽。我记忆犹新的是，给她写过一封言辞华丽的绝交信，永远抛弃了她。我还记得回信是一张字迹端正的小纸条，上面说，即使万事终有尽头，也没有理由写出那些绝情的话。于是我用自认为讽刺挖苦的笔调又写了一封信，她没有再回信，其间至少有三周时间，说不定有四周时间。

彗星肯定要被放大才能看得见，它一有机会就会变成一个模糊不清、行踪不定的斑点，现在它是一个巨大的白色精灵，比木星还要明亮，并且因为本身的原因投射下一片阴影。现在彗星频繁地出现在人类的思想世界中，人人都在谈论彗星，期待太阳落山之后彗星愈加明亮，壮观——报纸、音乐厅、招贴板，都在反复报道彗星。

还没等我向内蒂说清这一切，彗星已经占据了优势。帕洛德还花了处心积虑攒下的两英镑为自己买下一架望远镜，这样就可以夜复一夜地观察那个神秘的、令人兴奋的形状，那个绿色背景中的未知物。在对此感到厌恶之前，我多次观察过那些未知物的模糊、颤抖的符号，这些未知物从太空冲向我们。但我终于忍无可忍，于是激烈地指责帕洛德，说他把时间浪费在"对天文学的浅薄涉猎"上了。

"喏，"我说，"我们差不多是这里农村有史以来最大的封闭工厂了。贫困与饥饿如影随形，所有资本主义的竞争机制都像化脓发炎的伤口，而你还要花时间呆呆地看着空中该死的、无聊的一无所有！"

帕洛德盯着我。"不错，我是这样做了。"他慢条斯理地说，好像这是一个新主意，"不是吗？……我也纳闷为什么会这样。"

"我想哪天晚上在'豪登的荒野'把聚会搞起来。"

"你以为他们会听你的吗？"

"要不了多久他们就会听的。"

"他们以前可没听过啊！"帕洛德注视着他的宝贝仪器说。

"星期天失业者在斯瓦辛格利游行示威，还扔石头呢。"

帕洛德一时说不出话来。然后我又讲了几件事，他似乎若有所思。

"可是，毕竟，"他向望远镜艰难地迈了一步，终于张口说，"它还说明了一些问题。"

"你是指彗星？"

"是呀！"

"它能说明什么呢？你该不是想让我相信占星术吧？人类正在地球上忍饥挨饿，食不果腹，天上闪耀着火花与他们又有何相干？"

"可是，那是科学呀！"

"科学？我们现在想要的是社会主义，而不是科学。"

看起来他仍不情愿放弃彗星。

"社会主义没什么不好，"他说，"可是假如那玩意儿就要撞上地球了，那可就事关重大了。"

"除了人类其他什么都无关紧要。"

"假设彗星会使人类统统完蛋呢。"

"啊呀，"我说，"简直是一派胡言。"

"我想不通。"帕洛德令人敬畏地表现出自己的忠诚。

他注视着彗星，似乎又要重复有关地球与彗星运行正在接近的想法，以及可以由此产生的一切后果。我连忙打断了他，讲述了自己从拉斯金———一位已经被人遗忘的作家——的作品中得知的某些事情，如优美语言组成的火山，还有一些愚蠢荒谬的联想。拉斯金非常成功地说服了那个时代一些善于雄辩、容易激动的年轻人。我还讲了一些科学无足轻重，生命至高无上的重要性之类的话。帕洛德肃立聆听，半侧着身子对着天空，指尖搭在望远镜上，好像突然做出了一个决定。

"不，利德福特，我不同意你的观点。你不懂科学。"

帕洛德在争辩时，很少这样直截了当地反对。我对我们谈话中的一边倒现象早已习以为常，他简略的反驳却给我当头一棒。"你不同意我的观点！"我重复一遍。"不同意。"帕洛德说。

"怎么会呢？"

"我认为科学比社会主义更重要，"他说，"社会主义是一种理论，而科学还不只是理论。"

他能讲的道理似乎确实也就这么多了。

我们争论的是一个稀奇古怪的话题，无知的年轻人总是觉得这个话题激动人心。

要科学还是要社会主义？诚然，这就好比问你左撇子和喜欢吃洋葱哪个好，完全是风马牛不相及嘛！但是我的能言善辩终于激怒了帕洛德，而他对我的结论的彻底否定又足以使我发火，我们只好握手言和。"得啦得啦，"我说，"只要我知道我们是怎么回事就行了！"

我"砰"地一下摔上门，仿佛是用炸药炸毁了他的房子，然后怒气冲冲地跑到大街上。但是我感觉到，还没等我拐过街角，他就已然回到窗前，继续参拜神圣绿色背景中的线条。

我在街上走了一个多小时才平静下来走回家去。

正是帕洛德第一次向我介绍社会主义啊！

叛徒！

那些日子里，极为反常的事情接二连三地掠过我的脑海。我承认，我常在晚上想到按最佳的法国模式进行革命，自己则在安全委员会任职并企图开倒车。帕洛德也沦为囚犯，他意识到自己思想方法的错误，但为时已晚。他的双手被绑在身后，准备押赴刑场。透过敞开的大门可以听见审判的声音，那是对人民粗暴无礼的审判。我很抱歉，但却不得不恪守职责。

"假如惩罚那些句国王出卖我们的人，"我用悲痛的、谨慎的口气说，"那得惩罚多少把国家交给那些追求毫无用处的知识的人呢？"于是带着令人沮丧而又心满意足的心情把他送上断头台。

"帕洛德啊，帕洛德！你要是早一点听我的话就好了，帕洛德……"

那次争论仍然使我极不高兴。帕洛德是我唯一可以闲聊的伙伴，我费了好大的劲儿疏远他，想他的不是，却没人听我的，夜复一夜，天天如此。

对我来说，那是一段痛苦的时光，甚至早在我最后一次造访切克希利之前就开始了。长期的失业使我的心情愈发沉重。我整天不在家，这在一定程度上印证了这样一种说法，说我正在努力追求另一种境界，在一定程度上也躲避了母亲眼中不断冒出的问号。"为什么要跟罗顿先生发生口角？为什么要这样做？为什么整天阴沉着脸，闷闷不乐？这样会更糟。"我花了大半个上午在公共图书馆的报刊阅览室里写那些无法实现的申请，申请一些不可能得到的职位。我还记得在申请的职位中，有一份是想在一家私人侦探公司供职，这是一个建立在嫉妒与猜忌基础之上的不吉利的行业，幸好已从世界上销声匿迹了；为"搬运工"写了一个恰如其分的广告，我连搬运工该做些什么都不知道，但我愿意去学。到了下午和晚上，我就在自家附近陌生的灯光和黑影里游荡，憎恨所有人为之物。直到我发现靴子都磨烂了，才不再游荡。

当时那个乌烟瘴气哟！

我发觉自己是一个心怀深仇大恨、脾气暴躁、难以打发的青年，然而……

冤有主，债有头。

仇恨某个人，粗野无礼，严厉苛刻，怀恨在心，一心报复，这样做不对；但是，毫无怨言地公开宣称是生活造就了我，确实也同样不对。平心静气地想一想，就想明白了当时绞尽脑汁也想不明白的事，感到心理极不平衡的事以及认为自己的处境无法忍受的事。我的工作乏味无聊，又很吃力，无端占据了大量的时间，弄得我衣不蔽体，食不果腹，得不到良好的教养，受不到良好的教育。我的愿望受到压制和束缚，达到令人痛苦的程度，我没有理由感到自豪，没有机会去顺顺当当地做点事。生活真没劲。许许多多的人比我也好不到哪儿去，不少人比我更糟，这些都于事无补。在我们的生活中，满足会被当作耻辱。假如有些人心满意足或者已经辞职，那么对每个人来说都会更糟糕。对我来说，辞职未免草率、愚蠢了些，可是在我们的社会体制下，显然一切都漫无目的、荒谬可笑。我也就不觉得被人辞掉有什么可自责的，除了一点，即这在某种程度上伤害了我的母亲，使她焦虑不安。

从各方面想想封闭工厂（资本家压制罢工工人的一种手段）这件事吧！

那一年真倒霉，全世界都处于经济崩溃的状态。由于缺乏理智，满怀"信心"的美国钢铁商——一群精力充沛却目光短浅的高炉主——冶炼出的钢铁远远超出全世界的需求，（当时也没有办法事先估算需求量），他们甚至没有向其他国家的钢铁制造商咨询。在过量生产钢铁时，他们雇用了大量的工人，建造了庞大的生产车间。凡是做这种轻率冒险的傻事的人就应当得到报应，这是天经地义的。然而在旧时代，这种事完全有可能发生，在这类天灾人祸中真正铸成大错的人，会把一切由于无能而产生的后果的责任推卸掉。对于弱智的"工业界巨头"来说，带领工人过度生产，不成比例地粗制滥造，也就是说，生产了某种特殊商品，然后再把它扔掉，没有人觉得这有什么不对，也无法防止某个贸易对手突如其来地以疯狂大甩卖的方式来突袭，并将其置于死地，保证满足自己客户的原定需要，把所受的惩罚转嫁一部分给对手。这种间歇性的大甩卖行为叫作"倾销"。美国的钢铁制造商现在就在英国市场进行倾销。英国的雇主们当然就要把损失尽可能多地转嫁给其职员，除此之外还为立法摇唇鼓舌。因为立法不仅可以防止倾销，而且也可以防止盲目地过量生产，也就是说，不仅可以预防疾病，而且可以预防疾病所产生的后遗症。防止倾销的必要知识，以及防止倾销形成，即不加协作就生产商品的必要知识，都是不存在的，但这对他们毫无影响。而为了回应他们的要求，催生了报复性保护主义者组成的奇怪政党，他们半遮半掩地提议，对外国制造商突然的攻击进行间歇性的回应，同时意图明确，要做金融商业投机。在倾销行为中，不正当的、不顾后果的因素显而易见，这就大大增加了不信任和不安全感，在预期财力的反作用中（财力掌握在称为"新金融家"的阶层）人们听到了令人吃惊的旧式声明，带着激情宣称，"倾销"并未发生，或者说发生的是一种极具魅力的事情。没有人会处理并且驾驭这种生意场上错综复杂的局面。对一位冷静观察者的头脑产生的全部影响是一套不切实际的、莫名其妙的见解，覆盖着一系列荒谬的经济动荡，价格和职业宛如地震中的塔楼颠簸翻腾。在其中谋生的大众都是普通劳动者，他们千方百计地维持生计，受苦受难，困惑不解，没有组织，除了暴跳如雷、徒劳的反抗和软弱无能之外，别无他法。如今不能指望理解旧体制下无穷无尽的调整需要。在印度有人因饥饿而毙命，而在美国却有人把卖不出去的小麦烧掉。这听起来是不是像在讲述一个极其疯狂的梦境？它是梦，没有谁能够指望从中醒来的噩梦。

对于我们这些拥有强烈自信心和理性的青年人来说，好像罢工、封闭工厂、过量生产，还有苦难，不可能仅仅产生于愚昧无知、没有思想、缺乏感情。我们要更具戏剧性的东西，而不仅仅是那些精神上的迷雾，也不仅仅是这些空气中的冒失鬼。因此，我们逃向了不幸无知者常去的避难所，即认定存在针对穷人的无情阴谋，我们确实称之为"阴谋"。

随便找一家博物馆，查一查过去德国和美国社会主义报纸上反映劳资关系的讽刺画，就可以了解我们做了什么样的设想。

二

我在一封措辞华丽的信中抛弃了内蒂，而且真的以为这段恋情永远结束了——我对帕洛德说："我再也不碰女人了。"——然后沉默了一个多星期。

那个星期尚未结束，我就越来越激动，一心想知道我们之间下一步会怎么样。

我经常想到内蒂，在脑海里想象她的模样，意识到我们之间已经彻底了结了，又感到悲伤和懊悔。我有时感到无可动摇，心满意足，有时又深感同情和悔恨。在我内心深处并不相信我们会分手，就好比世界末日不会到来一样。要是我们没有互相亲吻过，没有卿卿我我，没有亲密无间过，没有克服彼此间纯洁的羞涩，又会怎么样呢？诚然，她属于我，我也属于她。分道扬镳、最后的争吵、严厉苛刻、保持距离等，这些都不过是那个最终结局的华彩乐章。所以至少我感受到了这一点，不管怎么说，我形成了自己的思想。

随着那个星期一天天过去，每当我展开想象的翅膀，她就理所当然地进入我的想象空间，我整天想着她，夜里也梦见她。星期六晚上，我在梦中见到了她，感觉那么真实。她满脸通红，脸蛋被泪水打湿，头发略显凌乱，我跟她说话时，她便转过身去。从某种程度上说，这个梦在我脑海中留下一种苦恼和焦虑的情绪。早上起来，我特别渴望见到她。

那个星期天，母亲特别希望我去教堂。其中有两个原因：一是她认为这会对我下周找工作产生良好的影响；二是加布比塔先生的眼睛后似乎别有秘密，他已经答应，看看能为我做些什么，母亲希望提醒他遵守诺言。我半推半就地答应下来，这时，想见内蒂的渴望又紧紧抓住了我。我告诉母亲我不打算去教堂，大约十一点动身，步行十七英里，前往切克希利。

我的靴底在脚趾头那里明显撕裂了，我把垂下来的一片靴底剪掉，用钉子穿了过去，穿起来非常难受，使我的长途跋涉更加艰辛。然而，经过修理的靴子看上去完好无损，让人一点也看不出我经受着怎样的折磨。途中，我在一家小饭馆里吃了点面包和奶酪，大约四点钟到达切克希利公园。我没走那所房子旁边的马路绕到公园，而是抄小路从第二位房主的小屋房头穿过，沿着内蒂所说的她的小径走过。这不过是一条羊肠小道，通向一条小山谷，穿过一条过去我们常常在那儿约会的风景如画的小山谷。这条小路穿过冬青树丛，沿着靠近灌木丛墙的窄路通向公园。

在我的记忆中，内蒂之前走过公园的情景依然历历在目。此前的长途旅行被压缩成尘土飞扬的小路和令双脚疼痛的靴子这唯一的印象，可那长满欧洲蕨的山谷、突如其来的一阵疑心，以及我那少有的渴盼心情，现在却浮上心头，意味深长，令人难以忘怀，并对随后发生的一切产生了重要影响。我该到哪里去见她？她会说些什么？我事先就这样问过自己，也找到了答案。这会儿这些问题又冒了出来，带有一系列新的暗示，我压根儿回答不了。在我走向内蒂的过程中，她不仅仅是我傲慢自我投射的笑柄，也不仅仅是我大男子主义的管理者，而是汇聚在一起，超越了她的个性，化作了新的个性，变成了一个谜，变成了我不断逃避却总是遇到的"斯芬克斯"。

要描述旧世界性行为的本质、让现在的人们理解是极其困难的。

我们这一代年轻人对经过青春期的骚动和激动其实没有任何准备。对年轻人来说，世界对激发沉默一直保守秘密，没有人指点迷津。有些书中讲述那些荒谬的、古老的故事，每个爱情故事都有些俗套，这又加强了人们对这些俗套的本能渴望和完全信赖，忠心耿耿和终生热爱。大多数爱情的复杂本质都被彻底掩盖起来。人们阅读这些爱情小说，获得各式各样意外的感受，始而惊讶，继而忘却，终而成熟。于是陌生的情感、新奇可怕的欲望和梦想全都随着感情的变化而奇怪地变化着，一种莫名其妙的为所欲为的冲动在熟悉的少男少女们纯粹自私和单纯实利主义的心中奇怪地涌动。我们就像误入歧途的游客，宿营在热带河流干涸的河床里，用不了多久就会被洪水淹没。我们的生命突然离开肉体而去，寻求其他的生命存在，我们也不知道为什么会这样。这类小说渴望放纵某些异性，令人厌恶。我们羞愧难当，充满欲望。我们对此怀有深深的内疚，决心不顾一切地赎罪。在这个国度里，只有我们以最偶然的方式放任自流，与其他一些盲目的探索者形成对比，像刚刚形成的原子一样互相联系着。

我们所读的一些书中说，一旦我们互相有了联系，这样的联系就会持续终身，有些关于我们的谈话也这么说，我们总是对此着迷。后来我们又注意到，其他生物也自私自利，也有许多主意，也有许多冲动，也跟我们合不来。

哎呀，那正好跟我这个阶层的年轻人，跟我们这个世界大多数年轻人能得来。于是，星期天下午我寻找内蒂，居然就跟她不期而遇。她身轻如燕，苗条娇柔，淡褐色的眼睛，宽宽的草帽沿下露出一张线条柔和、亲切可爱、青春焕发的面孔，我曾经决心要把这位美丽的维纳斯女神彻底据为己有。

她站在那里，完全没有意识到我就在她的身边，浑身洋溢着内在的女性温柔，此外还有不为人知的一面。

她手中捧着一本翻开的书，仿佛是在边走边看。书恰好成了她的伪装，其实她正婷婷而立，目光扫视着灰蒙蒙的、长满苔藓的灌木丛墙。现在想起来，她是在倾听。她朱唇微启，甜蜜的微笑若隐若现。

三

我准确生动地回忆起，当她听见我越来越近的沙沙脚步声时，如何大吃一惊，她诧异的表情和眼神几乎让我感到沮丧。我相信我能想起我们见面时她所讲的每一个重要的字眼以及我对她讲的大部分话，至少看起来我能回想起来，尽管我可能会欺骗自己，但我不会去尝试。我们都没有受过良好的教育，无法完整地表达自己的意思，我们用笨拙的、老掉牙的话语扼杀了自己的感情，但凡稍有教养的人都弄不清我们的本意。结果变得很愚蠢。但我可以告诉你我们所说的第一句话，尽管这些字眼当时并没有传达出任何意义，但事后想起来却意味深长。

"喂，威利！"她说。

"我来啦，"我说，一时间竟然忘记了精心准备、想要说的一切，"我还以为会让你大吃一惊呢！"

"让我大吃一惊？"

"是呀。"

她盯着我看了一会儿。她盯着我，我也就能看见她那张可爱的脸庞，看见她那令人费解的可爱的脸庞。她表情古怪地笑了笑，花容失色了片刻，可一开口说话，脸上又恢复了正常。

"让我对什么感到吃惊呢？"她带着升调问。

我过于专注，没顾得上去思考这句话可能会造成什么错觉。

"我想告诉你，"我说，"我没想……我信中说的话完全不是那个意思。"

四

我和内蒂十六岁的时候，完全属于同时代的同龄人。这时我们又长大了一岁多不到两岁，可她却几乎彻底变了，而我却刚刚开始一个男孩子漫长的青春期。她一下子就控制了局面。她那迅速成熟的小脑袋瓜里隐藏着动机，闪现出直觉的行动计划。她用一位少妇对男孩子所采取的理解和圆滑而滴水不漏的态度来对待我。

"可你是怎么来的呢？"她问。

我告诉她，我是走路来的。

"走路来的！"她立刻领我向花园走去。我一定疲惫不堪了，必须立即跟她回家坐下。确实已经快到午茶时间了（斯图尔特家按规矩在五点钟喝午茶）。见到我人人都会大吃一惊。想不到步行！真想不到！可她却以为一个男人把十七英里不当一回事儿。

什么时候能让我也吃上一惊！

她始终跟我保持一定的距离，甚至连手都不让我碰一下。

"我说内蒂！我买是有话要对你说！"

"亲爱的家伙！要是你乐意的话，先喝茶！另外，我们不是在说话吗？"

"亲爱的家伙"是个新称呼，我听起来觉得怪怪的。

她稍稍加快了步伐。

"我想解释一下……"我又开口道。

甭管我想解释什么，就是没有机会张口。我讲了些风马牛不相及的话，与其说她是用话语回答我，还不如说是用语调来答复我。

我们快要走过灌木丛的时候，她把匆匆忙忙的脚步稍微放缓了一点儿，这样我们就并肩走下通向花园的山毛榉树下的斜坡。我们一边走，她一边月明亮坦然的少女目光看着我。看起来她好像一直都是如此，可现在我才明白，当时我并不清楚。她时不时地扫我一眼，目光越过我，落在我身后的灌木丛。在她快速的气喘吁吁的、上句不接下句的谈话背后，自始至终都在思考。

她的装束标志着她已不再是个少女了。

我还能想起来她穿的什么吗？

用一个女人可能使用的话语来说，恐怕想不起来了。可是她那亮丽的褐发曾经垂在后背，用一根鲜红色的缎带扎成一束活泼的马尾巴，现在却在她小巧的耳朵和脸蛋上方烫成漂亮的大波浪。

还有她那线条修长的脖颈，白色的衣裙拖到脚面。她苗条的腰身过去不过仅仅表现出身段而已，就像赤道一样是一条想象中的地理分界线，如今却变得柔软灵活，美不胜收。一年前，她曾拥有一张青春少女的脸庞，从普普通通的上衣中探出来，一双长腿充满活力，穿着棕色的长袜。如今，一副陌生的、崭新的身材就在眼前，曲线毕露，妙不可言，一举手，一投足，尤其是她用双臂拢住新颖别致的裙裾时，优雅大方，看得我眼都直了。一条精美绝伦的绿纱巾——我想你会管这玩意叫纱巾，某种刚刚觉醒的本能使她低头扫视了一下自己的肩头——紧裹着她曲线毕露、青春焕发的身躯，在一阵微风中飘动，宛如一些羞怯而无拘无束的触须要透露什么秘密，不时地碰着我的胳膊。

她把纱巾拉回去，嘴里嘟囔了一句什么。

我们穿过高大的花园围墙上的绿色大门。我扶着门让她通过，我生硬拘谨的礼数本来就没几招，这是其中之一。于是她一瞬间几乎挨着了我。我们一起来到园丁领班住所附近整洁漂亮的花圃，左边看过去是一排长长的暖房。我们走在黄杨木和秋海棠苗床之间，走进浆果紫杉树篱的树荫里，这儿离金鱼池还不到二十码，我们曾在鱼池边海誓山盟。然后我们来到紫藤缠绕的门廊。

大门洞开，她前我后地走了进去。"猜猜谁来看我们啦！"她喊叫着。

她父亲从起居室里隐隐约约应了一声，随即传来椅子吱吱嘎嘎的响声。我猜他是在午休中被我们吵醒的。

"妈妈！"她清脆地叫了一声，"普斯！"

普斯是她妹妹。

她用令人惊奇的语调告诉他们，我是从克莱顿一路步行来的，于是他们围住我，也发出惊讶的声音。

"你最好坐下来，威利，"她父亲说，"你已经到这儿了。你母亲怎么样了？"

他一边说话一边用好奇的目光打量着我。

他身着盛装，那是一套棕色粗花呢衣服，但马甲敞着未扣，以便打盹时更舒适。他面色红润，淡褐色眼睛，我脑海里至今都留有鲜明的印象，他那金红色的头发从面颊边上长出，向下跟络腮胡子混在一起。他身材短小却结实粗壮，脸上胡子一大把，非常引人注目。她继承了父亲所有的优点，如皮肤白皙，明亮的淡褐色眼睛，并将其与从母亲那里继承的行动迅速结合在一起。我记得她母亲目光犀利，气度不凡，那会儿在我看来，她似乎永无休止地进进出出，忙着做饭端饭，或者做些类似的家务。对我来说——为了我的母亲，也为了我自己——她总是那么热情、善良、好客。普斯是个十四岁左右的小姑娘，我记忆中的主要线索是她冷若冰霜的目光和活像她母亲的白皙细腻的肤色。她全家人都对我非常好，他们有一个共识，有时简直是溢于言表，即认为我"聪明伶俐"。他们全都围着我，似乎有点儿不知所措。

"坐下吧，"她父亲说道，"给他一把椅子，普斯。"

我们的谈话有点不大自然，他们显然被我不请自来、突然造访和蓬头垢面、筋疲力尽、面色苍白的样子吓坏了。可是内蒂并没有留下来继续交谈。

"就是那了！"她突然叫了一声，似乎十分焦急，说完飞快地冲出房间。

"天哪！这姑娘怎么这样！"斯图尔特夫人说，"我不知道她怎么了。"

半小时以后，内蒂才回来。对我来说，这段时间似乎很长，而她却一直在奔跑，因为她再次进屋的时候，上气不接下气。与此同时，我也漫不经心地冒出一句话，说我已经辞去了在罗顿那里的工作。"我能比那干得更好。"我说。

"我把书丢在小山谷里了。"她气喘吁吁地说，"茶好了吗？"这就算是她的道歉了……

即使开始喝午茶，我们也没有感到轻松愉快起来。园丁住所的午茶是一顿正儿八经的饭，有一张大饼和一些小蛋糕，果酱和水果精心地摆放在桌面上。你一定能够想到，我阴沉着脸，神情尴尬，被内蒂弄得莫名其妙，出乎意料，不知所措，走火入魔，寡言少语，目光越过糕饼凝视着她，过去二十四小时里还能言善辩的口才居然被我丢到脑后去了。内蒂的父亲很想让我说点什么，他很欣赏我的口才，因为他笨嘴拙舌，词不达意，而倾听我滔滔不绝地讲述我的想法则使他又惊又喜。的确，我也认为自己当时甚至比跟帕洛德在一起还要健谈，尽管对这个世界来说，我充其量不过是一个羞怯笨拙的小伙子。"你真该写出来投给报纸，"

他常说，"你就该这么做。我从来没有听到过这样的胡说八道。"

要不就是："小伙子，你有唠叨的才能。我们真该让你去当律师。"

可是那天下午，甚至在他眼里，我也黯然失色。他用了许多方法刺激我，都未能奏效，又回头问我找工作的事儿，但那也没能引起我的兴趣。

五

长时间以来，我都担心恐怕会没等和内蒂说一句话就返回克莱顿，她对我迫切想跟她交谈的愿望一无所知，而我却一直惦着这件事儿，不是什么心血来潮。她母亲一直注视着我的面孔，其动机显而易见，就是怎样设法让我们一起出去到暖房里去做点什么——我现在记不起要做什么了。甬管那是一桩什么样的微不足道的使命，其实不过是最纯粹的借口，不论是要关门，还是要关窗，我认为都难以奏效。

内蒂犹豫不决，可还是照办了。她领我穿过暖房。那条砖砌的小巷低矮潮湿，水汽蒙蒙，从长满茂密的大麻叶和蕨类植物的架子中间穿过，架子后面的植物枝叶繁茂，四处蔓延，越过头顶，树叶密不透风。就在这狭窄的绿色隐蔽处，她停住脚步，像走投无路的动物一样突然转身面对着我。

"银杏蕨非常可爱，是吗？"她用眼睛示意着"眼下"，看着我说。

"内蒂，"我开口道，"我真傻，给你写那样的信。"

她表示同意，眼睛一亮，令我大吃一惊。可她却什么也不说，站在那里等待着。

"内蒂，"我进一步说道，"没有你我受不了。我，我爱你。"

"要是你爱过我的话，"她接口道，眼睛却盯着自己插在绿色枝叶里的白皙手指，"还会给我写那种信吗？"

"我不是那个意思，"我说，"至少并不总是那个意思。"

我真的认为这些信写得十分出色，内蒂这样胡思乱想真是傻透了，可我却一时清醒地意识到，没有必要这样向她表白。

"你就是那样写的嘛！"

"可我后来却走了十七英里来告诉你，我不是那个意思。"

"不错。但说不定你真是那个意思呢！"

我想我当时都懵了，不知该说些什么，后来就语气含混地说："我真不是。"

"你以为你——你爱我，威利，可你并不爱我。"

"我爱你，内蒂！你知道我是爱你的。"

她摇了摇头，算作回答。

我做出了自认为最勇敢的进攻。"内蒂，"我说，"我宁可没有自己的意见，也不能没有你。"

枝叶依旧吸引着她的目光。"你这会儿这样想。"她说。

我正要断然反对。

"不，"她简短地说，"这会儿不一样了。"

"可是为什么两封信会有这么大的差别呢？"我问。

"不仅仅是信的问题。反正不一样。永远不一样了。"

她说完停了一下，寻找词语。她蓦然抬头盯着我的眼睛，稍稍激动起来，但是带有一种暗示，暗示着她认为我们的谈话该结束了。

可我并不想就此结束。

"永远都不一样了吗？"我说，"不！……内蒂！内蒂！你不是那个意思！"

"我就是这个意思。"她不慌不忙地盯着我说，一举一动都流露出她的结论。看上去她好像迅速做好了准备，迎接随之发生的一切。

我当然变得絮絮叨叨，可我的话并没压住她的话。她牢牢地立于不败之地，对我各方面的攻击针锋相对。我记得我们的谈话方式很可笑，竟然对我是否爱她争执不休。现在看来显而易见，当时我越来越陷入痛苦之中，因为她能站在那里，比以往任何时候更加聪明伶俐，口齿尖利，而且莫名其妙地拒我于千里之外。

没有表示亲昵的一点点胆量，没有一点内疚感，没有一点令人兴奋的刺激，我们以前是绝不会在一起的。

我为自己辩护，为自己辩解。我试图表明，即使我写那些苛刻的、令人难以接受的信，也是出于真心实意想要跟她深入接触的愿望。我言过其实地表示，自己没跟她在一起时多么相信她，看见她跟我疏远，态度冷淡的样子我又多么震惊，多么痛苦。她望着我，感受着我话语中流露出的激情，体味着我的话如何不合情理。我毫不怀疑自己当时表情丰富，富于雄辩，无论我当时多么理屈词穷，这会儿都能冷静地写下来。我可是一本正经，全神贯注，绝非玩笑。我真心实意向她袒露我感受到的疏远和冷淡，以及我的愿望有多么强烈。我通过语言的丛林艰难地、顽强地向她靠近。她的脸色极为缓慢地变化着，宛如晴空出现的曙光般令人难以觉察。我能感觉到我的话对她有所触动，她冷酷无情的态度正逐渐缓和，就像坚冰正在融化，她坚定不移的决心正在向犹豫不决软化。原有的亲昵习惯正在她体内蠢蠢欲动。可她还是不许我接近她。

"不行。"她突如其来地大喊一声，蓦地激动起来。

她把一只手搭在我的胳膊上，嗓音中流露出崭新的奇妙的友谊之情。"这不可能，威利。一切都不同了———一切。我们犯了一个错误，我们两个小傻瓜干了一件傻事，一切都永远不同从前了。是的，没错。"

她转过身去。

"内蒂！"我大叫道，一面向她表示抗议，一面顺着通向暖房门前的架子之间的狭窄过道追赶她。我就像一名原告，她则像羞愧难当的被告，在我前面奔走。因此我至今还对此情此景记忆犹新。

她不再让我有机会跟她交谈。

而我却能看出，我对她说的一番话已经完全打消了我们在公园里见面时显而易见的冷漠和疏远。我发现她的淡褐色眼睛不时将目光投在我身上，流露出某种新奇，或者说是一种惊奇的表情，仿佛她意识到一种异乎寻常的关系以及怜悯与同情，而且仍然具有某种防御性的意味。

我们返回住所时，我感到与她父亲谈论铁路国有化的事情更加无拘无束。一旦意识到我依然能对内蒂产生影响，意识到我甚至跟普斯更爱开玩笑，我的精神和情绪都得到了调整。斯图尔特太太由此判断，他们跟我的关系趋于好转，于是脸上露出笑容。

但是，内蒂仍然若有所思，缄口不语。我无法理解她为什么会茫然无措，过一会儿，她就悄悄地溜到楼上去了。

六

我双脚疼痛，当然无法走回克莱顿去，我口袋里还有一先令一便士，够我乘坐切克希利和两哩石之间的火车，我打算大半路程乘火车。我正准备走，内蒂突然对我表露出明显的担心，这令我感到惊愕。她说，一定要走公路，天已黑尽，通往大门的短短路程都看不清了。

我指出那是月光。"还有彗星的光芒。"老斯图尔特说。

"不行，"她坚持说道，"你一定要走公路。"

我还是坚持己见。

她站在我身旁。"别让我扫兴。"她小声快速地恳求,并用劝诱的眼光看着我,使我为难。即便在此时此刻,我还在问自己,为什么一定要听她的?

要是她后面不再跟上一句话,也许我就答应了,可她却说"灌木丛旁的冬青树漆黑一片,而且还有猎鹿狗。"

"我可不怕黑,"我说,"也不怕猎鹿狗。"

"但是那些狗,万一有一只放出来呢!"

这就是一个姑娘的理由,这位姑娘仍必须得理解,胆怯是只有她这个性别的人才说得出口的理由。我也想过,这些可怕而精瘦的畜生被紧紧拴在铁链上,在漆黑的夜晚,它们一听见从屠宰林边传来匆匆赶路的脚步声就会齐声狂吠,这个想法使我打消了取悦她的愿望。就像最富于想象的人一样,我特别胆小,动辄退缩,经常忙于压抑并掩盖这些念头,在它可能出现时拒绝打消它,因为不可能由于几只被拴紧的狗我才这样做。

于是,我不理会她,动身上路。我觉得自己十分勇敢,而且看来勇敢并不难做到,这令我喜出望外。但也有一点遗憾,因为她会认为被我征服了。

薄云遮月,山毛榉下的道路漆黑一片,难以辨认。我并没有被爱情变故弄得神魂颠倒,忽略一个应该承认的事实,即我总是习惯夜晚穿过荒无人烟、寂寞荒凉的公园。我把一大块打火石绑在皱巴巴的手绢一端作棍子用,另一端则系在手腕上。兜里有了武器,走起路来就放心大胆了。

巧得很，我刚从灌木丛角落的冬青树丛里走出来，冷不防碰见一个小伙子，身着晚礼服，抽着雪茄烟，吓我一大跳。

　　我刚好走在草地上，因此脚步声很轻。他毫无遮掩地站在月色中，雪茄烟一闪一闪，活像一颗血红的星星。当时我并没有想到，我在漆黑的阴影里走近他，几乎难以觉察。

　　"喂，"他带着一种和蔼可亲的挑战口气喊道，"我先在这儿的！"

　　我走进月色中。"就算你先来，那又怎么样？"我说。

　　我立即反唇相讥。我知道，议员贵族和乡亲百姓之间在使用这条小径上断断续续发生过争执，就不必说我在争执中倾向哪一方了。

　　"嗨！"他惊叫道。

　　"你大概以为我会望风而逃吧。"我边说边走近他。

　　一看见他这身打扮，我就抑制不住对这类纨绔子弟强烈的反感，再加上他的话中挑衅的语气，更让我火冒三丈。我认识他，他叫爱德华·维罗尔。他父亲不仅拥有这一大片房地产，而且拥有罗顿瓷器厂的大半资产，还拥有整个四镇地区的股权、财产、煤矿和出租的房地产。人们都说他豪爽好色，聪明绝顶。年纪轻轻就有传言说他要进议会。他在大学里学业优异，在我们这些人中的口碑不错，很受欢迎。他定了定神，鼓起勇气，当然有助于我面对极大的痛苦，而且我坚信自己比他要好一些。他站在那里，简直就是一个缩影，使我充满痛苦。有一天，他把轿车停在我们房子外面，我还记得注意到母亲盛怒之下眼神中流露出来的恭顺和钦佩，透过百叶窗凝视着他。"这就是小维罗尔，"她说，"人家说他非常聪明。"

"他们会这样说的，"我应声道，"见他们的鬼！滚开！"

可这不过是顺口说说而已。

当他发现自己跟一个男人面对面时，显然大惊失色，嗓音都变调了。

"你是什么人？"他问。

我应声反唇相讥，"你是什么人？"

"唔呵。"他说。

"我正在这条路上走，只要我愿意，"我说，"懂吗？这是一条公用的路——就像过去这里是公共用地一样。你已经窃取了这条道路的使用权，下一步你还会让我滚出地球去呢，我才不听你的呢。明白吗？"

我个子矮一些，估计比他小几岁，但是，我的手在衣袋里紧紧抓住临时做成的武器，非常乐意跟他干上一架。可我向他迈进一步，他就后退一步。

"我猜你是社会主义者，对吗？"他用机警、从容、略带嘲弄的口吻说。

"算是其中之一吧！"

"那我们都是社会主义者喽，"他镇定自若地说，"我可丝毫没有剥夺你走路权利的意思呀！"

"但愿没有。"我答道。

"真的没有！"

"没有就好。"

他换了一支雪茄，停顿片刻。"赶火车呀？"他拾起话头。

不搭腔显得不近情理。"对。"我回答得很简单。

他说这个夜晚十分利于步行。

我犹豫了一下，路就在眼前，他靠边站了站。看来只有接着赶路了。"晚安。"他说，其意图不言自明。

我粗鲁地大喊一声晚安。

我觉得自己就像一颗炸弹，一边寂静地赶路，一边发誓要随时爆发。他已充分领教了我们之间遭遇战的滋味。

七

我脑海中浮现出一种记忆，那是截然相反的两件事的奇怪混合，这种记忆栩栩如生，颇为有趣。

在我穿过最后一片开阔的草地、沿着小路走向切克希利车站时，发觉自己竟然有两个影子。

这件事蓦然跳进我的脑海，暂时止住了我汹涌的思绪。我想起自己突然萌发的想法如何明智，如何卓尔不群。我猛然停住脚步，转过头来，盯着月亮和白色的彗星。飘浮的云朵一下子显露出来。

彗星离月亮大约有二十度，看上去奇妙无比，飘浮摇摆，宛如深蓝色的深渊里一个绿白色的幽灵！彗星显得比月亮还要明亮，因为它更小，但影子却比月亮的影子淡得多，虽然边界清晰……我继续观察这些，注视着我身前的两个影子。

　　我完全无法解释此时此刻汹涌的思绪。但突然间，感觉好像在一个路口附近见到过这个新玩意儿。彗星再次离我的思绪而去，我面对的是一个绝对崭新的想法。有时我觉得奇怪，我投下的两个影子，一个带有某种女性的柔弱，比起另一个来也并不十分高大，这两个影子会不会使人联想到外界强加于我的词语或者思想呢？我只清楚一点，那就是凭直觉我确信灌木丛外穿晚礼服的年轻人是来做什么的。当然了，他是来和内蒂约会的！

　　一旦脑筋转动起来就再也不会停下来。令我充满困惑的日子，使我和内蒂分手的神秘东西，她举止行为中流露出来的难以理解的陌生东西，都被揭示出来，得到解释。

　　现在我才明白，为什么对于我的到来，她会显得内疚，为什么她会外出，为什么她急急忙忙让我进屋去，她跑回去取的"书"到底是什么，她为什么让我走高速公路回去，她为什么会同情我。我恍然大悟，明白了这一切。

　　你一定会把我想象成一个黑小子，突然变得平静——僵硬地站立片刻——然后突然活跃起来，软弱无力地打着手势，口齿不清的叫喊也能听见了，两个小影子嘲笑着我的垂头丧气。你一定能想象出一大片开阔的月色溶溶的草地，远处的树林隐隐约约勾勒出草地的边缘，那些树林低矮、模糊、暗淡，晴朗的苍穹下月色明亮而奇妙。

这一想法片刻之间使我不知所措。我的思维停顿了一下，凝固在这个发现上。与此同时，我的双脚和先前的行动方向又带我穿过温暖的黑暗，披着微微月光，走向切克希利火车站，走向售票处的窗口，再走向火车。

我渐渐清醒过来——独自一人坐在一节肮脏的"三等"车厢里，骤然狂怒，大发霆霆。我一跃而起，发出一声困兽般的怒吼，用尽全力一拳砸在面前的板壁上……

奇怪的是，没过多久我就把火气忘得一干二净。但我后来明白，大约有一分钟，我从开着的车厢门探出身去挂了一会儿，琢磨着怎样从火车上跳下去。那可是戏剧性的一跃，然后我就可以突然冲回她身边，痛斥她，制服她。我挂在那里，激励自己这样做。我不记得我是怎样决定放弃这样做的，反正后来终归没有去做。

火车停在下一站时，我已经不再想回去找内蒂了。我坐在车厢的角落里，青肿受伤的手压在胳膊下面，仍然没有感觉到疼痛。我试图想出一个清晰的行动方案，好发泄满腔怒火。

第三章
左轮手枪

一

"那颗彗星快要撞着地球啦！"

两个男人走进火车，坐了下来，其中一人说道。

"啊！"另一个惊叫。

"他们说那颗彗星是由气体组成的。咱们不会毁灭吧？会吗？"

……

这与我有何相干？

我正在琢磨怎样报复，对我原有的身份进行报复。我在想着内蒂和她的恋人。我下定决心，决不让他得到她——不过我得把他俩都干掉才能阻止他得到她。我并不在乎还会发生其他什么事情，只要结局有保证就行。我所有的挫折感全都转变为愤怒。本来我不假思索就会接受那天晚上永远难忘的痛苦，必然想去报复。一百种可能采取的行动，一百种激烈冲突，还有一些暴力方案，像走马灯似的在我受到羞辱而愤怒的头脑中快速变化着。我所能够忍受的唯一出路就是对使自己蒙受耻辱的人进行强烈的、无情的、残酷的报复。

那么内蒂呢？我仍然爱着内蒂，但是现在这种爱却带有强烈的嫉妒，带有对受到伤害的、自豪的、强烈的、难以言喻的仇恨，以及受到挫折的强烈愿望。

二

因为囊中羞涩，当我从克莱顿峰顶走下来时，只能乘火车到两哩石镇，于是我只好走下山。我想起了一个活灵活现的小矮人，他尖尖的嗓门，在一盏煤气灯下，靠着一块招贴板，面对稀稀拉拉的一群星期天晚上出来晃荡的无业游民在进行布道。他个头矮小，秃顶，一小蓬卷曲的络腮胡子，卷发，水汪汪的蓝眼睛，他正在宣布，世界的末日就要来临。

我想，这是我头一回听见有人把彗星和世界末日联系在一起。他把这件事跟从《圣经》上读来的预言和国际政治什么的都混淆起来。

我停住脚步，听了一会儿他的演说。我并不觉得他的演讲值得驻足细听，可是他的听众挡住了我的去路，而他古怪的疯狂措辞和表情，向上指的手指吸引了我的注意力。

"你们所有的过失和罪孽都要到头啦，"他大声吆喝道，"瞧！那就是审判之星，它代表了至高无上的上帝的最后审判！它判处全人类灭亡。"接着，他的嗓音又变成一种奇怪的平和音调"死亡之后，最后审判！最后的审判！"

我从旁观者中挤了出来，继续赶路，他那奇怪的、单调的、刺耳的嗓音追逐着我。我一边走，一边想，这想法早就有了——我到哪儿可以去买一把左轮手枪，怎样才能掌握它的用法——要不是当天晚上我在睡梦中被他惊醒，或许我会彻底把他忘掉。一般说来，我一醒来就会想到内蒂和她的恋人。

接下来的三天真是不可思议，现在看起来，这三天全都集中在一件事情上了。

这件占统治地位的事情就是设法购买左轮手枪。我下定决心，要么通过在内蒂看来是某种异乎寻常的魄力和暴力行为的方式来重塑形象，要么就必须杀了她。我不会放弃这个念头。我觉得，一旦我让这件事情就这么过去，我最后一点点自尊和自豪也会随之消失，在我的余生中，我就别想指望得到任何尊重，或是得到任何一个女人的爱情。自尊心驱使我冲动，去达到目的。

然而，买把左轮手枪并非易事。

在我可能不得不面对店员时，就会在瞬间感到一种羞怯，我尤其担心的是，万一他问我为什么要购买这玩意儿，我编个什么理由来回答。我决定说自己准备去得克萨斯，在那儿会用得着手枪。当时得克萨斯是个野蛮荒凉、无法无天的地方，臭名远扬。因为我对枪支的口径、杀伤力等一无所知，所以也想面无表情地询问，他向我提供的武器能在多远距离杀伤男人或女人。在处理这类实际问题时，我的头脑相当冷静。我颇费周折地找到了一名军械工人。克莱顿有一家连锁店里有几种小口径步枪之类的东西，可他们仅有的几把左轮手枪给我的印象不是太小就是像个玩具，不适合我。在斯瓦辛格利狭窄的高街上一家当铺的橱窗里，我发现了要找的东西，一把价格公道、制作粗陋，但看上去还蛮像那么回事的枪，上面贴着"美军专用"。

我从银行里取出了我的存款余额，两英镑多一点，来做这桩买卖，却发现这件事原来易如反掌。当铺老板告诉我什么地方可以买到弹药。那天晚上，我带着鼓鼓囊囊的口袋回家，不再手无寸铁了。

购买左轮手枪这件事，要我说呀，就是那些天里我所做的一桩大事，可是你一定不要以为我过分热心于此事，而对大街上正在发生的激动人心的事件麻木不仁，视而不见，其实我正通过这些事情寻找达到目的的有效方法。街上到处是窃窃私语，整个四镇地区的人们都愁眉苦脸，减弱了从街道两旁的窄门里传出的声音。一群身体健康的普通人去工作，去做自己的事情，他们都受到阻碍，感到沮丧。许许多多的男人站在大街上，三个一群，五个一伙，宛如血管中聚集的红细胞，在开放性炎症中感染患病。

女人们看上去面容憔悴，焦虑担忧。铁匠们拒绝了别人提出的减少工资的建议，开始封锁工厂，随时准备停止工作。康奇里亚森董事会正在竭尽全力阻止煤矿工人和雇主发生冲突，可是最大的煤矿主和全斯瓦辛格利最大的房东，也是半个克莱顿最大的房东——年轻的雷德卡勋爵，正以面对现实的态度使得冲突不可避免。他是一位英俊潇洒的小伙子，具有骑士风度，他的自尊使他特别厌恶受"大量矿工"的支配，他说他要为此而奋斗。从很小的时候起，这个世界待他就十分慷慨。五千人的普通股股份都被用来支付他良好的教养，巨大的、浪漫的、昂贵的雄心壮志充斥着他那精心培育的大脑。他早就以其蔑视民主的态度著称于牛津大学。在对普通人的敌意中，有些东西能够满足他的想象：一方面，是一位才华横溢的贵族，孤芳自赏；另一方面，则是丑陋而又面无表情的芸芸众生，穿着随便，没有教养，营养不良，嫉妒心强，行为鄙劣，厌恶工作，却对他们几乎得不到的好东西有邪念。为了共同的富于想象的目的，在构思这个体制时就忽视了警察——高大魁梧的警察保护着贵族的权利，而忽略了这样一个事实：雷德卡勋爵已经直接而合法地把手伸向工人的衣食住行，而这些工人若要触犯他的话，只能靠某种暴力的犯法行为。

他住在罗切斯特大楼，离切克希利大约五英里。可是或许是为了表示他对竞争对手不大在意，或许是为了确保自己与仍在进行的谈判保持联系，几乎每天都可以看见他在四镇内或者附近，驾驶着那辆速度可达每小时六十英里的大型轿车转悠。按说英国人对平等对待的热情足以使这样大胆的作为免于任何危险，但他也无法完全免于受辱。至少有一次，一个醉醺醺的爱尔兰妇女一拳向他打来……

阴郁安静的人群，人数一天比一天多，多半是妇女，黑压压一片，宛如长久笼罩在山顶上的一片黑云，徘徊在克莱顿政府大厅外的市场上，而市改厅内正在开着大会。

由于我家的房顶有漏洞，因此当我看见雷德卡勋爵飞驰而过的轿车时，对他怀有特殊的敌意，我认为这是理所应当的。

我们住的小房子是租来的，房主是一位吝啬节约的老人，名叫佩蒂格鲁，他住在奥弗卡斯尔一幢别墅里，别墅装饰着小狗和山羊的石膏像。虽然我们定了特别的协议，可他却压根儿不愿为我们维修房屋。他对我母亲的胆小怕事十分放心。很久以前曾有一次，她交房租晚了一点，少交了半季度的房租，他宽宏大量地把交租日期推迟了一个月。她觉得，总有一天她会再度需要同样的怜悯，使自己成为也可怜的奴隶。她甚至不敢问他是否应该修理屋顶，害怕他会不高兴。可是有天夜里，大雨倾盆，落到她的头上，使她患了感冒，还把她那床破旧不堪、补丁摞补丁的床罩打湿、弄脏了。然后她让我给老佩蒂格鲁写了一封措辞极为温文尔雅的信，恳求他权当行善，履行他的法律义务。正是由于当时普遍的愚昧，这种已然存在的片面的法律对于普通百姓来说，极为深奥晦涩、神秘难懂，其措施无法确定，其机制无法运行。如今，法典清楚明白，法规与原则也陈述清晰，能够为每个人服务，当时的法律乃是法律从业者的不传之秘。可怜的、操劳过度的人民，常常被迫服从这些无关紧要的错误决定，不仅因为法律不可容忍的不确定性，而且还因为打官司的费用随心所欲地乱涨。另外，打官司所需的时间、精力和起诉过程等都是未知数。的确，对于任何一个雇不起一位好律师来为其辩护、实事求是的人来说，都毫无公正可言。除了警方粗暴的保护以及地方法官对大众极为勉强、稀奇古怪的劝告之外一无所有。民法尤其是上层人物的一件秘密武器。我可以想象，没有什么不公正的行为足以让我可怜的老母亲觉得需要上诉。

所有这一切听起来都让人难以置信。我只能向你保证，事实的确如此。

当获知老佩蒂格鲁已经下楼来告诉我母亲，他患有风湿病，而且还来查看屋顶，认为不需要修理时，便激起了我那些天常有的不良情绪，或者可以说是义愤填膺的情绪。我用威胁的语句给他写信，要求他修复屋顶。"按照协议，"我加了一句，"从现在起，假如一周之内再不修理，我们将提出诉讼。"开始我并没有将这一举动告诉母亲，因此，当情绪激动的老佩蒂格鲁拿着我的信下楼时，母亲几乎同样情绪激动。

"你怎么能给老佩蒂格鲁先生这样写呢？"她问我。

我回答说，老佩蒂格鲁是一个无耻的老流氓、老无赖。她说已经跟他把一切都解决了时，我真怕自己对她做出什么不孝之举——她不会告诉我是怎样了结的，可我能猜个八九不离十——

我准备答应她，真心实意地向她许诺，再也不管这件事了。但我没有这样做。

当时我没有什么太好的主意，于是我冲着老佩蒂格鲁大发雷霆，以我认为恰当的方式把整个事情的真相摊在他面前。老佩蒂格鲁回避了我的质问。他看着我走上他面前的台阶。我眼前依旧能够浮现出他古怪的老鼻子和眼睛上方皱巴巴的眉毛，还有一小撮灰发像遮光帘似的搭在额角。当仆人应声开门时，他命令她挂上链条锁，然后才告诉我，他不愿见到我。因此我只好又诉诸笔杆。

正当我拿不定主意怎样进行诉讼时，我想到了一个绝妙的主意，就是向地产的主人雷德卡勋爵进行投诉。因为他是我们这里的封地首领，所以我可以向他指出，在老佩蒂格鲁手中，租金可没有那么保险。我在租借期里又加了些一般性资料，如土地租金纳税，以及土地的私有权等。而雷德卡勋爵让秘书向我转达的"问候"，使我对他恨之入骨。他从心里讨厌民主，养成了一种丢人现眼、没有礼貌的态度，这种态度把他的低能无知表现得淋漓尽致。他还要求我管好自己的事就行了，他会解决自己的问题。我被这话大大地激怒了，先是把这张纸条撕成无数碎片，然后把碎片撒满了房间的地板——结果，为了不给母亲增添打扫卫生的负担，我又只好四下里费力地把这些纸片拾起。

我仍在策划一次猛烈的反击，去控告所有雷德卡勋爵那类人，从他们的举止行为和伦理道德，到经济犯罪和政治犯罪。这时我与内蒂的矛盾爆发，掩盖了一切小摩擦。然而，矛盾掩盖得并不彻底，当显示他贵族身份的轿车从我身边呼啸而过时，我大喝一声，随即开始了求购武器的漫长而曲折的过程。不久我发现，母亲双膝红肿，行走不便，一瘸一拐。由于害怕再次把这件事摆在我面前，对我造成刺激，她已经独自一人把床搬离漏雨处，没有叫我帮忙，结果碰伤了膝盖。我发现，所有的破家具现在全都缩靠在墙皮剥落的卧室墙边，天花板上湿了一大片，房间地当中摆着一只浴盆……

我有必要把这些事告诉你，这样可以给你一个印象，让你了解所有这些东西怎么摆放得不方便、不自在；可以使人联想到，沿着夏季炎热的街道，处处流动着烦恼的气氛、对罢工的焦虑、谣言和愤慨。到处都在集会，警察的面孔愈发严肃，当地报纸的标题充满挑衅，仔细盘查每个行人的纠察队员一队队从寂静无烟的铁匠铺前经过。可是在我看来，你一定要懂得，这些印象是不正常的表现，它们形成了一道活动的背景、变化的底色。依我所见，一把左轮手枪在此情况下是绝对必要的。

沿着黑乎乎的街道，在行动迟缓的人群中，一想到内蒂——我的内蒂，还有她那个具有绅士风度的情人，我的脑海中便激起熊熊的复仇之火。

三

这件事过去三天以后，也就是到了星期三，第一次冲突不幸爆发，结果酿成"孔雀林流血事件"，并且蔓延到整个斯瓦辛格利煤矿。这是我注定要目睹的唯一一次骚乱，不过是那场斗争中一次无足轻重的预演而已。

有关这次事件的报道众说纷纭，大相径庭。读读这些报道，就能看到近来的报道对事实毫不关心，令新闻界蒙羞。我的办公桌上有几份过期的日报，我把它们收集起来，并将三四份报道了当日事件的报纸找出来浏览一遍，用以帮我记起当时所见。报纸放在我面前——皱巴巴的，稀奇古怪，并不可信。这些廉价低劣的报纸已经发黄变脆，沿着折缝撕裂，油墨不是褪色就是污黑一片。我在浏览那些愤怒的标题时，只好小心翼翼地去翻看它们。我安静地坐在那里读着报纸，总觉得报纸贯穿始终的品位，报纸的排版，作者的口气、论据和主张似乎是出自瘾君子或是酒鬼之手。读这些报纸犹如羚听着微弱的呐喊、尖叫和怒吼，就像小小的留声机上那种越来越弱的声音……只有到了星期一，我才发现这些被战争报道深深淹没了的新闻包含了某种暗示，说克莱顿和斯瓦辛格利将要发生非同寻常的事情。

我看到这些报道时已近黄昏。我一直在学习怎样用新买的手枪射击，于是便握着枪走出四五英里，穿过一小片沼泽地，走进一片僻静的小灌木丛，里面长满风铃草。这里位于利特与斯塔福德之间的公路的一半处。我在这里待了一个下午，仔细从容、冷静固执地试验与练习。我带了一个藤制的风筝骨架，打开合上，合上又打开，每次打出弹孔，我就会做出标记，数出环数，再和其他环弹孔做比较。直到我可以十拿九稳地从三十步以外射中一张扑克牌，才终于感到满意了。光线渐暗，我都看不清自己用铅笔画出的牛眼了，我怀着平静而忧郁的心情沿着斯瓦辛格利通往我家的道路往回走——饥饿难耐、性情暴躁的男人有时就会有这种心情。

我走的这条路两边都是惨不忍睹的工人住宅。这些住宅密密麻麻地挤在道路两旁，扮演着自己在斯瓦辛格利高街上的角色，一盏街灯，一只邮筒，蒸汽矿车就从这里出发。到目前为止这条肮脏炎热的道路安静空荡得不同寻常，但是在街角那边，开着好几家啤酒屋，附近人头攒动，熙熙攘攘。街上依旧非常安静，连孩子们都有一点懒散，可是却有许多人三五成群地站在街上，大部分人面向班托克·布尔登矿井的大门。此处正被纠察队员警戒，虽然当时矿工们正在上班，但劳工大会却仍在克莱顿政府大厅里举行。有一名受雇于班托克·布尔登矿井的男子——名叫杰克·布里斯科，一名社会主义者，在英格兰一份最主要的社会主义性质的报纸《号角》上发表了一封言辞激烈的信，批评这次危机，并因此而闻名。他在文中大胆地对雷德卡勋爵的动机提出了质疑。这封信发表之后，他立刻就被解雇了。一两天之后，雷德卡勋爵给《泰晤士报》写了一封信。我有那份报纸，还有巨变之前最后一个月伦敦的所有报纸。正如信中所说：

"那个人被付清工资解雇了，被踢出厂门。任何一个有自尊心的雇主都会这样做。"这件事发生在一夜之间，那人尚未来得及弄清楚事情的来龙去脉，这毕竟是一个错综复杂、尚有争议的事件。但是矿工们以半正式的方式进行罢工，罢工在雷德卡勋爵所有的煤矿举行，这些煤矿都分布在环绕斯瓦辛格利的水沟外面。罢工没有正式宣布就开始了，用这种突然停工的办法违反合同。但在过去那种持久的劳工斗争中，工人们往往使自己处于不利的位置，做些不合法的事，因为那些无知的头脑极为渴望激动人心、果断干脆的性格。

所有工人都没有离开班托克·布尔登矿井。那里出了点事儿，即使不是什么大事，也有点儿棘手。矿井依旧在运作，有谣言说雷德卡勋爵准备把所有达勒姆来的工人抓起来，而且井下的人已经被抓了。这里，要想准确搞清事实真相已经绝对不可能了。报纸一会儿这样说，一会儿那样说，并不可信。

我认为，要不是雪德卡勋爵碰巧与我同时遇见此情此景，我本来应该一言不发地横穿黑暗的舞台，那里正在演出工业题材的戏剧，观众寥寥无几。

雷德卡勋爵曾放言，如果工人们想要展开斗争，他就会奉陪到底，让他们开开眼。当天下午他一直十分活跃，应付争吵，尽可能引人注目地准备临时武装力量"黑腿"（我们这样称呼他们），他们将取代矿井里罢工的工人。他如是说，我们也相信。

我是班托克·布尔登矿井外所发生的全部事件的目击者，可我却不知道到底发生了什么。

请试着想象一下我所遇到的情况。

当时我正沿着一条用大鹅卵石铺成的陡峭小路往下走。这条路是从人行道中间开掘出来的，两侧的壁坡约有六英尺高，上面有一排排式样单调的又黑又矮的小屋，屋门洞开。蓝色的低矮的石板瓦屋顶和林立的大烟囱所形成的视点不断向下延伸，逐渐与煤矿前那片不规则的空地相连。空地上满是煤灰和车辙的泥印。左边是一片杂草丛生的垃圾堆，右边是煤矿的大门。远处，商店林立的高街重新开张，继续热闹起来，蒸汽机车的行驶线路就从我脚下延伸开去，可以清晰地看见反射的天光在闪烁，然后消失在阴影里，有那么一会儿，一盏新点燃的煤气灯发出油腻腻的黄色光亮，再逐渐消失在拐弯处。远处，散布着黑暗的住房，一望无际的冒着烟的小茅棚、突兀的穷酸的教堂、小旅店、寄宿学校，还有一些其他建筑夹杂在斯瓦辛格利遍布的烟囱之间。在右侧，班托克·布尔登矿井附近，一个光秃秃的格架上挂着一只大黑轮子，位置较高，但极为清晰，在暮色中看得真切，远处是一幅没有规律的景色。从山上走下来，整体的印象是一幅灰暗压抑的生活图景，上面是高深广袤、闪闪发亮的夜空，煤矿的那些大轮子就映在夜色之中。统治着平静的、广袤的天空的是巨大的彗星，呈绿白色，能看见它的人都认为它美极了。

越来越弱的落日余晖铺洒在西方地平线和一切物体的轮廓线上。彗星从东方升起，渐渐远离从布莱顿这些铁匠铺冒出的滚滚浓烟。月亮仍在上升。

此时彗星已经开始呈现云状，与过去成千上万张照片和草图所描绘的十分相似。起初，它看起来就像望远镜中的微点；然后慢慢变亮，亮到像是天空中最大的星星一般；继而持续增大，以令人难以置信的速度迅速增大。它无声无息、不可避免地冲向地球，直到与月球同样大小，最后超过月球。至此，它成了地球上空从未见过的最为辉煌灿烂的物体。我也从未见过专门描绘这一奇景的照片。它并没有彗星通常都会有的尾状轮廓。天文学家们谈到了它的两条彗尾，一条在前，另一条在后，可这两条彗尾按照透视法缩短到看不见了。因此，它成了一团膨胀发光的烟雾，中间有一块特别明亮。它发出炽热的黄光，在黑夜的薄雾的映衬下显露出奇特的绿色。

它让人不得不注意天空。对于我这种专注于俗世的人来说，只是瞪着彗星看了一会儿，心中隐隐期待着，这样一个稀奇古怪又辉煌壮丽的东西的出现，一定有某种重大意义，总不可能对于我的计划和人生价值毫无影响吧！

可是会有什么影响呢？

我想起了帕洛德。我想起人们对彗星的恐慌与不安，以及科学家们的保证，说这颗彗星质量极轻，只不过是由几百吨稀薄的气体和灰尘构成，即使全部撞在地球上，也不会产生什么后果。毕竟，又有谁发现满天星辰对俗世生活有什么影响呢？

随着继续向下走，房屋和建筑都浮现出来，可以看见到处是观望彗星的人群，可以感觉到一种不安的气氛。

我沉浸在自己的世界中，想着有关内蒂的梦境，想着我的自尊心。我把自己的事业与眼前的凶兆联系起来，不知不觉入了迷，突然间，全部情节变得富有戏剧性……

每个人的注意力都围绕着高街那无法抗拒的吸引力打转，裹挟着我，犹如一股洪流裹挟着一小束干草。人群中突然发出一个声音，混合着威胁与抗议，有点像拖长声的"啊"，又有点像拉长音的"呸"，接着又是一声嘶哑的、强烈的、愤怒的、低沉的声音，"呸，呸，呸！""嘟，嘟！"雷德卡勋爵的轿车滑稽地响着喇叭。"嘟，嘟！"有人听见它鸣着喇叭，发动机轰鸣着，因为人群迫使它减速。

似乎人们都在向煤矿大门移动着，我也随着大家一起移动。

我听见一声呼喊。透过周围黑压压的人影，我看见汽车停下来又向前开去，还瞥了一眼在地上翻滚的什么东西。

随后有人宣称，是雷德卡勋爵在开车，而且还说，他故意打倒了一个小男孩，因为他不肯让路。有人同样信誓旦旦地宣称，那个挨打的男孩在轿车缓缓穿过人群时，企图从汽车前方跑过，险些被撞倒，然后就滑倒在车轮前面。对这件事的两种报道我都有，放在我的写字台上，两份旧报纸上印着惊人的大标题。没有人能够确认事实真相。的确，在这样一种盲目的激动和混乱中，又能有什么事实真相呢？

人流向前涌去，汽车鸣响喇叭，马路上的人和车在剧烈的动荡中向左边偏去，偏了大约有十码，还传来一声好像手枪射击的声音。

瞬时，人人都在四散奔逃。一位妇女怀抱一个用围巾包裹的婴儿，一头撞在我身上，把我撞得摇晃着倒退了好几步。人人都以为是武器的射击声，但是事实上不过是汽车出了故障，这在老式的机械装置里称为回火。汽车后部的空气中飘散开一股薄薄的蓝色烟雾，大多数人又杂乱无章地跑了回来，在汽车四周留下一块明显的空地。

　　那个男孩躺在地上，身边空无一人，只见一大块淤血，一只伸开的胳膊和两只蹬直的腿。汽车已经停了下来，车里的三名乘客全都钻了出来。六七条黑影把汽车团团围住，显然是要阻止它再次发动起来，一个人以低沉的声音与雷德卡勋爵激烈争辩。他叫米切尔，是一位著名的劳工领袖。我离得远，听不见他们在说些什么。我身后的煤矿大门洞开，从那个方向朝汽车跑来一些帮忙的人。在汽车和大门之间有一块泥泞的空地，大约有五十码，那些大轮子和矿主的影子映在黑乎乎的天空。我周围的人群大致站成一个半圆形，犹犹豫豫地不知道该对这场争吵采取什么样的行动。

　　我认为，这时我的手指应在口袋里抓紧那把左轮手枪，这很自然，也很正常。我怀着隐隐约约、若有若无的意图向前走去，走得不怎么快，有几个人从我身旁冲冲走过，加入阻拦汽车前行的人群中去。

　　雷德卡勋爵身着毛皮大衣，屹立在围在他身边的人群之中。他的手势很随便，嗓门很大，恐吓着人们。我必须承认，他的形象相当不错：他个子高大，肤色白皙，英俊潇洒，男高音的嗓门，天生的骑士风度。起初我的双眼完全被他吸引住了。他看上去就像一个符号，一个成功的符号，一个贵族统治理论所宣称的所有权力的象征，也是我灵魂深处一切怨恨的象征。他的司机坐在那儿蜷成一团，盯着雷德卡勋爵身旁的人群。当然，米切尔看上去也强健刚毅，声音坚定而洪亮。

"你撞伤了那个小男孩，"米切尔一遍又一遍地说，"你必须等在这里，看看他是否受伤。"

"等不等由我。"雷德卡说道，然后又转向司机，"喂！下来看看！"

"你最好别下车。"米切尔说道。司机弯腰站在车里有点不知所措。后排座位上的人站起来，探身向前，向雷德卡勋爵说了些什么，我的注意力第一次落到他身上。那是小维罗尔！他漂亮的脸蛋被彗星绿白色的光芒映衬得容光焕发。

我一点儿都听不见米切尔和雷德卡越来越高的争吵声了，眼前新出现的情况使得吵嚷声都化进背景噪声里去了。小维罗尔！

这正是我来此地的目的。

这里将会发生战斗，肯定要有一场混战，而我们在这里……

我该怎么办？我迅速思考着。如果我没记错的话，我记得自己迅速采取了行动。我的手紧紧握住左轮手枪，突然想起枪里没有子弹。我霎时间想好了行动方案，转过身来，挤出愤怒的人群。人群此刻正向轿车蜂拥过来。

我想，马路对面的垃圾堆那里应该比较安静，别人也看不见，我可以在那儿装上子弹而不被人发现。

一个身材高大的小伙子紧握双拳，大步流星地往前赶，看见我之后停了下来。

"怎么？"他说，"你该不会是怕他们吧？"

我回头扫了一眼，又转过头来瞥了他一眼，勉强按捺住拔出手枪的冲动，这时他的眼神发生了变化。他不知所措地盯住我，然后嘴里咕哝了一声就接着赶路了。

我听见背后的人声越来越大，越来越尖。

我犹豫了一下，又转身面对争吵的人群，接着又向垃圾堆奔去。某种本能告诉我，上子弹别让人看见。我相当冷静，想到了这件事的后果。我再次回头瞭了一眼吵吵嚷嚷的人群——这会儿会不会打起来？然后我走进洼地，跪在杂草丛中，用颤抖的手急切地上好子弹。我装上一个弹夹，站起身来，退后十几步，思考着可能出现的情况。我犹豫了一下，又转回身来把剩下的所有子弹都装进枪膛。我慢慢装着子弹，因为我感到手脚有点不听使唤，最后又检查了一番，看看是否忘记了什么。之后有那么几秒钟，我先低下头，再站起身，抵御着第一阵冲动。就在我犹豫的一刹那，头顶上绿白色的巨大彗星的光芒突然闪过我的脑际。接下来，我第一次把它与已经渗入人类生活的各种残忍的暴力行为清楚地联系在一起。我还把它与打算去做的事情联系起来。我要去射杀小维罗尔，好像这事儿就在那炫目耀眼的绿色光芒福佑之下。

可内蒂怎么办？

我觉得要想在这错综复杂的情况下理出头绪来简直不大可能。

我越过垃圾堆，向争吵的人群缓缓走去。

当然，我必须杀了他……

我应该让你相信，在那种特定的场合下，我压根儿就不想去谋杀小维罗尔。我还没有想好一切细节，也从来没有考虑过把他和雷德卡勋爵以及我们这个黑暗的工业世界联系在一起。他在遥远的切克希利，那是花园与公园的世界，那是阳光灿烂的感情世界，是内蒂的世界。他出现在这里使我仓皇失措，惊讶不已。我又累又饿，理不出头绪，我们的敌对情绪复杂莫名，时时萦绕在我的心头。在过去经历过的激动情绪中，我常常想到矛盾冲突、敌对情绪、暴力行为，眼下我的心里全是这些东西，仿佛它们下定决心要来烦我似的，挡都挡不住。

这时，传来一声尖利的呼叫声，是一个女人的尖叫。随着人流在往回涌，战斗开始了。

我见雷德卡勋爵从车上跳了下来，直扑米切尔，工人们已经从煤矿大门涌出，前来增援。

我想从人群中挤过，但很困难。至今我依然记得清清楚楚，有一段时间我曾被夹在两个高大的男人中间，结果双臂被挤得紧靠在身体两侧，但其他细节都忘到脑后了，直到发现自己差点儿被人强行挤进"废墟"。

我跌跌撞撞地一头撞在汽车边上，正好跟小维罗尔碰了个面对面，他正从后边车厢往下走。他的脸映在汽车的橘黄色灯光和彗星的绿光中，看上去很是古怪。这种效果只延续了一瞬间，但却激怒了我。然后他向前跨了一步，满面红光和奇怪的表情一下子烟消云散。

我想他并没有认出我，但他立即觉察出我要袭击他。他立即挥出一拳向我打来，打中了我的面颊。

我本能地松开手枪，把右手从口袋里抽出来，挡住他的拳头；然后左手照他当胸就是一拳，打得他踉踉跄跄。等他回身时，从表情看是认出我了，脸上混杂着惊讶的神色。

"你认得我，你这只猪猡。"我大叫一声，再次出拳。接下来我下巴上重重挨了一拳，被打得晕头转向，倒向路旁。我曾经有个印象，觉得雷德卡勋爵是一个满身汗毛的大块头，铁塔般屹立。我倒在他面前，这似乎使他急切起来，但没有继续理睬我。他用平淡的大嗓门劝告小维罗尔……

"快走，特迪！不能这样做。纠察有铁棒……"

许多双脚从我周围跑过，有几个穿着钉有平头钉靴子的矿工因绊到了我的脚踝而跌跌撞撞。呼喊声、咒骂声不绝于耳，然后一切都离我而去。我从地上翻过身来，看到司机、小维罗尔和雷德卡勋爵，一个跟着一个飞快地逃走，穿过冷冰冰的彗星光芒照亮的空隙，朝着煤矿敞开的大门跑去。

我用双手撑起身体。

小维罗尔！

我还没来得及掏出手枪呢，我把手枪的事都给忘了。我全身沾满了煤灰，膝盖、胳膊肘、肩膀、后背。可我竟然连枪都没掏出来！

一种滑稽可笑、无可奈何的感觉涌上心头。我挣扎着站了起来。

我犹豫了一阵儿，不知要不要朝煤矿大门方向走，后来还是一瘸一拐地回家了。吃了败仗，痛苦不堪，稀里糊涂，羞愧难当。我既无心思，也没愿望去破坏或者烧毁雷德卡勋爵的汽车。

四

夜里，发烧、疼痛和疲劳终于把我从噩梦中惊醒，让我面临绝望，也可能是晚饭吃了面包和乳酪使我消化不良。我的灵魂迷失在颓丧、羞愧、耻辱、虐待和绝望之中。

只有处于发烧的状态之中（而发烧的确仅有一半是出于疲劳和疾病，其余都是由于青春激情失调，因为内蒂，一个陌生反常的内蒂造成的），才有可能经历短暂的梦境，这些梦境标志着我戒心全消，这远远大于我的痛苦。我还算敏感，对于她对我产生的肉体上的强烈魅力，对于她的种种优雅和美丽，都怀有超常的清醒认识。她却沉湎于对我的欲望和自豪。从肉体上说，她是我失去的荣耀。失去她不仅仅丢了面子，而且是一种耻辱。她代表生活，代表被拒绝的一切。她嘲弄我就像嘲弄一只失意、失败的动物。我看见她就来情绪，而我下巴上的青肿却因隐隐发热而涨红，后来，我一翻身又从泥水中站起来面对我的竞争对手。

有一段时间，我几乎陷入疯狂。我咬紧牙关，用指甲掐一下自己的手，不再咒骂，只因为找不到词儿而大叫了一声。东方破晓，我爬起来，坐在穿衣凳旁，手里握着那把左轮手枪。最终我站起身来，小心翼翼地把手枪放进抽屉并且锁上，以防冲动之下再一次拿起来。之后我睡了一小会儿。

在当时旧的世界秩序下，这样的夜晚一点儿也不稀奇陌生。在整整一年时间里，没有一座城市、一个夜晚能够了解愤怒和痛苦，只有那些失眠的人才体会得到。成千上万的人身染重病，烦恼忧虑，在疯狂的边缘上苦苦挣扎，宇宙的每一个中心地带都暗无天日，面临毁灭……

第二天一整天我都是在阴郁忧虑和冷漠懒散中度过的。

本来那天我打算去切克希利的，但是受伤的踝关节又肿又胀，无法行走。我待在家里，坐在楼下光线昏暗的厨房里，脚上绑着绷带，苦思冥想，潜心读书。我亲爱的老母亲伺候着我，她用棕色的眼睛注视着我，对我的沉默忧郁感到奇怪，对我双眉紧锁、全神贯注的表情颇为不解。我还不曾告诉她脚踝是如何受伤的，为什么衣服上沾满泥土。早上我还没有起床，她就把我的衣服刷洗干净了。

天哪！如今的母亲们哪会这样。我感到一阵安慰。我不知道你们能否想象得出，在那间昏暗、肮脏、凌乱的小屋里，摆着磨损破旧的松木饭桌，墙纸烂成碎片，平底锅和水壶放在狭窄廉价但一点儿也不经济的炉灶上，壁炉下面满是灰烬，铁围栏上锈迹斑斑，我把绑着绷带的双脚搁在围栏上。我不知道你们是否能看见我愁眉苦脸，面色苍白，行动笨拙，没刮胡子，没穿硬领，坐在一张温莎椅里；而有点胆小怕事、声音沙哑的慈祥老妇人满怀爱心地围着我打转，皱着眉头凝视着我……

快到中午时分，她出去买了些蔬菜，给我捎回一份半个便士的日报，就是我书桌上放了一堆的那种，只不过这份报纸油墨还没干呢，而桌上那堆已经干透发脆了，一碰就沙沙作响。那天早上我所看到的报道中，这一份是对所发生事件的真实描述，这张报纸名为《新报》，人人都买来读，并称之为"呐喊"。那天早上的报纸登满惊人的新闻，还有更加骇人听闻的通栏大标题，这些消息令人震惊，使我不再沉溺于沮丧，而是使我产生了更加广泛的兴趣。因为，报纸上说德国与英国已经处于战争的边缘。

在先前所发生的所有荒谬可笑的现象中，战争显然是最引人注目、最为疯狂的。但实际上，它大概远不如一些比较隐蔽的罪恶更为有害，例如，普遍默许土地私有制存在。但战争罪恶的结果却清楚地表明，即使在那种令人窒息的混乱状态中，人们也会对其存在深感惊异。现代战争完全没有任何站得住脚的理由。一大堆人在那里厮杀倾轧，大量的物质毁灭，无数的能量浪费，除此之外毫无意义。野蛮粗鲁的部落间的旧式战争至少还改变了人性。你们可以假定自己是一个体魄健壮、训练有素、各方面都占优势的部落，这一点可以从相邻的部落得到印证；而且假定你们成功地占有了他们的土地和女人，使自己的优势不断扩大，长盛不衰。而新式战争除了改变地图的颜色、邮票的设计，以及许许多多偶然引起人们注意的个人之间的关系以外，别的什么也改变不了。战争彻底结束后，人们路过战争发生的地方，发现人性并未得到改变，只有一般意义上的人性枯竭。没有限度地提供空食物桶、装有倒钩的钓鱼线和弹药筒的便利没有改变，带着些许困惑，所有陈规陋习和误解全都卷土重来。黑人们依旧住在贫民窟般的村庄里，白人也住在简陋混乱的棚屋里……

但是我们在英格兰通过《新报》所展示的海市蜃楼目睹了这一切，或者说熟视无睹，无动于衷，将此当作一种狂躁症。我从十四岁到十七岁的青春期和着有巨大回音的音乐，欢呼声、渴望、歌声，还有迎风招展的旗帜，慷慨大方的布勒和神采飞扬的英雄德·韦特的错误行为，对于我们来说从未发生过。

然而，在乏味无聊和愚蠢的倾轧争斗的前后，正在出现一种更大的对抗，它缓慢而又平静地成为不可避免的事实，这就是德国和大不列颠之间的对抗。

这时我想起越来越多的读者，他们完全属于新秩序，伴随着他们成长的只有对旧世界极为模糊的早期记忆。最大的困难就是记录他们父辈经历的这些晦涩难懂的混乱状态。

我们英国有四千一百万人民，几乎处于一种模糊朦胧、漫无目标、经济混乱、道德混乱的状态。我们既没有勇气和精力，也没有足够的智力去改善这种状态。我们大多数人几乎没有胆量去思考这个问题，而且我们的事情跟分布在全球的三十五亿其他人完全不同的混乱绝望地纠缠在一起。这边德国人在跟我们作对，他们有五千六百万人，也处于一种混乱状态，比我们好不到哪儿去。嘈杂喧闹的小人物们编排报纸、撰写书籍、发表演讲，这些人在两个国家都忙忙碌碌，他们的行动带有一种该死的默契，告诫两国人民把各自所拥有的一点一滴普普通通的、道德和智力的能量储存转移到纯属破坏性的、消耗浪费的战事中去，不仅仅是规劝，而且还成功地说服了大家。即使你不相信，我也得把这些事告诉你，因为这对我讲的故事来说至关重要，而且也没有一个活着的人能够告诉你何为真正持久的利益，告诉你什么可以抵消显而易见的浪费和罪恶，这些浪费和罪恶都是由于英国和德国之间的战争所造成的，无论是英国摧毁了德国，还是英国被德国所摧毁、所制服，也无论结局如何。

这件事其实极不理智、难以摆脱。在我们民族的微观世界里，它和支配我个人微观世界的自高自大的愤慨与嫉妒有着惊人的相似。它衡量出普通的情感超越了普通的理智，那是我们从野兽那里遗传而来的不寻常的激情。正像我曾变成自己的惊诧和愤怒的奴隶一样，举着子弹上膛的左轮手枪四处乱晃，寻找模糊不清、行踪不定的罪行，这两个民族也在地球周围打转，耳朵发热，头脑发昏，全副武装的海军舰队和陆军整装待发。只是没有一个内蒂来为他们的愚蠢行为进行辩护，除了双方共有的隐秘而虚构的挫折之外一无所有。

新闻舆论是造成这两大群人矛头互指、互相敌对的主要工具。

那些报纸像什么《帝国》《各民族》和《信赖》，现在对我们来说已十分陌生，还有那个特殊时期所有其他奇形怪状的东西，这些东西全都具有偶然性，出人意料地冒了出来。可事情已经发生了，犹如荒芜的园林中长出的野草，整个世界都是如此，因为世界上就没有让一切更美好这样一个明确的目的。到后来，报刊几乎完全掌握在那种野心勃勃却又缺少才智的年轻人手中，这种人永远不会感觉到自己漫无目标、无所追求，但却怀有令人难以置信的热情和自豪。要想真正理解彗星将带给它末日的疯狂时代，你一定要牢记，这些古怪的旧事物，在其产生的每一个阶段都充满了强烈的、目的不明确的能量，而且以集中的方式奔流而出。

下面让我大致描述一下一份报纸的产生。

首先想象一下，一栋仓促建起、设计更为草率的建筑矗立在伦敦老城一条肮脏、漶地纸屑的偏僻街道上，许多衣衫褴褛的人在街上来来往往，穿梭不息。在这个印刷工人组成的工厂群内，灵巧的手指紧张地工作着（他们总是催促印刷工人赶快干活），开动着排字机器，铸造大量金属字，并将这些金属字排成字形，排字间上方是一些蜂房似的灯火通明的房间，衣着不整的人们坐在那里涂涂抹抹。有一台正在响铃的电话机和电报机在咔嗒咔嗒响着，通信员跑进跑出，激动的人们来回奔跑，手里抓着校样和排字付印稿。接着，机器轰鸣，越转越快，嗖嗖嗖，砰砰砰，从打出生起就没有时间洗脸的那些工程师，拎着油桶快步如飞，而报纸则快速抖动着从滚筒上落下来。业主脾气暴躁，乘车飞驰而来，车未停稳就跳下来，手里捏着信件和文件，冲进车间，果断地"强行"让大家都服从他。一看见他进来，连正在待命的小通信员都一骨碌爬起来来回奔跑。冲突、诅咒和杂乱无章布满了视线。可以想象，这台复杂而疯狂的机器上所有的零部件全都疯狂地运转着，随着夜色消逝，逐渐达到紧张和激动的高潮。终于，在所有这些激烈的工作中，在令人激动的办公室中，似乎唯一慢慢走动的东西就是时钟的指针了。

报纸慢慢地临近出版，所有这些压力也趋于解除。之后，在一小段时间里，一辆急驶而来的运货车载着几个人开进已然昏暗的街道上。街上空无一人，突然从每一扇门里抛射出许多报纸，大包大捆、一堆一堆地倾注到车上，人们抓过报纸往车上扔，看上去就像一场无拘无束的战斗，东西南北，四面八方，吵吵嚷嚷，人来人往，人们关注的焦点向外扩散。从小房间出来的工人们正准备回家，印刷工人们一面四散开去，一面打着呵欠，喧闹声和松弛的情绪交织在一起。报纸出现了。报纸印制出来之后接着就是发行，我们仍然离不开报纸捆。

我们所看到的东西渐渐分散开去。你可以看见，这些报纸捆被摔进火车站，差一点没赶上火车。它们乘火车上路、加速，然后分拆成小捆，被人用力准确地扔出火车，摔在月台上。火车一闪而过，然后，这些小捆又被拆分成更小的报纸捆，分装成一些包裹，成为分好的报纸。接着，不知不觉中天已破晓，晨曦中男孩儿们一面快速奔跑，一面喊叫，把报纸塞进信箱缝里；打开窗户，把报纸分放在书摊上。在几小时的时间里，整个国家由于到处是报纸而星罗棋布般布满了白色，到处可见招贴板上展示着当天匆忙编就的谎言。男男女女乘着火车，吃着饭，读着书，男人们都靠在书房的沙发上，人们从床上坐起身，母亲与儿女等待父亲快点读完报。有一百万人分散在各处阅读报纸，轻松随意地阅读，极度渴望读报。恰如一阵猛烈的喷射，把报纸的白色泡沫喷遍大地表面……

然后，这些泡沫便神奇地消失了，不留痕迹，宛如彻底消失在沙子中。

荒谬！这事儿就是一阵闹闹哄哄的胡说八道，不合情理的兴奋和激动，丧失理智的恶作剧，浪费精力，毫无意义……

我拿着的就是这样一卷白色的报纸，我把绷带裹住的脚搁在母亲昏暗地下室里厨房的铁栏杆上，报上大字标题的"呐喊"使我从个人的麻烦事中彻底清醒。母亲则坐在那里，粗壮的胳膊上衣袖卷起。我读报，她削土豆皮。

那份报纸就像一团侵入人体的病菌。我就是英国社会这个乱七八糟的大机体里的一个小细胞，是四千一百万这种小细胞中的一分子，这些有说服力的大标题，这份报纸感染了我，在我心头萦绕，动摇了我一心想做的事。那一天在全国各地有几百万人像我一样读了报纸，与我有着相同的感受，被同样的符咒镇住，回心转意。我们怎么说来着？噢，"面临敌人。"

　　彗星被印在不引人注目的背面。栏目标题为"著名科学家说彗星将要撞击地球。要紧吗？"从标题来看，人们缺乏这方面的知识。"德国"——我常常把这个神话般恶毒的存在想象成一个头戴盔甲、长着坚硬触须的皇帝，长着一对佩带勋章的黑翅膀，手执一把大刀，威风凛凛，对我们的国旗不屑一顾。这就是《新报》提供的信息，这个妖怪盛气凌人地挑衅，公然对我国完美无缺的国旗色彩表示蔑视。在一条我从未听说过的热带河流的右岸，有人树起一面英国国旗，一名醉醺醺的德国军官在模棱两可的指令下把这面国旗扯了下来。接着，附近一名富裕的当地人、无可置疑的英国臣民，被人射中腿部。不过事实到底如何，尚未有定论。只有一点可以肯定，我们不会接受来自德国的任何胡言乱语。无论发生了什么还是没发生什么，他们都应该向我们道歉，但他们显然并未表示歉意。

　　"战争终于到来了吗？"

　　这就是大字标题。人们的心都要跳了出来，激动地随声附和……

　　那天有一段时间里，我彻底忘了内蒂，沉浸在陆地上和海洋里发生的战斗和胜利之中，满脑子都是炮火、堑壕和千军万马厮杀的情景。

　　然而，第二天一早，我动身去了切克希利，之后，在一种难以理解、充满希望的精神状态中，把彗星、罢工和战争抛诸脑后。

五

你一定要理解，我朝切克希利走去时，根本没有打算要去谋杀谁。我没有制订任何计划。我脑袋里是有一大堆乱七八糟的想法，有一些威胁、痛斥和恐吓的场面，但我并没想到杀人。左轮手枪只是用来对付那些年龄和体格都优于我的对手……

但我根本没打算用它！左轮手枪！我随身带着左轮手枪，只是因为我有枪，因为我是个小傻瓜。这是一个激动人心的玩意儿。我说过，我压根就没有什么计划。

在去切克希利的艰苦跋涉过程中，我一再受到一个新颖但不合情理的希望的启发。清晨，我就是怀着这个希望醒过来的，它或许是某些已被忘却的梦境的没有消失的痕迹——即使我所设想的一切都发生了，内蒂也会同情我，原谅我。我甚至想过，有可能是我曲解了所见到的现象。说不定她会把一切解释清楚的。我的左轮手枪已在口袋里准备就绪。

开始我一瘸一拐地慢慢走，但是走了两英里之后，我的踝关节发热，疼痛不厉害了，于是剩下的路程我就走得十分顺利了。我在想，究竟是不是我做错了？

当我穿过公园的时候，心里还在思考这个问题。走到公园管理员住的小屋附近的围场角上，看见一些尚未衰败的蓝色风信子，我想到了我和内蒂一起采集风信子的情景。看起来我们不大可能永远真正分手。当我穿过小山谷，走近冬青树丛时，一阵柔情向我袭来，潮水般把我淹没。然而，作为一个小伙子，我对内蒂的柔情蜜意已然消失殆尽，我想到了自己欲望中的新内蒂，想到我在月色中看见的那个男人。我还想到了从我青春期开始就萌发出的强烈的、目光短浅的、热切的意图，我的心情也随之沉重起来。

我穿过山毛榉树林，怀着坚定而遗憾的心情走向花园。走到花园围墙上那扇绿门跟前时，有一段时间我被强烈的颤抖所控制，抓不住门闩，打不开门，因为对于事情的结局我不再有任何疑虑。我用冷静、纯洁、自怜的感情战胜了发抖。我惊讶地发现自己正在装鬼脸，也感觉到脸颊潮湿，随即彻底消除了疯狂的激情。我必须在事情了结之前利用一点时间……我转身离开大门，蹒跚了几步，大声呜咽着，躺在欧洲蕨中间以防被人看见，然后又恢复了平静。我在那儿躺了一会儿，差不多就要打退堂鼓了，这时，激情涌过全身，恰如云彩的阴影，于是我非常冷静地走进花园。

穿过一间玻璃暖房敞开的门时，我看见了老斯图尔特。他正靠在架子上，双手插在衣袋里，陷入沉思，一点儿都没注意到我。

我犹豫了一下，然后慢慢地走向住房。

这里的气氛不同以往，引起了我的注意，可我一下子还说不清异常在什么地方。

有一扇卧室的窗户敞开着，而这里通常都是百叶窗低垂，上部的横档半开半关，斜垂下来吊在空中，看起来颇为奇特，因为正常情况下这套住房内的一切都是井井有条的。门大敞着，室内一切依旧，但往常整洁的门厅多了一把形状奇特的锁。这时大约是下午两点半。三只脏盘子堆在一起，上面放着用过的刀叉，搁在一张椅子上。我走进门厅，往两边房间里看了看，踌躇着。

于是我拍了拍门环，发出很大的啪啪声，跟着又亲切地喊了一声："喂！"

一时没人应声，我驻足细听，等待回答，手抓住武器。这时有人走上楼来，然后又悄无声息。紧张的等待绷紧了我的神经。

我第二次把手放在门环上，正要去拍，普斯出现在门口。

我俩都没吭声，互相看了一阵。她的头发乱蓬蓬的，脸蛋被泪水打湿，脏兮兮的，红得不正常。见到我，她显得非常惊讶。我以为她要说些什么，她却突然冲出房间。

"听我说，普斯！"我喊道，"普斯！"

我跟着她跑到门外。"普斯！出什么事了？内蒂在哪里？"

她消失在住房的拐角。

我犹豫不决，不知该不该去追她。这是什么意思？接着我听见有人上楼来。

"威利！"斯图尔特夫人喊道，"是你吗？"

"是我，"我答道，"大家都在哪里？内蒂在什么地方？我要跟她谈谈。"

她没应声，但我听见她走动时衣服沙沙作响。我猜她爬上了头顶上的楼梯平台。

我在楼梯边停住脚步，盼着她出现，盼着她下来。突然传来一声奇怪的声音，一阵说话声，吐字又快又听不清，混乱而无条理，还带着一种因悲伤从喉部发出的声音，最后终于融进一片悲痛的号啕大哭声中。除了能听出这声音发自女人外，简直就像哭泣的孩子在边哭边说。"我不能，"她说，"我不能。"我只能听出来这一句。对我年轻的耳朵来说，这是可以想象得到的发自一位善良的母性的最奇怪的声音，我一直把她看成是一位手艺精湛的糕点师。这情景把我吓坏了。我处于一种高度警惕的状态之中，立即走上楼梯，看见她站在楼梯平台上，身子向前倾，倚靠在抽屉箱上方，身边是敞开的卧室房门。她抽泣着，我从未见过这样的抽泣。一缕粗粗的黑发掉了出来，卷垂在她背上，在此之前我从未注意到她已经有了白头发。

我走上楼梯平台，她的声音又响了起来。"哎呀，我该告诉你的，威利！我真该告诉你呀！"她又低下头去，一行清泪涌出，把该说的话都淹没了。

我一言未发，感到十分震惊，但我靠近她一些，等待着⋯⋯

我从来没有见到过这样的哭泣，那块湿得一塌糊涂的手绢我至今记忆犹新。

"我本该想到会有这么一天！"她边哭边说，"我宁愿她死在我脚下一千次。"

我有点明白了。

"斯图尔特夫人，"我清了清嗓子说道，"内蒂怎么了？"

"我本该想到会有这么一天！"她这样说算是回答。

我等着她平静下来。

一阵暂时的平息。我都忘了口袋里的武器了。我始终沉默着，突然，她直直地站在我面前，擦着红肿的眼睛。"威利，"她哽咽着，"她跑了！"

"内蒂吗？"

"跑了！……跑掉了……从家里跑掉了。唉，威利呀威利！丢人呀！罪过呀！真丢人！"

她扑到我肩头，紧紧靠着我，又开始盼望她女儿死在她脚下。

"喂，喂，"我说着，全身都在发抖，"她去哪儿了？"我尽可能问得柔和一些。

可她一时还沉浸在悲痛之中，我只好扶着她，安慰她。

"她跑到哪里去了？"我第四次开口问道。

"我不知道，我们都不知道。唉，威利，她是昨天早上离家出走的！我对她说，'内蒂，你早上看起来真让人神清气爽。''好衣配良辰。'她说，可这是她对我说的最后一句话呀！威利！这个孩子是吃我的奶长大的呀！"

"没错，没错。可她上哪儿去了呢？"我问。

她继续啜泣着，断续而又急促地讲述着她的故事："她穿得漂漂亮亮、光彩照人，永远地离开了这栋房子。她走的时候面带微笑，威利，好像她很高兴能离家出走。"（"很高兴能离家出走"，我嘴唇动了动，无声地附和着。）我还对她说，"你今早真是美极了。"

"'让那丫头美去吧,'她父亲说,'反正她还年轻!'她把自己的东西偷偷在什么地方打好包,藏起来,以便带走。现在她走了,永远离开了这栋房子!"

她平静下来。

"让那丫头美去吧,"她重复着,"让那丫头美去吧,反正她还年轻……哎呀,这让我们可怎么活下去呀,威利?……他虽然没有表示什么,可他就像一头困兽。他伤在心里。她一贯是他最宠爱的孩子。他对普斯从来没有像对她那么好。可她却伤害了他……"

"她到底去什么地方了?"我终于扯回话题。

"我们也不知道。她离开了自己的家庭,她相信自己——唉,威利,气死我了!但愿她和我一起躺在我们家族的坟墓里。"

"可是,"我舔了舔嘴唇,缓慢地说道,"她有可能去嫁人了。"

"但愿如此!我向上帝祈祷过,这样最好,威利。我祷告上帝保佑她和他,我指的是她嫁的那个人。"

我冲口而出问道:"他是谁?"

"她在信中说,他是位绅士。她确实说过他是一位绅士。"

"在信中,她写过信?我能看看她的信吗?"

"她父亲拿着信。"

"假定她写了信,是什么时候写的?"

"信是今早看到的。"

"信从哪里寄来的？你能告诉……"

"她没说。她只说自己很幸福，她说爱情对人就像是一场暴风雨……"

"该死！她的信在哪儿？让我看看。至于那位绅士嘛……"

她盯着我。

"你知道他是谁。"

"威利！"她大声抗议。

"你知道他是谁，不管她说没说。"她眼里流露出无声的、信心不足的否定神态。

"是小维罗尔吧？"

她没有回答。"我已经把知道的都告诉你了，威利。"她又开口道。

"是不是小维罗尔？"我坚持问道。

大概有那么几秒钟时间，我们面对面，彼此心照不宣……接着，她猛地关上柜子抽屉，手里拿着的手绢湿漉漉的，我知道她不敢面对我无情的眼神。我对她的怜悯顿时烟消云散。她知道那个人是她女主人的儿子，也知道我是谁！

其实她知道这些已经有些日子了，她已经感觉到了。

我在她身边犹豫了一下，恶心得想吐。我突然想到老斯图尔特，此刻他正在暖房里，我转身走下楼。这时，我抬头看见斯图尔特太太垂头丧气、一瘸一拐地走回自己的小屋里去。

六

老斯图尔特先生真是可怜。

我发现他待在我第一次见到他的那座暖房里，依旧毫无生气。当我走近他时，他一动不动，只是瞟了我一眼，然后又把目光移到面前的花盆上。

"嗯，威利，"他说，"今天对我们大家来说都是一个黑色的日子。"

"你打算怎么办呢？"我问。

"太太在发火，"他说，"我只好躲到这里来。"

"你打算怎么办？"

"遇到这种事怎样做才算是一个男人呢？"

"采取措施呀！"我叫道，"咦！当然要采取措施。"

"他应该娶她。"他说。

"没错！"我大声喊道，"不管怎样他必须娶她。"

"他是应该娶她。可这——这太残忍了。我该怎么办呢？想想要是他不娶她呢？他很有可能不娶她，那怎么办呢？"

他绝望地垂下头。

"这座房屋，"接着他说出了内心的矛盾，"我们在这里生活了一辈子，或许你会说……离开这里。可像我这把年纪……人可不能死在贫民窟里呀！"

我站在他面前，推测着他断断续续的话语中的含义。他的话中透出冷漠，隐隐约约也表露出他极为恶劣的心境。我突然冒出一句话："拿着她的信吗？"

他把手伸进胸前的口袋，木然地待了一会儿，然后像大梦初醒似的，又开始在口袋里搜索。他笨拙地从信封中取出信件，默默地递给我。

"哎哟！"他抬头一看到我就惊叫起来，"你下巴怎么了，威利？"

"没什么，"我说，"一点小伤。"说着展开信纸。

信是用漂亮的淡绿色信纸写的。内容也不是以前的老一套了。从笔迹上看不出任何感情破绽。字写得端正工整，好像是在练书法。她的信往往就像戴在她脸上的面具，在她富有变化的魅力面前如帘幕般落下。它曾魔鬼般地攫住过某人的灵魂和傲气，现在面对着这封令人困惑的铅印的信，他却怎么也想不起她清脆的声音。信上写了些什么呢？

亲爱的妈妈：

请别为我的出走而悲伤。我很安全，身边有人悉心照顾。我对不起你们，但我别无选择。爱情是很复杂的东西，令人难以预料。别以为我会感到耻辱，相反我为自己的爱情而自豪。您千万别太牵挂我。我非常非常的幸福。

代我向爸爸和普斯问好！

爱你的内蒂

真是简单明了！现在想起来，那封信就像小孩子写的一样简单，但当时我却是强玉怒火读完的。我陷入了一种无助的羞辱境地；除非报仇，否则我将失去自尊。我站在那里瞪着一行行端正的字，一声不吭，一动不动。最后我偷偷瞟了斯图尔特一眼。他手里拿着信封，正低头盯着邮戳看。

"你甚至都猜不出她在哪儿。"他说，无奈地把信封转过来又看。"可苦了我们喽！威利，她心甘情愿待在那儿，无可抱怨。我们全都视她为掌上明珠呀，从不让她做任何家务事。可现在她离家出走了，像一只刚学会飞翔的小鸟离开了我们，她不信任我们，这真令我伤心。跑到那么远的地方，要是有个三长两短的，该怎么办？"

"那他呢？"

他摇头表示回答不了这个问题。

"你可以去把她追回来呀！"我用平静的语调说，"你可以要他娶她呀！"

"我去哪儿找呀？"他扬起信封无助地问，"我能怎么办？即使我知道她在哪里——我又怎能离开这个花园呢？"

"我的天哪！"我叫了起来，"死守着这个花园寸步不离！这就是你的光荣，男子汉！假如她是我的女儿——假如她是我的女儿——我会把这个世界撕得粉碎！……"我哽咽了，"难道你要忍受这一切吗？"

"那我又能怎样呢？"

"要他娶她！用马鞭抽他！用马鞭抽他！要我说的话——我要绞死他！"

他迟缓地搔着胡子拉碴的脸，张开嘴巴，摇了摇头。接着用慢得让人无法忍受的速度说："我们这种人，威利，是不可能干那种事的。"

我简直要气疯了，真想朝他的脸上揍上一拳。孩提时代我曾偶然见过一只被猫咬得血肉模糊的小鸟，我又是恐惧又是同情，把这只鸟给杀了。现在当这个丢人现眼的废物出现在我面前时，我又有了这种冲动。后来，你知道，我打消了这个念头。

"我可以看看吗？"我问。

他不太情愿地把信封递给我。

"在这里，"他用长期从事园艺而变得粗糙的食指指着，"I，A，P，A，M，P，你能猜出是哪里吗？"

我一把抓过信封。过去邮戳总是盖在邮票上，印出发信的时间和当地邮局的地名。但这个邮戳盖得不清晰，也可能是油墨不够。地名有一半看不清，我只能辨出 IAP AMP 几个字母和下面隐约可见的 D.S.O。

一道亮光从我的脑海里迅速闪过。第六感觉告诉我这是 Shaphambury。我默念着这个单词，恰好补上了邮戳上的空缺。或许是其他那些模糊不清的字母启发了我。我知道 Shaphambury 位于东海岸的某个地方，不是在诺福克就是在萨福克。"嗨！"我脱口叫了起来——接着便住了口。

告诉他又有什么好处呢？

老斯图尔特先生敏感地盯着我的脸。我有些害怕了，脸上也流露出来。"你——你没猜出来吧？"他问。

Shaphambury（香普汉贝里）！我记住了这个地方。

"你没看出来吧？"他又问。

我把信封还给他说："我猜有可能是汉普顿。"

"汉普顿，"他又重复了一遍，"汉普顿！你怎么会以为是这个地方？"他把信封翻来覆去地看着，"H，A，M——哈！威利，你还不如我呢！"

他把信重新装进信封，站直身子把它放回胸前的口袋里去。

我并不想在这件事上冒任何风险。我避开他，从马夹口袋里拿出一个铅笔头迅速把"Shaphambury"这个词写在我又脏又破的衬衣袖口上。

"嗯！"我应着，像什么事也没发生一样。

我转过身，好像看到了什么，不过并不重要——我早已忘了到底看见了什么。

但当时我并没有善罢甘休。

我抬起头看到还有一个人站在暖房门前。

七

是维罗尔老太太！

我不知道我是否能如实地把她介绍给你。她又矮又瘦，头发淡黄，庄严中透出傲慢，衣着华丽。我想用画线的办法强调"衣着华丽"这几个字眼，或者用老式的花体字或黑体字表示出来。现在世界上已经没有人穿得那么华丽了，也没有人如此沉溺于华丽的打扮。可你用不着去夸张地想象她有多么美丽，身段有多么苗条，或者想象她的衣服颜色有多么亮丽。她的衣服主色调是黑棕两色（毛是棕色的）。华丽的效果完全来自衣服质地的昂贵和豪华。她采用的是做工精细的锦缎，乳黄或紫色绸缎上配有高级的黑色饰带，丝绒镶边连绵起伏，穿梭于复杂的饰物和珍贵的绒毛中。所戴的手套做工精巧，大小合适。弱小的身上佩着许多昂贵的金银珠宝项链和手镯，让人觉得她身上最便宜的一件物品的价值，十二个像内蒂那样的女孩所拥有的全部衣服也比不上。她的帽子上镶有红宝石，给人一种清纯的感觉。我想让你知道的有关这位老妇人的第一个印象就是华丽。第二个则是干净。如果你亲眼看见她，你会觉得维罗尔老太太真是太干净了！即使让我可怜的老母亲在苏打水中泡上一个月也不会有她现在那样干净。随着她的出现，她的第三个特点便显示出来了：居高临下，傲视一切，自高自大。

那天她脸色苍白，呼吸急促，但傲慢劲儿一点也不见少。显然她此行的目的是询问斯图尔特有关这桩门不当户不对的爱情状况。

年轻的读者很可能担心我会不知所云，现在我又陷入了这个泥沼。只了解巨变后的世界情况的人会发现我所讲的有些不可思议。对于这些观点，我不会像以前那样，把旧报纸拿出来加以引证。

这些事没人写过，因为人人都能理解并对此持有一种态度。在英国、美国乃至全世界，人类可以分为两类——上层和下层。任何国家过去和现在都没有贵族——社会上有一种普遍的错误意识，认为英国的贵族很高贵——无论是在法规还是习俗中都不存在高贵的家庭，但是整个英国，都找不到俄国破落贵族那样的教养。贵族爵位是可以世袭的，就像家里的土地都传给长子一样，这根本就没有散发出贵族位高则责重的光辉。其他国家的法律与惯例都是基于平民的，整个美国也是基于平民的。但由于英国忽视封建义务导致土地私有制的产生，美国缺乏政治远见，这就使得大多数的财产流落到少数人手里。所有的集体和私人企业都得抵押给这些人。这少数人聚集在一块并不是由于高尚和世袭的原因，而是由于他们有着共同的利益和共同的生活圈子。这个阶级的范畴没有任何明确的界限。精力充沛的人主要通过暴力和令人质疑的手段梦想从下层升入上层。上层人士的子女，由于和下层人士通婚，或者由于铺张浪费，或者干了坏事臭名远扬，地位也往往会一落千丈，像普通人一样过着饥寒交迫的穷苦生活。其余的人没有土地，直接或间接地为上层人士干活，他们没有合法的生存权。这就是我们的不足和浅薄所在。事实上，几乎所有上层人士都相信这令人窒息的利己主义是理所当然、合乎情理的世界秩序。

接下来我要向你展示的是旧秩序下下层人民的生活情况。希望你能了解到他们痛苦绝望的生活，但你也不必去想象上层人士就是幸福地生活在天堂。尽管有些令人难以理解，但下层人士的生活给人一种无底深渊的感觉。他们的生活不堪入目，简单丑陋的房屋和衣不蔽体的人满目皆是。商贩们粗俗的叫卖声不绝于耳。他们惶惶不安，不仅对社会经济没有清楚的思考，还本能地厌恶思考。他们没有安全保障，所以也就无所谓害怕掉进痛苦生活的深渊。他们诡计多端，心怀鬼胎，为巩固并提高自己的地位而不择手段。读读萨克雷的书，你就能对他们的生活有一个全面的了解。然而细菌是很容易漠视阶级差别的。这种人对用人非常挑剔。看看他们留下的书吧！每代人都在哀叹他们的用人最不忠实，一个社会有这样一个黑暗的角落，全社会也就都肮脏不堪了。但他们从来不懂得这一点。他们确信什么东西都不够分配，认为这是上帝的旨意，谁也无法改变。他们坦然地接受了这一不公平的分配，继续和上层"社会"保持交际往来。之所以选择"社会"这个词是因为它最能体现他们的处世原则。但是，如果你能完全理解这些旧体制赖以生存的矛盾思想，你同样也能理解上层人对与下层人通婚的恐惧。上层阶级的女性很少发生这种事，但不管是男是女，这种婚姻都被认为是罪不可赦的，没有比这更严重的事了。

现在你大概能够意识到下层阶级结婚前谈恋爱并自我放纵的女孩的可怕命运了，从而也就能够理解内蒂和小维罗尔这一特殊情况。他们之中必有一人受害。由于他们两个正处于热恋之中，对彼此都很关心，很慷慨。作为母亲，维罗尔老太太自然心急如焚。受害者会不会是自己的儿子呢？如果他们尚未结婚就发生了关系，内蒂回来以后是否就不会成为切克希利托尔斯镇的新太太呢？本来他们是不可能结合在一起的，可是这种事情确实发生了。

我知道，这些条文和风俗习惯听起来就像某个下流的杀人狂在胡言乱语。这些东西存在于已然消失的世界，而我偏偏又恰巧出生在这个世界，这一事实真是令人难以置信，是一个比发现神经错乱者还要严重的梦幻。想想看吧！这个我曾全身心爱过并且准备为她献出生命的女孩不配和小维罗尔结婚！而我看着他匀称、漂亮却毫无个性的面孔，怎么都觉得他没有我坚强，比不上我。她曾经为他带来快乐，直到哪天小维罗尔抛弃她。我们的社会体制腐蚀了她的心灵——他高档的晚礼服，无忧无虑、逍遥的生活，用不完的金钱，对她来说多么具有诱惑力呀！而我却衣衫褴褛——对比之下她选择了前者。对造成这种局面的社会习俗的憎恨被称为"阶级嫉妒"，天生慈祥的牧师为此责备我们。但是现在任何活着的人都不会忍受或者同意这一不公平的利益分配。

当世界不存在和平时，大谈"和平"又有什么意义呢？如果说这乌烟瘴气的旧世界还有一线希望的话，那就在于事关生死存亡的起义和斗争。

但是如果你真能体会旧式生活的可耻荒唐的话，你就能理解维罗尔老太太此行的目的了。

她是来解决这一灾难的！

斯图尔特夫妇当然也愿意妥协！我看透了他们。

想到斯图尔特和维罗尔老太太即将进行的交易，一股愤怒油然而生，促使我的举止也有些不理智。无论如何，我都不想看到这种场景，甚至连斯图尔特的第一个手势都不想看。

"我要走了。"我转过身背朝着他说，再没有多说一句道别的话。

回去的路必须经过这位老太太身边，于是我只好朝她走去。

我看到她的表情变了，嘴巴微微张开，前额布满皱纹，眼睛瞪得圆圆的。她一眼就看出我是个奇怪的造访者。我走路的神态把她气得喘不过气来。

她站在台阶上端，离温室地板有三四个台阶。看到我准备冲过去，她生气而又傲慢地后退了一两步。

我完全没向她致敬。

其实，我是向她"致敬"了的。现在这种场合我不宜为自己对她说过的话去道歉——免了吧——只要我把一切说清楚，你们就会理解我、原谅我的。我当时一门心思想羞辱她一番。

于是我对这个瘦小可怜却衣着华丽的老妇人说了下面一番话。"你们这群该死的土地贼！"我直截了当地当面骂她，"你是来给他们送钱的吧？"

还没等她回过神来张嘴反驳，我就紧握拳头，气势汹汹地从她身边大踏步走过，消失在她的视野里……

从那以后我一直在想她会怎样看待这件事情。就她所处的特殊世界而言，在此之前我这个人压根就不存在。即使存在也只是一个模糊的黑色东西，一个小不点儿，远离她的花园。直到此时此刻，当她心事重重地来到自己的花园，在绿色的暖房里寻找斯图尔特时，才发现了我的存在，发现了衣衫褴褛的我猛然跳进这排绿色墙壁、铺砖地板的房屋里，首先是瞪着她，接着便皱着眉头朝她冲去。我的影子逐渐扩大，不可忽视，行为越来越猖狂。我充满敌意，满不在乎地走上台阶，俯视着她，那一瞬间的局势不亚于第二次法国大革命，然后我莫名其妙却又恶狠狠地向她说了那些话。顿时我如释重负，像报了仇似的，心里异常痛快。

然后，我快步走过，除了脚步有些混乱之外，宇宙又恢复了以往的样子，上文提到的头晕目眩的下层人民终于清醒过来了。

过去我从未想过的就是大部分富人都将自己的财富视作理所当然。我曾以为他们看待事物的方法和我一样，对此是持否定态度的。但事实上，维罗尔老太太不会怀疑她家垄断这一广阔乡村的完美权力，更不会去检查三十九条信纲，或去松动她赖以过上优越生活的坚强支柱。

毫无疑问，她对我的举动惊恐万分，但她并不知道其中的缘故。

她这种人似乎永远都不会理解他们脚下的黑暗和从黑暗中迸发出的仇恨的火花。它跃出黑暗，转瞬即逝，犹如荒凉的路边迟来的马车点亮了车灯，转眼又消失在夜色中一样。他们满怀恐惧地琢磨，尽量从头脑中挥去这些毫不重要的东西。

第四章

战争

一

从羞辱维罗尔老太太的那一刻起，我就成了一名代表，一名反对世袭制度的代表。我的生活里没有尊严和快乐的希望可言，我对上帝和人类进行了反抗。除此之外我没有任何其他意图。我十分清楚自己要做什么，我要抗争到底。

我要抗争到底！我准备杀死内蒂——谁让她对别人媚笑许诺，投怀送抱。现在她代表着一切可能的幸福，代表着年轻人破灭的理想和无法获得的快乐；小维罗尔则代表着我们这一不可救药的不公平社会秩序的获利者和剥削者。我要杀了他们两个，然后自杀，看看死后还有什么恩怨。

于是我下定了决心。我愤怒到了极点。头顶上，星光对着暗淡的新月闪烁着，一颗巨大的流星划破天空。

"保佑我杀了他们吧！"我仰天大叫道，"就让我去杀人吧！"

我疯狂地吼着，又累又饿，开始发烧。我在通往罗彻斯特的荒地里自言自语，徘徊了许久。当天色完全黑下来时，我才准备回家。我一口气走了漫长的十七英里路，都没想到要休息一下，而且从早上到现在什么也没吃。

我想我肯定是疯了，但我还能记起一些胡言乱语。

多少次我在亮光中边哭边走，这种亮光既不是夜晚，也不是白天；多少次我胡乱地思考着所谓的"万物之灵"，但更多的是朝天呐喊。

"为什么偏偏留下我来蒙受耻辱？"我质问，"为什么要伤害我的自尊，损伤我的感情？难道是你在有意捉弄我吗？这个世界——你们在和自己的客人开玩笑吗？我——即使是我——也不会开这种玩笑呀！"

"为什么不学学我的仁慈和正派呢？为什么还不放手？难道我曾日复一日地折磨过讨厌的虫子吗？尽管它一路释放臭气，令人恶心。我曾让它挨饿，曾打伤过它，嘲弄过它吗？你们为什么要这样对我？这个玩笑也太差劲了。试着——试着提高点品味吧。你听到了吗？不要开这种令人伤心的玩笑了。"

"你说这是你的打算——你和我的打算。你向我承诺——我的心在绞痛呀！噢！我怎能相信你呢？你忘记了我的其他爱好，不来管我。那么车轮下面那只青蛙又怎样呢？我的天哪！还有那

114

那只被猫撕伤的小鸟呢？"

我在路上横冲直撞，发泄心中的怨恨，大声叫道："回答我！"

一周之前这里曾经月光皎洁，皎洁的月光和黑色的影子在公园里相映成趣，但是现在月光却变成了黑色，到处烟雾缭绕，离地面不到三英尺的白色薄雾笼罩着草地，树木像幽灵似的立在那里。那天晚上世界显得多么陌生、朦胧而空旷，四处看不到一个人。我沙哑的声音在寂静的夜空中飘荡，有时我会像前面讲的那样争辩，有时会怅然若失地徘徊，有时会感到极度的烦闷不安。

有时我想到内蒂正在欺骗、嘲笑我，想到她正和小维罗尔拥抱亲热，我会麻木不仁，然后又突然暴跳如雷。

"我不会听之任之的！"我吼道，"我绝不会听之任之的！"

有一次大发雷霆时，我顺手从口袋里拔出手枪，对着沉寂的夜空一口气开了三枪。

子弹划破天空，回音穿过一排排受惊的树木，在林中萦绕不断，渐渐地恢复了平静。枪声、诅咒、亵渎的话语和祷告——不久后我又祈祷了——全都消失在沉寂的夜色之中。

我能怎么表达呢？这是一个人在寂寞的夜晚即将窒息时的宣泄，这股力量压倒了一切。枪声和它对外界的冲击力是十分巨大的，但也转瞬即逝。我发觉自己站在那里，手里举着枪，惊愕不已，觉得自己的感情被一种难以理解的东西刺破了。我抬头往上看去，星星仍在闪烁。

"你是谁？"我终于开口问道。

我就像站在一片荒凉的沙漠上，突然听到一种声音……

随即这种声音也消失了。

当我来到克莱顿·克雷斯特镇时，我记得没有看见每晚都出来看彗星的大批人群，那个以往常常站在临时围栏外的荒地上、警告罪人在最后审判日前忏悔的小牧师也不在那儿了。

午夜早已过去，人们都回家了。可我起初还没想到这一点。这个荒凉的地方非常神秘，给我留下很深的印象。由于彗星带来了光明，所有灯都熄灭了。可这一切看上去十分陌生。寂静的高街上，卖报的人已经打烊休息了，门外还竖着一个布告牌，上面贴着布告。

布告上有一个用鲜艳色彩标出的词——"战争"。

你可以想象：整条空旷冷清的街道，唯有我的脚步声在回响——除我以外人人都已入睡。我在布告牌旁边停了下来，在半梦半醒之间迅速地把布告弄得皱巴巴、歪歪斜斜的。但在阴森的亮光下这两个字还是显得特别刺眼，那就是"战争"。

二

这一夜我常常从睡梦中惊醒，浑身被汗湿透了。

时候不早了，母亲坐在我的床边，她给我做了些早餐，放在一只旧托盘里。"亲爱的，先别起床，"她说，"你一直昏睡不醒，昨晚你回来时已是凌晨三点了，你肯定已经精疲力竭了。"

"瞧你的小脸，"她接着说，"像床单一样苍白，眼睛闪着凶光……我吓坏了，赶紧让你进屋，你上楼时都跌倒了。"

我的目光悄悄地转向自己的外套，口袋里鼓鼓的，她可能还没有注意到。"我到切克希利去了。"我说，"或许你知道……"

"昨晚我收到了一封信，孩子。"她弯腰靠近我，把托盘放在我的膝盖上，轻轻地吻了吻我的头发。好一阵子，我们就这样静静地靠着，一动不动，她的脸恰好挨着我的头。

我从她手中接过托盘，母亲随即站了起来。

"别动我的衣服，好吗？"当她走近我的衣服时，我厉声说道，"我可以自己洗的！"

然后母亲就转身离开了房间，我说的话把她吓坏了。"亲爱的妈妈，你！我理解你的意思——有点儿理解，但现在，亲爱的妈妈，噢，别管我，让我一个人静一静。"母亲像一个乖巧的用人一样退出了房间，离开了我。我和这个世界一样，都如此恶意地利用着这种顺从。

那天早上我好像再也没有发火，满脑子都是悲哀而坚定的决心。我主意已定，无可更改，心中既没有爱，也没有恨，更没有恐惧——走后唯一让我牵挂的就是我的母亲。我慢慢地用着早餐，想着上哪儿去找有关香普汉贝里的信息，怎样才能到达那个地方，当时我连五个先令都没有。

我选了一件衣领破损最轻的衣服小心翼翼地穿上，比平时更加认真地刮了脸，然后走到公共图书馆去查地图。

香普汉贝里位于埃塞克斯郡远离克莱顿的海岸，旅途艰辛而漫长。我跑到火车站，从列车时刻表上抄下了一些火车的出发时间。我所问到的搬运工都不太清楚香普汉贝里这个地方。倒是售票员给了我帮助，告诉了我想知道的一切信息，然后我又返身回到黑乎乎的街道。至少我还得再有两个英镑。

我再次回到图书馆，坐在阅报室里苦思冥想。

一个新的状况打断了我的思路。人们好像对晨报报道的信息感到分外不安，室内气氛不同寻常。人比以往更多，大家议论纷纷。好一阵子我对此感到迷惑不解，接着便恍然大悟："肯定是对德国的战争！"北海有可能会发生海战，别管它！我转而继续想着自己的事。

帕洛德？

我可不可以先与他握手言和，然后再向他借点钱呢？我掂量着，看看成功的希望有几分。然后又想到变卖或者典当什么东西，但这似乎有些困难：我的冬装大衣新买的时候都不到一英镑，手表也不值几个先令，更何况这些东西都是必需品。我忐忑不安地想到母亲出租房屋可能会有一些积蓄。她对此守口如瓶，严加保密，存钱箱锁在她卧室的旧式茶几里。我知道要她心甘情愿地给我钱简直是不可能的。虽然我告诉过自己没有什么比这场生死之恋更重要，但每当一想到那个茶几，我就会犹豫不决，难道没有其他途径了吗？或许东拼西凑以后钱还不够的话，我可以向母亲坦白，乞求她给我几个先令。"这些人，"我自言自语道，头一次没有满怀愤怒地想到上层人士的公子哥儿，"如果常要靠典当东西来度日的话，他们就会发现很难浪漫起来。然而，我们就必须想方设法应付过去。"

我感到那一天正在逐渐过去，可我一点儿也兴奋不起来。"欲速则不达。"帕洛德过去常这么说。我要把每一步都计划好，从长计议，这样才能快速地达到目的。回家吃午饭的路上，我在当铺门口徘徊不前，但最后还是决定把外套带来和手表一起当掉。

我一言不发地吃着饭，想着自己的计划。

我的午餐就是个土豆饼，即土豆泥里夹着一点点白菜和肉丝。

三

吃完午饭，我穿上大衣，趁母亲还在后屋洗碗时溜了出去。

过去，像我们这种家境，洗涤处通常位于漆黑的厨房里。厨房后面是潮湿难闻的一块洼地，由于当时在我们那片洼地附近还开了一个煤窑，使得崎岖不平的小路上到处都是黑黑的小煤炭粒。与别的洗涤处比起来，我们这里更是脏得见不得人。每顿饭后我们就是在这样的"洗涤区"洗掉油污的，它给我的印象就是永远水汽蒙蒙。空气中弥漫着熬白菜味，平底锅和水壶所碰之处无不留下黑黑的印记，土豆皮屑常常堵在下水道的滤网上，记忆中所谓的"洗碗布"就是一块块脏得无法形容的碎布。这个地方的祭坛是一个用石头砌成的"水槽"，油腻腻的，让人一看就想呕吐，简直不堪入目。"水槽"上面是一个冷水龙头，设计得非常糟糕，每次一打开水龙头，水便四处飞溅。但这水龙头就是我们的水源，你可以想象：在这样一个地方，有一个矮小无私的老妇人，行动迟缓，衣着破旧，鞋不合脚，由于常干粗活，手指弯曲变形，头发又白又脏——她就是我的母亲。冬天，她常常不停地咳嗽，手也会皲裂。我这时却趁她在后面洗碗时一声不吭地溜出去典当我的外套和手表，准备弃她远行。去典当这两件物品时，我老是犹豫不决。我不喜欢在克莱顿当铺典当，因为那个老板认识我。典当之后他把我带到斯瓦辛格利的林奇街，我曾在那里买过左轮手枪。当时我很后悔让他知道得太多。可我最终还是回到了克莱顿。我记不清典当得了多少钱，只知道比我计划去香普汉贝里的单程票要少得多。我又回到公共图书馆去想办法，寻思可不可以步行十英里或十二英里以缩短乘车路程。当时我的靴子处境很惨，左脚的鞋底即将脱落。我隐约感到，假如在这紧要关头这破皮鞋只能让我拖着走的话，那我的计划恐怕就要付诸东流了。只要我轻点走，它们还是能支撑一阵子的，但我不能走得太快、太远。我来到哈克街一家修鞋铺，但鞋匠说四十八小时之内没有时间为我修补鞋子。

差五分三点，我回到家里，决定无论如何都要乘坐五点钟的火车去伯明翰，但钱仍是个大问题。我想典当一本书或诸如此类的东西，但我实在想不出家里还有什么值钱的东西。母亲的银器——两把汤匙和一个盛盐的罐子——在几周之前，确切地说是在 6 月 15 日就被当掉了。我冥思苦想，做着各种假设。

　　我走上台阶准备进屋时，突然看到了加布比塔先生。他站在红色的窗帘边看着我，眼神中露出惊讶，然后马上就消失了。当我从过道上走过时，他猛地打开门拦住我。我希望你能在头脑中勾勒出我的形象：黑不溜秋，闷闷不乐，像个小丑一样；衣服过时、廉价，并且破旧不堪，红色领带早已褪色；左手插在口袋里，像抓着什么东西似的。加布比塔先生比我还矮，给人的第一印象是欢快、小巧，像一只小鸟一样。我觉得他是想给人一种小鸟的感觉，但即使他有小鸟般的迷人风度，他也没有小鸟那种热情的活力。小鸟永远不会张开大嘴，气喘吁吁。他穿着牧师制服，现在看来这是所有旧式服装中最为奇特的一种款式。他穿的又是最为廉价的那一套，黑色布料，质地极差，裁剪古怪，极不合身。宽大的下摆使身体显得更加肥胖，两腿也特别短。他天真无邪的脸上架着一副大眼镜，圆形衣领下的白色领带皱皱巴巴，不太干净的牙齿间夹着一支欧石南根制作的烟斗。他的皮肤比较白，尽管只有三十三四岁，头顶上的头发却日渐稀少，开始谢顶。

　　也许对你们来说，他的形象极为古怪，完全不顾及自己的形象和身份，但在当时，人们不仅接受了他，而且对他非常尊敬。他一年前刚刚去世，晚年的形象有了很大改观。但那天下午我见到他时，他的确是个个子矮小、不修边幅、极其难看的人。不仅他穿的衣服丑陋古怪，即使剥去外衣，也会看到他大腹便便（这是食欲失控所致），肌肉松弛，肩膀滚圆，皮肤皲裂、肮脏并略为发黄的肤色，本能会告诉你他从来就是这般模样。你会觉得在生活中他随遇而安：有什么就吃什么，碰到什么就相信什么，要做什么就随心所欲地做什么，而且他还用这种方式继续混下去。你不会想到他是一个自尊心强、意志坚定或者充满爱心的汉子，可他过去恰恰就是这样……当时我们都是那样。我为什么用这种口吻来评价这位可怜的小个子副牧师呢？

"嗨！"他装出一副友好悠闲的样子跟我打招呼，"好几个星期不见你了！进来聊聊天吧。"

客厅住客的邀请就像一道天然的命令。我本来是很想拒绝的，邀请来得太不是时候了。但我嘴笨，怎么也找不出一个借口。"好吧！"我笨拙地答道。他替我开门让我进屋。

"很高兴你能接受我的邀请，"他打开了话匣子，"在这个教区很难有这么好的谈话机会。"

这家伙想知道我在神秘地忙些什么。他对我表示出过分的担心和热情。他唠唠叨叨地说了些什么，来回搓着双手，越过眼镜不时地偷看我的表情。当我坐在他的皮面扶手椅上时，脑海里升起一个古怪的想法，想到了坐在克莱顿牙科手术室的患者——我不知道为什么。

"看来他们要在北海给我们添麻烦了。"他评论道。其实他对此并不十分热心，"我很高兴他们旨在开战。"

他的房间弥漫着一种文化氛围，常常使我产生一种恐惧感，就是在现在这种场合我也倍感压抑。房间的窗下有一张桌子，上面凌乱地摆着一些摄影器材和一些他近期在欧洲大陆拍摄的纪念照，书架挤在壁炉两迄的壁龛处，用美国产的台布装饰着，上面放了许多书，我当时觉得数量非常大——大概总共有八百多册，包括这位令人尊敬的绅士的相册和一些学校用的教科书。镜子上方挂着一块小小的大学盾形徽章，对面的墙上也挂着加布比塔先生的一张照片，照片□他穿着长袍，戴着帽子，身后的那堵墙是以牛津大学为背景的。这些摆设更加突出主人的博学多才。靠着那堵墙中间放着一张写字台，如果拉开桌子，就会发现上面有些文件格，这使人觉得他不仅富有教养，而且善于舞文弄墨。他就在这张桌子上写下布道词，而且还亲自谱曲！

"是的，"他走到炉前的地毯上说，"战争迟早会来的，要是我们现在能去击毁他们的军舰，那么战争就会从此结束！"

他先是踮起脚尖站着，然后又将重心猛然落到了脚跟上。然后他透过眼镜陶醉地看着他妹妹画的一幅水彩画——画的主题是一束紫罗兰——放在一只餐具柜上。这个餐具柜既是他的食品柜、茶叶柜，又是一个储藏室。"太好了。"他边看边说。

我咳嗽了一声，琢磨着该怎样脱身。

他请我吸烟——多么古老奇特的习俗！我谢绝了。紧接着他开始大谈罢工的"恐怖结局"。"战争不会改变他们的罢工条件。"他说，顿时满脸的严戾。

他说矿工只是为工会罢工游行而不替妻子儿女着想，这激起了我抗议争辩的念头，稍微转移了我准备脱身的注意力。

"我不同意你的说法。"我清了清嗓子说，"如果矿工们现在不为工会罢工，任凭他们来解散工会，那么当战争真的到来时，他们往哪儿跑？"

对此他回答说，在雇主们以低价出售煤炭的状况下，矿工们的薪水是不可能达到最高点的。我答道："原因不在这里，而是雇主们不公平地对待他们，他们必须自卫。"加布比塔先生回答说："嗯，我不知道。我在四镇待过一段时间，我得说，不公平的天平并没偏向雇主那一边。"

"偏向矿工那一边了。"我故意歪曲他的意思，附和着说。

我们就这样你一言我一语地争论着。"干脆混淆这一论点！"我这样想，却又苦于没有这种本事。于是话音中不免流露出愤怒的情绪，加布比塔先生也争得面红耳赤，脸上现出两片红晕，但是他的声音中并没有露出半点趾高气扬。

"你知道，"我说，"我是个社会主义者，我认为这个世界并不是为少数人而存在，让他们在其他人面前耀武扬威的。"

"亲爱的伙计，"加布比塔说，"我也是社会主义者嘛，谁不是呢？但这不会导致我产生阶级仇恨啊！"

"你还没体会到这该死的制度的损人利己本质，我可是已经感觉到了。"

"啊！"话音刚落，前门传来了敲门声，他便停住了话头。我听见母亲正请某人进屋，接着又传来一下胆怯的敲门声。

"现在……"我站了起来，坚决要走，但他不准。"别走嘛，别走呀！不过是来索要多卡斯那笔钱的。"

他抬起手挡在我胸前，强迫我留下，大声说道："进来！"

"我们谈话谈得正在兴头上！"他对来访者表示不满。进来的是雷米尔小姐，她是位身材娇小的大龄女士，在克莱顿教堂身居要职。

加布比塔先生向她打招呼——雷米尔小姐没有注意到——她走到加布比塔先生的写字桌边，我一直站在椅子旁，又不便离开。"我没有打扰你们吧？"雷米尔小姐问道。"一点儿也没有。"他说着摊开书桌和文件，我不禁想看看他要干些什么。

我对自己当时没有离去十分恼火。他们的谈话内容与他刚才说的收钱没有任何关系。我绷着脸听他们用威尔士语谈话，看到在我眼前的一个小小的扁平抽屉里好像散放着许多硬币。"他们真是不可理喻，"雷米尔小姐抱怨说，"谁会去加入一个近乎愚蠢的社会组织呢？"

我没再理会他们，转身把脚踩在壁炉围栏上，把胳膊肘搁在周边布满绒毛的金属板上，端详着房间里的照片、烟斗和烟灰缸。在去火车站之前我还有什么没有考虑到的吗？

当然有啦！这时，我的思想发生了一次奇怪的跳跃——好像是被迫越过了一个无底深渊似的，落在了这些钱币上。加布比塔关上抽屉，硬币看不见了。

"我不再打扰你们谈话了。"雷米尔小姐走出门说。

加布比塔先生礼貌地把她送到门口，替她打开门，领着她走出过道。有一阵子我满脑子都是钱币，抽屉里面好像有十好几个硬币呢！

前门关上了，他回来了，我的机会失不再来。

四

"我要走了。"我说，急切地想逃离这个房间。

"亲爱的老伙计！"他坚持道，"我真想不到，真的——又没有人叫你。"接着他显然是在转换话题，说道："你从没告诉过我对伯布那本小书的看法。"

现在我对他不再一味地顺从，而是非常生气。我扪心自问：为什么要支支吾吾或者美化自己对他的看法？为什么要在他面前假装没有知识而贬低自己呢？他问我对伯布的看法，我决定告诉他——必要时摆出一副傲慢的态度，或许这样他会让我走。我没有重新落座，而是站在壁炉的一角旁。

"你是指去年夏季你借给我的那本小书吗？"我问。

"他论证得很透彻，对吗？"他说着用一只肥胖的手示意我坐在扶手椅上。

我仍旧站着说："我不觉得他的论证很有说服力。"

"他是伦敦最聪明的主教之一。"

"或许是吧！但他在一件小事上却含糊其词，躲躲闪闪。"我说。

"你是说……"

"他分析错了，我认为他没有证明自己的观点，他的推理简直就是一派胡言。"

我看加布比塔先生的脸色比先前更加苍白，行为举止再也不那么和蔼可亲了。他的眼睛瞪得圆圆的，嘴巴张得大大的，面孔看起来有些扭曲，眉头紧锁。

"你这样认为，我很难过。"他终于深吸了一口气说道。

他不再示意我坐下，而是朝着窗户走了一两步，然后转过身来说："我想你会承认……"他的语气有些许愤怒和傲慢……

用不着告诉你有关我和他的辩论了。要是感兴趣，你可以去很少有人问津的书库角落里去查寻那些书，全都被揉得皱巴巴的，非常便宜——例如，我的论点就是基于理性者出版协会出版的书。他们所混淆不清、不能辨别的是无穷无尽的有关正统学说的"答复"，像无法辨认战壕里血肉模糊的死者一样，都是一些有关我们先辈的争论，有时争论得非常激烈，超出了我们所能理解的范围。我知道，你们年轻人看不懂，也没有耐心，无法理解人们把参加最具争议性问题的辩论想象得多么神圣。所有条理清晰的思维方式和亚里士多德式的逻辑理论都变得神秘起来，还有一些神秘的数字。你无法懂得我们对宗教的痴狂，也不懂为什么过去的人们在谈到他们的神时都喜欢采用迂回的陈述方式，更不懂野人被拍照之后为什么会死去，以及为什么伊丽莎白时期的农夫一天中遇见了三只乌鸦后就不再出门远行，甚至连我这个过来人，现在想起这些争议时也有些迷惑不解。

今天我们可以理解信念,所有人都靠信念而活着。但在过去,人们都无助地拒绝信念,拒绝强加于他的令人难以置信的抽象信仰。在这里我想说,不管你信还是不信,人人都有信念。他们没有丰富的知识,除非他们亲眼看见、亲手触摸,或者有发言权,否则他们不会相信,就像我们野蛮的祖先没看到交换的东西就不会交换物品一样。即使他们不再崇拜牲畜和石头,或者不再节衣缩食、不辞辛劳地去朝拜神像,也仍然会坚守自己的神像、诺言和规则。

但是为什么要返回古代去争辩,去玩文字游戏呢?

在辩论中我只要说一句话就够了,可我们却在追随上帝和追求真理的过程中大发脾气,抨击对方时言辞犀利,近乎荒唐。总的说来,如果我当时的辩论技术十分差劲的话,加布比塔副牧师就更不用说了。

他满脸涨得通红,雀斑愈发显眼,失声尖叫起来。我们越来越粗鲁地打断对方,杜撰事实,我们的说话声越来越大,越来越像吵架——我的母亲肯定在楼梯口徘徊,惊恐地听着我们争辩,并一定会在心里默念:"我的孩子,别那么冲动!噢,不要那么冲动!加布比塔先生喜欢交朋友,闭上嘴,仔细想想他说的每一句话吧。"由于缺乏历史知识,我们对这件事胡乱地做了个假设性总结。我宣称自己是当时著名的德国作家尼采的弟子。

作为一名弟子,我必须坦率地承认,自己对这位大师的著作知之甚少。事实上,我是前一周从杂志《号角》上认识他的,他在《号角》上发表了一篇占了两栏的文章。不过加布比塔副牧师并不读这类东西。

我知道,尽管尼采对绅士们所推崇的信仰持有独特的批判态度,但当我告诉你我敢肯定加布比塔副牧师对于尼采这个名字一无所知时,你是不会轻易相信我的。

"我是尼采的弟子。"我说,脸上一副准备来做一番解释的神态。

听到这个名字,他笨拙地退缩了,于是我马上又重复了一遍。

"你知道尼采说过什么话吗?"我心怀恶意地向他挑衅。

"他肯定曾经被人狠狠地抨击过。"他说,仍旧企图逃过这一关。

"被谁?"我怒火中烧,失声叫着,一步步逼近他,"赶快告诉我!"

五

加布比塔先生陷入了狼狈的应战之中,这时恰好有人帮他解了围,但这却加速了我个人灾难的到来。

正值辩论的关键时刻,传来一阵马蹄的嘈杂声,有马车停在门前了。我瞥见一个戴着草帽的车夫和两匹灰色的马。在克莱顿有这么豪华的马车真是令人难以置信。"啊!"加布比塔副牧师走到窗前，"哇，是维罗尔老太太！真的是维罗尔老太太呢！她找我会有什么事呢？"

他转身面向我，脸上的红色已经褪去，早已绽放出太阳般的光彩。我察觉到维罗尔老太太并不是每天都来看望他。

"老是有人来打扰，"他近乎诡秘地说，"你务必原谅我离开一会儿！然后——然后我再跟你谈谈那家伙。但别走开。我求你别走，我敢向你保证……有意思极了。"他走出房间，打了个不是很明显的不要作声的手势。

"我非走不可。"我在他身后大叫一声。

"别别别！"他在过道里说，"你答应过我的。"我想他是加了这么一句，还说了句"别误会"之类的话，接着我看见他跑下台阶和老太太说话。

我诅咒着，朝窗边走了三步，这样离那该死的抽屉只有一码远了。

我瞟了它一眼，然后看了看那位拥有绝对权势的老妇人，霎时，她的儿子和内蒂的脸庞在我脑海中燃烧。毫无疑问，斯图尔特夫妇已经接受了这木已成舟的事实，而且我也……

那我还在这里干什么？

既然他们在做交易而忽略了我，我还在这里干什么呢？

我如梦初醒，体内血液沸腾，得意地扫了一眼副牧师阿谀奉承的背影、老太太凸出的鼻子和颤动的双手，然后迅速打开小抽屉，拿了四个硬币装入口袋，再把抽屉关好。我瞥了一眼窗外——

他们还在交谈。

　　万事大吉。数小时之内他也许都不会打开抽屉。我瞟了一眼他的钟，离去伯明翰的火车开车时间还有二十分钟，还有买一双靴子和逃走的时间。但怎样去火车站呢？我鼓起勇气，拿过帽子和手杖，走出房门，来到走廊上……与他擦肩而过吗？对，就这样！这般重要的人物约见他，他肯定不会与我争吵……

　　我勇气十足地走下楼梯。

　　"加布比塔先生，请给我开出清单，写明每人真正应得的份额。"传来维罗尔老太太的声音。

　　我觉得奇怪，但还没有意识到，眼前这位母亲的儿子正是我要杀的人，我根本就没朝这方面去想。我的思绪被一种意识所占据：我感到这个社会制度是多么愚蠢啊，竟给这样一位风烛残年的老妇人生杀大权——她可以根据那可怜、愚蠢、陈旧的赏罚观，对成千上万为她工作的人随意给予或者克扣生活必需品。

　　"我们可以先开列一份临时清单。"他说着瞟了我几眼，眼里盛满重重心事。

　　"我非走不可，"我迎着他询问的眼神说，又补充道，"二十分钟后就会回来。"说完我就继续赶路去了。他于是马上又转向他的女庇护人，似乎顷刻之间就把我给忘了，或许他根本就未曾遗憾过。

　　我感到异常冷静而兴奋，好像这次成功的偷盗对我产生了某种暗示。毕竟我巨大的决心是会得到补偿的。我不再感到此事困难重重，而感到自己可以充分利用"事故"，让它为我所用。我得先去哈克街小鞋匠那儿买一双牢固的好靴子——十分钟——继而去火车站——五分钟——然后一切搞定！我觉得自己就像是尼采笔下的超人现身，高效而又冷酷。但我却忽略了一个事实——副牧师的钟有可能会有偏差。

<h1 style="text-align:center">六</h1>

我错过了那班列车。

一则副牧师的钟慢了；再则鞋匠太可恶，我早说过我要赶时间，谁知他竟接了另一笔生意。但我还是买下了他最后一双鞋，因为想到他要归还我的旧鞋，便给了他一个假地址。当我目睹列车驶出站台的那一刻，我的幻想——感觉自己就是尼采哲学中的超人——破灭了。

但我的理智犹在，我立刻想到，不搭乘从克莱顿出发的列车对我此次追踪未尝不是一件好事。事实上倘若我真上了那次列车，定会铸成无可挽回的大错。只因为我打听香普汉贝里时极不谨慎，一旦警方掌握了线索，问及那个职员，他肯定会记起我，但是现在他就没有机会掺和到案子里来了。于是我根本就没进车站，对错过列车之事也未加解释，而是一声不响地折了回来，沿路穿过铁桥，再绕过怀特的砖场，经克莱顿·克雷斯特镇到两哩石镇去。我估计在那里我有充裕的时间赶上六点十三分的火车。我既不特别激动，也未警觉起来。我仔细盘算着：倘若副牧师因某种原因马上打开了抽屉，他会发觉十一个硬币中有四个不见了吗？倘若发觉了，他会马上想到是我拿了吗？如果想到是我拿了，他会马上采取行动还是会等我回来呢？假如他马上采取行动，他是告诉我母亲还是报警呢？从克莱顿出来的公路和铁路加起来有十多条，他怎么知道我走哪一条？即使他恰好径直去了我所去的车站，也会忘了我出走这回事，因为我压根儿就没有出走。但他会记起香普汉贝里吗？似乎不大可能。

我决定不直接从伯明翰去香普汉贝里，而是绕道去蒙克香普顿，然后去威弗恩，再南下去香普汉贝里。在途中某个中转站可能要耽搁一晚，但这样一来便有效地掩盖了我的意图，从而避开一般的追查。毕竟，这也不是什么谋杀，顶多是偷了四个硬币的盗窃罢了。

还未到达克莱顿·克雷斯特镇，我就已经打消了所有顾虑。

到了克雷斯特，我回头望了望，这是个怎样的世界啊！突然间我觉得也许这是我最后一次看人世了。若能赶上那两人并且得手，我会与其同归于尽——要不然就得被绞死。于是我停下脚步，回头再深情地看了几眼那块空旷而又破旧的洼地。

这是我的出生地啊！而今我要离开它，永远地离他而去了。然而在这最后的一瞥里，这一片村镇——生我、养我、造就我，却日益残破的地方——不知怎么的，变得有些陌生了。也许，我更习惯于它在夜色笼罩下柔和朦胧的感觉；如今在午后，它从平时的尘雾中清晰地凸现出来，让我感到了些许陌生。也许这一个多星期来，我的情感有了些变化，我的内心得到深化，使我能洞察不平凡的东西，对平凡的东西也能产生疑问。但我确信，我第一次感到整个世界——杂乱的矿井和收容所、煤矿和陶瓷厂、火车车场、运河、学校、锻工车间和鼓风炉、大教堂、小教堂、贫民窟——真是乱七八糟，不堪入目。人们生活在浓烟笼罩之中，却如青蛙待在垃圾箱里一般快活。万物之间明争暗斗，你死我活；万物之间形同路人，冷漠无情。锅炉的浓烟玷污了陶瓷厂用的黏土，铁轨的咔咔声震耳欲聋，打破了教堂里信徒们的清静，小酒店把孩子们引入歧途，充满凄风冷雨的收容所在工业主义这个庞然大物中凄然地蜷缩着，结果成为低能儿的云集之处。人性在自身的产物中沦丧，所有的精力都只是增加混乱，就如盲人在泥淖中挣扎沉沦。

那天下午，我并未理清思绪，更是极少思考如何与那俩人周旋以达到谋杀的目的。如今我写下那日我意识到的混乱和窒息，似乎我曾细细想过，可实际上我只是感受到了，在回眸的瞬间感受到了，继而这种感受又消失得无影无踪。

我永远不可能再见到这片村镇了。

我的思绪又回到这上面来了，可无论如何我并不觉得遗憾。如果我死，也会在朗朗乾坤中呼吸甘美的空气从容而死。

远处的斯瓦辛格利传来一些声响，先是人群的骚动，很快便听到三声枪响。

我不由得一阵疑惑：……哎，怎么着，我就要完完全全离开它了！感谢上帝，我就要彻底地离开它了！但是当我转身上路时，我想到了母亲。

一个人离开自己的母亲后，仿佛就再也不会拥有美好的世界。于是我的思绪飘回到母亲身上，一时极为生动清晰。那天下午，她一定又忙来忙去，玉根儿没有意识到已经失去了儿子，她一定猫着腰在漆黑的地下厨房里摸来摸去，或许拿着油灯去整理碗橱，或许耐心地坐着盯着火苗，沏好了茶等我回家。而我却要惹出天大的麻烦，她那纯真的心灵如何承受得了？想到这儿，我不由得感到揪心的惭愧和悔恨。到底为了什么，我要做这件事？

为什么？

一座大山把我和母亲隔开了，我再次停住脚步，静静地站着，心里一阵冲动，真想马上回到她的身旁。

然后我又想到副牧师的硬币。如若他真的发现硬币少了，我该拿什么还他？即使要还给他，又怎么把硬币放回去呢？

而且那天晚上我发誓要报复的事怎么算呢？倘若小维罗尔回来又会怎么样呢？还有内蒂？

不行！这件事非做不可！

至少临别前我已经吻过母亲，给了她一些暗示，至少那一会儿我令她放心。整晚她都会竖着耳朵倾听我的脚步声，等我回家。

我应该从两哩石镇给她发个电报吗？

不行！太迟了，太迟了！这样做只会泄露我的行踪，如果他们在追查我，这只会让他们更加迅速，更加确信。不行！只有让母亲受点煎熬了。

　　我义无反顾地朝两哩石镇走去，但是现在似乎有种更加坚强的意志在支配着我前行的脚步。

　　天黑之前我赶到伯明翰，恰恰赶上去蒙克香普顿的最后一班列车，我准备在车上休息一个晚上。

第五章
追踪情侣

一

当列车载着我从伯明翰驶向蒙克香普顿时，它不仅把我带进一个我从未到过的地方，而且也把我带出了平凡的白天，带出了对普通事物的感知，带我进入了奇妙的、前所未有的夜晚，这个夜晚被进入最后阶段的强烈的彗星光芒所笼罩。

令人惊奇的是，正常的日夜交替在那时变得特别明显。日夜随着尘世间价值差异的日益扩大而逐渐分离。白天，有关彗星的消息只在报上登载，还被其他各种更加令人感兴趣的新闻挤到一边，尤其在日益激烈的战争风云笼罩下简直微不足道。这只是一种天文现象，发生在中国腹地某处上空几百万英里处。我们把它忘却了。但太阳一下山，人们就不断地朝东方张望，随后彗星之光又摇摇晃晃地向我们这边弥漫过来。

人们等着彗星升起，每晚它的到来都带给我们惊奇。它总是越升越亮，亮得让人不敢想象，而且越变越大，伴随着轮廓不时地变幻。如今在它上方出现一个奇怪的圆盘，原来是地球投在彗星上的阴影，它没有曳光那么明亮，但颜色更绿，并且随着彗星的膨胀而膨胀。彗星本身也发光，因此这个阴影就不那么暗淡，但它发的是磷光，而且太阳光照不到的地方越来越暗。当彗星向天顶升起时，当最后一丝日光随着太阳的西沉而消隐时，白绿色的幻影便将白天驱逐，明亮的幽灵般的影像便在万物上方扩散。彗星将周围没有星星的夜空映成非常特别的深蓝色，这种世界上最深奥的颜色我以前从未见过，以后也没再见到。当我从那辆开往蒙克香普顿的火车上向外张望时，看到一束铜红色的光与彗星投下的阴影交混着，也不知这束光从何而来。

彗星的曳光让丑陋的英国工业城蒙上了一层幽森的鬼气。每一处地方政府都关闭了街灯——人们再也不能像以前一样在灯光下读书看报了——因此当我走在蒙克香普顿大街上时，感到到处都是苍白陌生的一片，只有球形灯罩在地上投下暗影。橱窗闪着橘红色的光，就像剪出孔洞的梦幻般的幕帘后放了一盆火炉。一个轻手轻脚的警察领我来到一个沐浴在月色中的小旅馆，一个面带绿光的男子把我迎了进去，于是我便在那里住了一宿。第二天早上，在一片嘈杂的开门声中，旅馆开始了一天的营业。原来这是个脏乱不堪、充斥着酒气的小啤酒屋。店主肥头大耳，邋邋遢遢，脖子上长满红斑，店外铺着鹅卵石的路上，来往的车辆发出刺耳嘈杂的声音。

我付账后走出了啤酒屋，来到一条街上。一只训练有素的狗在狂吠，两个报贩在大声吆喝："英国不幸，北海一战全军覆没！"

我买了份报纸，边读边往火车站走去。报上登载着旧文明体制获胜的消息。一艘耗资巨大、造型优美、装满枪支弹药的大铁船因触德国潜水艇布下的鱼雷而炸毁，九百名体格强壮、技艺超群的水手全部罹难。我读着读着，热血澎湃，激起一股战斗激情，不仅把彗星光芒忘到九霄云外，甚至连我去火车站、买票、前往香普汉贝里的目的都忘了个一干二净。

炎热的白天到了，人们便又忘掉了黑夜，这道理是一样的。每天夜晚，我们头上星光闪烁，愈来愈密，美丽、奇特、深邃，天空令我们叹为观止。

当黎明的天空显出第一丝鱼肚白时，当枪声响起、送牛奶的货车吱吱嘎嘎闹起来时，我们便忘却了黑夜的一切，于是肮脏的白天又习惯性地打着哈欠，伸伸懒腰回来了。煤炭燃烧放出的烟尘悄悄布满天空，我们便开始了又一天脏乱的日常生活。

"生活从来都是这样，永远都这样。"人们如是说。

那些夜晚的光亮在我们看来仅仅是一种自然界的奇观而已，对我们毫无影响。就西欧来看，只有一小部分无知的下层阶级把彗星的到来看作世界末日的预兆。农民依然存在的地方情况有所不同，但在英国已经没有农民了。人人都在读报。在与德国的冲突达到高潮前较为平静的几天里，报纸已经排除了彗星来临引起恐慌的所有可能，连公路上的游民、托儿所的孩子们都已得知那团闪亮的彗核最多只重几十吨。人们之所以得出这一结论，是因为彗星严重偏离轨道，最终被卷入大气层，闯进了我们的世界。彗星已经经过了三颗最小的小行星，人们却未察觉到它有任何偏轨，但是它确确实实偏离了三度。当它撞击地球时，肯定会出现千载难逢的奇景，这一点无可置疑。但只有地球右半侧的人才能看到，其他地方的人则什么都看不到。问题是我们是否就在右半侧呢？彗星的曳光将会在天空中越来越膨胀，但地球的阴影又会逐步将其光亮蚕食，最后便满天都是绿得发亮的云朵，天际便从东到西都是一圈白色的光亮。随后便是暂时的停顿——接着毫无疑问是流星的巨大光辉：流星的颜色肯定极不寻常，因为绿色雾霭中有一种未知的元素。天空中会不断地产生流星，但愿有些流星坠向地球，这样我们就可以对它们进行化验、分析了。

科学家们认为上述就是全过程，绿云将会旋转直至消失，然后可能是雷阵雨。但在日渐稀薄的彗星光亮中，原来的天空、原来的星星又会出现，所有一切都将恢复原状。既然这一切将在即将来临的星期二凌晨一点至十一点发生——星期六晚上我便住宿在蒙克香普顿——如果我们这一边能看到的话，也只能看到一部分。如果它姗姗来迟，也许人们最多只能看到流星从天际划过。我们所掌握的信息全都来源于最可靠的科学。尽管这样，最后那几个晚上看到的景象，依然是人类所见到的最美、最值得留恋的经验。夜晚越来越暖和。翌日，我在香普汉贝里转来转去却一无所获。当光彩绝伦的夜晚再次降临时，我不由得想起小维罗尔和内蒂，他们肯定在这美妙的祝福之中正恩恩爱爱着吧。于是我的心便饱受煎熬。

我双手插在裤袋里，沿着海边走来走去，走去走来，不时瞟一眼那些正在散步的年轻情侣们，心里隐隐作痛，但却没有一丝愤怒。直到人影最终散去，只留下我独自一人与星星为伴。

那天早上我乘坐的那列到香普汉贝里的火车整整晚点一个钟头，听说是因为集结军队，抵抗来自易北河随时可能发起的进攻而耽搁了。

二

那时，在我眼里香普汉贝里依然是个奇怪的地方，而许多人习以为常的东西，我却觉得颇不寻常。现在看来着实奇怪，我怎么会有那样的感觉。对于很少出门旅游的我来说，这整个地方甚至连海洋都是新奇的。我一生中只去过两次海边。其中一次是去不远的威尔士海滨游玩。座座巨大的石山悬崖使得那里的地平线给人的感觉与东安格利昂海滨的地平线截然不同。这里所谓的悬崖其实只是海边不足五十英尺高的白褐色碎土丘。

一到香普汉贝里，我就按照计划先对此城进行了一番考察。直到现在我还清楚地记得那时的计划，记得在海峡舰队包围之前，人们疯狂地议论德国可能发起的进攻，以致我的询问每每得不到满意的答复。星期天晚上我就睡在后街一个小客栈里。由于星期天列车少，而且直到下午我才打听到列车发车时间，因此直到下午两点，我才从威弗恩出发去香普汉贝里。一片片绵延起伏的草地呈现在我面前，我的目光被草地中一个个显眼的广告牌所吸引，这些牌子似乎把远处的海平线给割断了。大多数广告牌都是宣传食物或食物疗法的，它们被漆得五颜六色，并非为了美化，而是为了给人留下深刻印象，从而使它们从东海岸的灰色调景物中凸显出来。数量庞大的广告一般是宣传食物、饮料、烟草以及保证能恢复镇定的药品，那时它们在人们的生活中占有非常鲜明的位置，故而在报纸上总是占有大版的篇幅。无论在哪里，那些耀眼的字母总在提醒人们：别忘了，跟那些没眼没耳、消化道上带有辅助器官、穴居在肥沃土壤中的蠕虫相比，人类绝不会强到哪里去。除了上述广告牌，还有一些黑白相间的大牌子，夸大其词地写着各种房地产广告。那时除了南部、西部海岸的小片土地外，海滨城镇外围的乡村早已被各私人企业划为公路、建筑用地了，种种建筑计划似乎让人觉得岛上所有居民都会去海边游玩住宿。这种事情当然未曾发生，这样做的目的也只是为了刺激某些人在那些土地上进行愚蠢冒险的小投资。随随便便就可以看到各代理商的房子，有的还是新的，有的残败不堪，可以看见马马虎虎开凿的公路上长满青草，可以瞥见角落里的各种路牌，什么"特拉法尔加大街"，什么"海景路"之类的。随随便便就能看到某个小投资者或是有点积蓄的小店主沉迷在买地置房中，不亦乐乎。那些房子设计蹩脚，造型丑陋，偏僻孤立，围院廉价，地势也不好，洗过的衣服在凄凉空旷的屋子里飘荡在微风之中。现在，我乘坐的列车穿过一条公路，一排难看的黄砖房子（工人住的窝棚）和脏兮兮的茅草棚使得那些地方特别刺眼。这样一来，离中心地带就不远了。引用地方导游手册的话来说，"这里是东安格利昂罂粟地最怡人的旅游胜地之一"。接着我看到了更多丑陋的房屋，还有极为残破笨拙的发电站（那里耸立着巨大的烟囱，因为没人知道如何让煤完全燃烧）。最后到了火车站，离所谓快乐健康的中心地带只有四分之三英里远了。

打听消息之后，我先把此镇仔仔细细地观察了一番。公路起始处横七竖八地竖着一排廉价、矫饰、残破的小铺子，一个小酒店，还有一个出租马车停车场。但在一些半掩于灌木花园之中的红色小别墅的后面，公路突然变成一条明亮而不令人生厌的大街了。因为今天是安息日，所以午后的街上十分安静。街后某处教堂里的铃声响了，孩子们身着明亮的新衣服上主日学校去了。再过去是一片粉刷过的供住宿的房子，看起来有点像家乡的房子，只不过好看一点、干净一点罢了。过了这排房子，我来到一个沥青铺地、长满植物的花园——滨海人行道，在一个铸铁椅子上坐下，先环视了一下前面广袤的泥沙混合的沙滩，沙滩上有一个带着奇怪轮子的更衣车，车身上漆着某人的药品广告——对着更衣室的房子前面的墙上也鲜明地写着一些护理内脏的建议。我的左右，供膳

143

寄宿处、私人旅店以及供宿处排成排，集中在一起，其他地方便没有这些设施了。这边瞧瞧，搭起的脚手架表明一个公司正在顺利地建造房屋；那边望望，一片废地之后，突然冒出的一座巨大的红色旅馆，其高度令其他建筑相形见绌。北边是一片灰白的矮山崖，本地志愿者搭起一排牙齿状白色帐篷，都配备了武器；南边则是一大片荒凉的沙丘，偶尔能看到一些灌木林、一簇簇矮松树或一两个广告牌。前方是一片湛蓝的天空，阳光投下墨色阴影，东边是一片银色的海面。星期天人们现在还在家里吃午餐呢。

真是个奇怪的世界！直到那时我还这样想（当然现在对于诸位来讲是不足为奇的了），过了一会儿，我才强迫自己想想自己的事儿。

我怎样开口问话？又问些什么呢？

为此我伤了好一会儿脑筋——起初真有点累，有点儿灰心丧气——但不久以后，好主意便泉涌而出。

办法其实相当笨，不过是编造出下面这样一个故事而已。我有一个叔叔在威弗恩开旅店，一位女郎与一位年轻绅士（无疑是一对新婚夫妇）住店，女郎丢下了她价值不菲的羽毛披肩，大概于星期四来到了香普汉贝里。我呢恰巧要来香普汉贝里度假，便乘此机会找一找披肩的主人以便交还给她。我反复练习这个故事，并想出了假想的叔叔和他旅店的名称。不管怎么说，这个故事为我问任何问题都提供了正当的理由。解决了这个难题之后，我又坐了一会儿，因为还没有勇气行动。接着，我便转身向一个大旅馆走去。我凭直觉判断，一个家世显赫而富有的年轻人肯定会选择这样一个富丽堂皇的地方。

一个身着精致的绿色制服的行李搬运工人，彬彬有礼却又带些嘲讽地为我拉开密不透风的旋转大门。当我向他询问时，他不住地打量我，然后用德国口音告诉我去找那个身着华服的高级侍者。这位高级侍者又示意我去找柜台后王子一般高贵的年轻人。那铜铸锃亮的柜台简直像个银行，不，像几个银行。那位年轻人边回答我的问题，边盯着我的衣领和领带——我知道他们都是些可恶的家伙。

我说："我想找一位女士和一位先生，他们是星期二来到此地的。"

"是你的朋友吗？"他用极为嘲讽的口吻问我。

我最终获悉他们根本就没来过这里，或许在那边用过午餐，但未曾在这边订房。

我只好走了出来——门再次为我打开，却有点谄媚的意思——我处于社会挫败感之中，整个下午再也未曾攻击任何人。

我的决心越来越弱。散步的人越来越多，他们在星期天的轻快洒脱令我羞愧。

在一种敏锐的自我意识中我忘掉了此行的目的。我觉得手枪在口袋里鼓鼓囊囊的，特别惹眼，于是倍感羞愧。我沿着镇外的滨海大道走着，不久后便躺在鹅卵石地和海罂粟花中。整个下午我老想着再试一次，于是太阳落山时分，我又跑到火车站，去问行李搬运工人。但是这些人只记得行李，不记得人，而我却不知道小维罗尔和内蒂可能会带什么样的行李。

随后我又与一个好色的老人攀谈起来。这位老人戴着银戒指，安着木头假肢，一步步地从广场朝海滩走去。总的来说他认识许多年轻夫妇，却不清楚我要找的那一对。他向我提到生活中肉欲方面的事情，其口气实在令人难以接受，因此当一艘炮艇在离岸不远处出现，示意此处要进行海防扎营，从而打断了他关于假日、海滩和道德等的谈话时，我一点也不觉得遗憾。

我继续走着，低落的情绪慢慢过去了。我在广场上的一张椅子上坐了下来，看着冰冷的信号弹飞上天空，形成朵朵云彩，照亮天空，把西方的天空映成红色，显得有些沉闷。晌午的无精打采一扫而空，我的血液重又沸腾起来。当晚霞和那种朦胧的光亮代替了白日弥漫着灰尘的阳光，遮掩了这个陌生的地方种种奇异的事实时，漫无目的的物质主义、传奇故事、情感以及对荣誉和报复的想法又回到了我的脑海中。我直至现在还记得，那时这种情绪变化是多么鲜明。但在此之前，其实我也多次朦胧地感受到了这种改变。昔日的夜晚和星光对白天所不具备的亲密现实具有很大的影响。白天——就像在镇里或其他颇受关注的地方所见——毫无疑问，也有其特征，却只是一种喧嚣，令人心烦，充斥着冲突，暴露在光天化日之下。而夜晚遮掩了人类种种过于突出的荒诞，使人类尚能生存，尚能想象。

那天晚上我幻想我竟偶遇了内蒂和她的情人，他们手拉手亲密至极。我告诉他们我是怎样在沉沉暮色中，在一对对走近的恋人之中仔细地寻找他们，到底找到了。我在一个陌生的房间里埋怨自己浪费了一天的时光，最后终于沉沉睡去。

三

次日，我又徒劳地找了一个上午，但午后却频频得到了扑朔迷离的线索。此前没有一对夫妇符合小维罗尔和内蒂的特征，但现在我发现四对夫妇颇有嫌疑。四对夫妇中任何一对都有可能是我要找的，我无法判断到底是哪一对。他们都是星期三或星期四到达此地的，其中两对还保留着订房，但人不在。傍晚时分，我删掉了其中一对的名字，因为我遇到了他们。男的身着灰褐色衣服，袖口很长，长着络腮胡子；女的三十出头，明显的贵妇人形象，一看就不是我要找的，不由得让人懊恼不已。另一对远行散步去了。我一直在他们的房间附近等候，直到黄昏时分，火红的云彩与异常壮丽的落日交相辉映，也没见他们回来。后来我看到他们在一个拱形窗户旁边用餐，桌子中间是红色的蜡烛，他们不时地望一望窗外不知是白天还是黑夜的奇景。女孩身着粉红色的晚装，极为清爽亮丽——亮丽得足以让我愤怒——精致的削肩，白嫩修长的藕臂，齐耳的美发以及一颦一笑都散发着微微的欢快。然而她不是内蒂。旁边那个兴高采烈的男子是旧贵族式颓废的典型——下巴短短的，鼻子大大的，发色浅浅的，说话慢吞吞的，衣领简直就像袖子一样，正好配上他细细的脖子。我站在室外青灰色的曳光里，怨恨地诅咒他们耽误了我这么长的时间，直到他们明显注意到了我，我才离去。嫉妒的黑色阴影在强光里现出了轮廓。

香普汉贝里的追踪到此宣告结束。接下来我要考虑的是剩下的两对中我该追踪哪一对。

我一边折回原路向广场走去，一边自言自语，极力想弄清下一步该怎么走。奇妙的光辉里有种东西触及大脑，使人略感清醒。

一对已去伦敦，一对去了骨崖的邦格楼村。但是骨崖到底在哪里呢？

我在楼梯顶端碰上了木肢老人，他正准备去走动走动。

"喂！"我招呼道。

他用烟斗指了指海面，银戒指在夕阳下闪闪发亮。

"奇怪呀！"他说。

"你说什么？"我问。

"探照灯！烟雾！船只正向北去！要不是那条因银河系爆炸而形成的绿色，我们兴许能看到。"

他太专注于自己的思绪，好长一段时间都未曾留意我的问题，后来他终于转过头来应声了……

"邦格楼村吗？当然知道啦。艺术家之类的人住的地方，是个好地方！男女混合洗澡——有点不堪入目。"

"到底在哪里？"我问道，突然气恼起来。

"那边！"他说。"那个一闪一闪的是什么？信号弹吗？我都糊涂了！"

我说："要是再近一点儿，可以看清闪光了，你就会听到枪声的。"

他没有回答。我只有把他的问题先搞清楚，才可能分散他的注意力，把他从深思中唤醒，让他不再想海面和光亮之间鬼魅般舞动的东西，从而回答我的问题。事实上，当我抓住他的胳膊猛力摇晃时，他才转过头来，还不断地诅咒我。

"七英里，"他说，"沿着这条路走下去。滚吧！"

我趁感谢他的时候，也羞辱了他一番，然后我们就告别了，我朝着邦格楼村进发。广场尽头不远处有个警察，心不在焉地站着。我过去问他，证实了木腿老人的话不是信口胡说。

"这条路十分荒凉。"他在我背后喊道……

一种奇怪的直觉告诉我，终于走对路了。我怀着一份平静的自信——一位行者就要结束他的旅程了。

我甩开身后香普汉贝里黑压压的人群，走进了暗淡的夜色中。

现在我已记不清那漫长的行程中都发生了什么事。唯一印象深刻的就是疲乏，越来越疲乏。海面大部分像一面镜子，平滑闪亮，反射着银光，被缓缓推进的大波浪刻出一条条纹理。但是有段时间，吹来一阵微风，像一声微弱的叹息，把海面庞大的身躯卷出一道道永不消逝的鱼鳞般细纹。脚下的路面铺满银色的沙子，有些地方颠簸不平，遍布闪亮的凸起。黑色的灌木林在昏昏欲睡的小沙丘上四散开来，这里黑压压一片，那里孤零零几株。然后是一片草地，鬼魅般的大绵羊隐隐约约闪现在灰白的夜色里。接着，泼墨般的松林挡住了去路，这些出奇弯曲矮小的松树外围有条大道和一片树林，看起来饱经风霜，而且因为松林挡住了亮光，这里看起来黑乎乎一片。走过大路时，偶尔会有几棵孤独的树木女巫般地出现，僵硬地向我打招呼。在这些荒谬不谐调之中，我又看到一些房地产广告，对着寂静，对着阴影，对着闪烁的光芒，竭力呼吁：为适宜的购买者建置房产。

有时在我记忆深处会传来一阵阵犬吠，我记得有好几次我都掏出手枪仔细观察。当时，我的脑子里肯定装着此行的目的，肯定老想着内蒂和复仇，但现在这些记忆却荡然无存，唯一记得清清楚楚的就是当我转动手枪时，绿莹莹的光芒一股脑儿地奔涌过来。

天空精妙耀眼，却不见星星和月亮，流星和海面之间的天际空荡荡、蓝沉沉。突然，怪哉！我看到光亮之外遥远渺茫之处有三艘长长的黑色战舰，无桅无帆无烟无光，黑黢黢，死气沉沉，鬼鬼祟祟，互相保持着距离疾驰而去。再抬眼看时，它们已极其渺小，接着便被光亮吞噬。

突然出现了一阵闪光，我想可能是枪炮吧，及至抬头，却发现一束绿光的尾迹还残留在天空。此后空气里传来一阵悸动、低语和人的脉搏强有力的跳动声，然后是一种清爽的感觉、意图的更新。

前面不远处出现了岔路，我不记得那时我是才离开香普汉贝里没多远呢，还是快要到达目的地了，只有面对两条崎岖不平的山路而犹豫彷徨的情形还记忆犹新。最后我筋疲力尽，走到长满荒芜海草的高地上，这里满地都是车辙。我迷失了方向，站在靠海的沙丘上茫然无措。然后我走到闪着微光的沙滩边缘，磷光闪闪的某种东西吸引了我。我在水边蹲下，凝视着浮在粼粼微波上的光闪闪的小点。

过了一会儿，我叹息着直起腰来，沉浸在最后一个美妙夜晚的寂寞的平静中。曙光已在整个天空布下闪亮的天网，如今正要撒下来；东方又出现了蓝色；大海几乎一片墨黑，它终于摆脱了那片巨大的光芒，如今虽有些虚弱，但仍挣扎着显出英姿；一颗黯淡的星星忽闪忽闪，极力发出微弱的光芒。

多么美好的夜晚！多么宁静美好！

我的情绪高涨起来，突然间流下了热泪。

我的血液里注入了某种新奇的东西，让我觉得我是不想杀人的。

我不想杀人。我再也不想为自己的感情所左右了。一种强烈的愿望油然而生……

我想逃离生活，逃离充满怨恨、纷争、欲望的白天，走进平静、永恒的夜晚，好好休息一下。我曾经享受过，曾经这样做过。

我站在大海边，内心为一种不可名状的祈祷者的灵魂所占据，渴望着内心的宁静。

不久，东方又会出现褪色的红色幕帘，在这种神秘色彩之上，一个有限的世界又将呈现出来，灰色刺目的黎明又将到来。我知道左轮手枪又要伴随我左右了。夜晚对我来说只是一种休息，一种幕间的小憩，而明天，我又成为原来的威利·利德福特。营养不良，衣衫褴褛，装备匮乏，笨手笨脚，在贼的名义下我感到羞愧难当。面对生活我伤痕累累，甚至对挚爱的母亲而言，我也只是麻烦和痛苦的源泉。生活对我已经毫无希望，有的只是临死之前的复仇。

　　为什么想到复仇这么可鄙的事情呢？我突然觉得现在是结束这件事情的时候了，该让那些人随心所欲了。

　　走进大海，溶入水光交融的波浪，让水漫过胸部，然后向嘴里扣动扳机，怎么样？

　　为什么不呢？

　　我费力地来回走动，然后向沙滩走去，边走边想……

　　突然，我转过身来，再次望着大海。不！内心有个声音在说："不能这样！"

　　我必须好好想想。

　　前面的路旁又出现了一堆堆小沙丘和缠绕的灌木丛，因而越来越难走，于是我在一片黑色灌木丛中坐下来休息，双手托着下巴。我从口袋里掏出左轮手枪，望着它，又把它紧紧握在手里。生？还是死？……

　　我似乎在探寻人类最深奥的道理，但实际上不知不觉便进入了梦乡。

四

有两个人在海里游泳。

我已经醒过来了，还是那个白亮美妙的夜晚，系在净空里的蓝缎未见扩展。这两人肯定是我在睡着之后才来的，而且很快把我给吵醒了。一男一女在齐胸深的水里向岸边走来，女的将头发盘在头上，男的在后面追，显出优雅的银色和黑色身影。一道亮绿色的巨浪从他们身边冲过，星星点点的余波啪嗒啪嗒地打在他们身上。男子用手打着水，使劲朝女子身上击去，女的马上回敬，水很快到他们的膝部了，然后他们的脚便冲过了大海长长的银色边缘。

紧身的泳衣遮不住他们青春的气息，遮不住他们闪闪发亮、还滴着水的美妙身躯。她扭头一望，发觉他离自己如此之近，不由吓得手舞足蹈，发出一声让我心颤的尖叫，然后奔上沙滩，歪歪斜斜地向我飞跑过来，一阵风似的擦过我的身侧，消失在黑色弯曲的灌木丛了。她和追她的人，很快便穿过了沙滩隆起的地段。

我听到他疲惫而快乐的叫喊声……

突然我如一只猛兽般失去了控制，怒火中烧，举起双手，紧紧地攥着拳头，然而僵硬的手势在天空下显得多么无力啊……

因为刚才这个抗争飞奔且光彩照人的可人儿就是内蒂，那男的就是使我偏离正道的人。

但同时我脑海里灵光一闪，复仇的意念越来越弱，我竟不想复仇了！我一定已经死了吧！

过了一会儿，我又握着手枪，跌跌撞撞地跑起来，不声不响地跟着他们穿过柔软无声的沙地。

五

越过小沙丘，我便发现了苦苦寻找的邦格楼村憩息在月牙形沙丘的小山坳里。随着"砰"的关门声，前面两个飞跑的人消失在门后，于是我停下来注视着眼前的一切。

在一排邦格楼房屋中，有三栋离我较近，他们两个跑进了其中一栋，我因到得太迟，没看到他们到底进了哪栋。所有房子的门窗都随意地开着，没有一丝灯光。

这个地方就是巨变之前我最后的活动场所，是某些具有艺术头脑和生活随意的人为试图改变当时较为正规的海滨胜地价格昂贵又不舒适的社会痼疾而开辟出来的。当时蒸汽铁路公司总是按照惯例将废弃多年的车厢卖掉一些，而一些有天才头脑的人便突发奇想，将其改造成为适合人住的夏日度假小房子。其后，这一举措在那些具有波希米亚人豪放不羁气质的阶层中极为风行。他们添置了一个又一个小房子，这些临时的小家被粉刷得鲜亮耀眼，除了普通的招待设施外，还设有宽敞的游廊和辅助性的篷子，与沉闷僵硬的正统度假胜地形成了鲜明的对照。当然它们也不是十全十美，总是有些不舒适之处有待人们乐观面对，因而在一望无际的沙滩上，只有那些兴致极高的人或年轻人才能体会出它的神圣。在那些对此地极为熟悉的人的印象中，纱织艺术品、班卓琴、中国灯笼和中国小吃是最引人入胜的。然而在我眼里，这些擅自占用土地的快乐者们在此落脚让人惊奇，更让人感到神秘，我的这一感觉因香普汉贝里的木肢老人想象性的建议而变得更为强烈。我觉得这一切并非快乐轻松、悠闲自如的汇集，而是处处透着邪恶，似乎是贫穷的人们对欢乐的热望受到极度压抑后的一种宣泄。

在过去，与爱情相关的事情总是隐藏着一些残酷的东西，至少在度过这场巨变的过程中我一直这样认为。赢得爱情的胜利似乎是任何其他胜利都无法比拟的，而失去爱情则意味着被玷污。

这种残忍的看法竟会钻进我的情感世界并与我其他感情融为一体，对此我一点也不奇怪。我确信，真正恋人之间的爱情是一种对世俗的蔑视，他们坚守自己的思想，嘲笑世人缺乏这种思想。我认为我的这种信念是正确的。这两个人在我面前坠入爱河，他们在残暴的、虎视眈眈的威胁下做着想做的事。一把剑，一把削铁如泥的剑，最为锋利的生活之剑，横在他们的浓情蜜意之中。也许，这一点对别人也好，对我和我的想象也罢，都不会错，但无论如何，我相信事实也确实如此。我从来不放荡度日，也绝不充当打情骂俏的小情人。或许正因为如此，我才写下这与爱情毫

155

不相干的情书，因为在我看来，不能把爱情这个严肃的主题当作儿戏……

想到内蒂光彩照人的身段，想到她与那个轻易获取她芳心的男人热恋，我不由得怒火中烧。愤怒已经扩散到我的每一根神经、每一个感官，不能自拔。我穿过白色的沙堆，缓缓地靠近那淫荡的村庄。在饱受煎熬的内心深处，我强烈地渴望痛苦和死亡。在难以言喻的仇恨驱使下，罪恶之剑被抽出了剑鞘。

六

我停下前进的脚步，站直身子，筹划着该怎样下手。

我要走过一座接一座的房子，等待我所寻找的那两个人中的一个来应声开门吗？

万一有仆人出来干涉呢？

还是原地不动——也许直到明天早晨——观察，而同时……

现在，附近所有房子都是一片寂静，如果轻轻地走过去，从敞开的窗户或许能看到或听到些什么，这样我或许会得到一些线索。我是该蹑手蹑脚地迂回过去，还是径直走到门口呢？内蒂绝顶聪明，这里光线明亮，她完全能准确无误地认出我来。有个问题一直在困扰着我：如果我惊动了其他人，那么当我面对背叛者的时候，这些人就会围在我的附近，随时准备夺下我的武器，绑住我的双手。况且，他们怎么会容忍一个陌生人的存在呢？

我听到"轰隆"一声，震耳欲聋，接着又是一声。

我立刻转过身去，就像是对无礼举动的反击。在四英里开外，有一艘巨大的装甲舰在斑斓的银色浪花中快速行驶。炮筒中冒出的火花通红通红，洒向漆黑的夜空。正当我转身之际，又传来清脆的枪声，像是在朝海堤开火。与此相应，天空、海面之间到处红光闪烁，硝烟弥漫。对了，我记起来了，我想起来自己凝视着一切，简直看呆了。这一切都无关紧要，这些事跟我有什么关系？

随着嗞嗞的震颤声，一枚火箭从村头跃出地面，在闪光的映衬下，爆发出金黄色的火焰。这时又传来第三声和第四声枪响。

黑沉沉的夜色中，房屋的窗户一扇接着一扇地敞开了。微红的灯光闪烁摇曳，忽隐忽现，然后才稳定下来，明亮起来。几颗黑脑袋伸出来，朝海堤望去。这时，一扇门打开了，闪出一线昏暗的黄光。不久，这光就与彗星的光亮浑然一体了。我的思绪又被拉回到现实中来。

"轰隆，轰隆"，当我再一次注视那艘巨大的装甲舰时，一小簇火焰在烟囱后面飘扬。我几乎可以听到舰船紧张的、铿锵有力的发动机声。

我听到村里的人互相叫喊的声音。从一座较近的房屋中走出一个人来，身穿白长袍，头上包着毛巾，一条浴巾裹住了身体。从连有包头巾的外套可以看出这是个阿拉伯人。他静静地站着，在炫目的闪光下没有留下任何阴影。

这个阿拉伯人用手遮住眼睛，向房子里的人大声喊叫。

房间里的人——正是我的猎物！我握紧了左轮手枪。

战争对我来说是不是闹剧？我在小圆丘间徘徊，一心想接近那不引人注目的三座房屋。这场海战也许可以使我达到目的，但除此之外我对此丝毫不感兴趣。"轰隆！轰隆！"巨大的震动从我身边划过，像是撞击在我心上。不久，内蒂就会出来看个究竟的。

一个人出来了，接着又出来两个包裹着衣物的身影，跟第一个出来的人站在一起。第一个出来的人用手朝海面指，用男高音般的音调解答了别人的疑问，我能听到只言片语。"那是个德国人！"他说道，"他被抓住了！"

有人不同意这一看法，接着他们就展开了一场叽叽喳喳的争论。我沿着方才标定的边线缓缓地向前走去，边走边观察这伙人的动静。

他们齐声朝着一个方向叫喊起来。我收住脚步，向海面望去，看见没有击中战舰的炮弹在海上激起了高高的水柱。接二连三的炮弹从我们附近发射出去，卷起一股向上猛冲的烟尘，从发射火箭的地方升腾起一片旋转的云朵，向前后左右慢慢地飘散开去。在巨大的撞击声中，勉强可以听到一个男人声嘶力竭地叫道："发射！"

让我想想！当然，我必须绕过这些房屋，从后面包抄他们。

一个高音的女人声音叫道："度蜜月的人，度蜜月的人，快出来看看吧！"

附近房屋的阴影里有什么东西闪了一下，接着屋内传出一个男子的回答。我听不清他说了些什么，但我突然清楚地听到内蒂的声音："我们还在洗澡！"

第一个跑出房间的人叫了起来："你们没听到枪声吗？他们打起来了！距海岸还不到五英里。"

"是吗？"房间里的人答道。接着，一扇窗户打开了。

"就在那边！"

我没听见回答，因为我走动的声音掩盖了说话的声音。显然，这些人的注意力都集中到那场战斗上，没有人注意到我的存在。因此，我大胆地径直走向那黑暗的房屋去寻找内蒂和我的情敌。

"瞧！"有人指着天空叫道。

我向天上扫了一眼，然后久久地注视着。闪亮的绿色气体尾迹在天空中划下条条痕迹。它们是从西方地平线与天顶之间放射出来的，在耀眼的流星云中不断地流动，似乎正"噼噼啪啪"地向西部和东南方向移动，整个天空笼罩在恐怖的气氛下。在我看来，流星像是来助我一臂之力的，就像一条下降的窗帘，把海洋的愚昧和无聊挡在另一边。"轰隆！"从巨型装甲舰上传来一声炮响。"轰隆！"正在追击的巡洋舰又回敬了几炮。

天空在翻腾搅动，令人头晕目眩。有一段时间，我眼花缭乱，昏昏欲睡。一个冒险的想法在我脑海中闪了一下。无论如何，如果狂热分子是对的，那么世界即将灭亡。那时，帕洛德将会得到什么样的结果呢？

随后我想到，所发生的这一切对我的复仇行动极为有利。无论是地上的战争还是天上的彗星，都是我复仇行动的巨大屏障。内蒂的声音就在离我五十码开外，我的感情又汹涌澎湃起来。我要回到她的身边，不顾一切地得到她，即使死亡会随时降临。想到这里，我扯起嗓门喊了起来——反正喊声谁也听不见——同时鲁莽地向前冲去，手里握着那把左轮手枪。

五十码，四十码，三十码，那一小群人并未注意到我，但他们比绿色笼罩的天空和远处的战舰要重要得多。这时，有个人从房间里冲了出来，嘴里念叨着什么。突然，她止住了脚步，注意到了我的存在。来人正是内蒂，身上裹着一条卖弄风情的浴巾，绿色的亮光在她可爱的脸庞和白皙的脖子上闪烁着。我注意到她看见我之后害怕、恐惧的表情就好像心脏被什么东西狠狠地扎了一下，使她呆立不动——这正是我射击的目标。

"轰隆！"从装甲舰的大炮中发出的射击声犹如命令。"砰！"子弹飞离我的手枪。知道吗？当时我并不想杀她的，我原本的确不想这么做！"砰！"我又开了一枪，可每次都失手。

她朝我移动了一两步，一直盯着我。这时，一个人冲到她身边，来人正是小维罗尔。

一个素昧平生的陌生人，身着带头巾的浴袍，身材肥胖，外国人模样，不知从什么地方冒了出来，站在他们面前充当保护神，看来是个半路杀出来的管闲事者。他神色紧张而害怕，举着双手朝我这边跑来，好像是要阻止一匹脱缰的野马。他胡乱喊了一气，企图阻止我，但劝阻是丝毫不起作用的。

"不是你，你这傻瓜！"我声音嘶哑地喊道，"不是你！"尽管如此，他还是挡住了内蒂。

我极力压下要打穿他那肥胖身体的冲动。我知道无论如何不能杀他。我犹豫了一下，但很快就果断地下定了决心。我突然转过身去，躲过他乱抓乱打的胳膊，发现这时内蒂和小维罗尔就站在我旁边，惊慌失措，举棋不定。我向空中打了第三枪，子弹从他们头上飞过，然后我向他们直冲过去。内蒂和小维罗尔一左一右拔腿就跑。正在这时，从我侧面冲出一个满脸雀斑的小伙子，离我只有一码远，似乎想尽力抓住我。我突然收住脚步，他则一个踉跄向后倒下，一只手还在乱抓乱打。我一下子看清了，内蒂和小维罗尔正在我前方——小维罗尔抓着内蒂的手，正在逃窜。

"原来如此！"我说道。

我胡乱地射出第四枪，又没击中。盛怒之下，我向他们冲去，瞄准了他们的脊背。"滚开！混蛋！"我喊道，驱散所有挡路的人。"一码，"我气喘吁吁地大声对自己说，"谨慎点。除非相距一码，否则就别再向他们开枪。"

有人在后面追我，或许是几个人——我不知道。我把他们远远地甩在身后……我们跑啊跑，我的思想完全沉浸在单调的你追我赶之中了。沙滩变成了绿色月光的旋涡，天空中雷鸣电闪。一片发光的绿色烟雾包围了我们。这有什么关系？我们继续奔跑着。我是得手了还是失败了？这才是问题所在。不知从哪里冒出一段破烂的篱笆，他们从缺口处钻进去，向右拐去。我注意到我们正在一条公路上。可是这绿霭！似乎有人想穿雾而过。他们正消失在雾中，想到这里，我猛然向前冲了十几步。

她跟跄了一下，他一把抓住她的胳膊，拖着她向前跑。他俩向左拐去。我们又跑下公路，跑到草皮地上——感觉像是草皮。我跌跌撞撞地摔倒在一条小沟里，周围烟雾弥漫，我爬起来继续追赶，这时他们已经融进绿灰色的烟雾中了……

我继续奔跑。

跑呀跑！我累得气喘吁吁，也跟跄了一下，气得我直骂。我感到巨大的枪炮声震荡着，从我身边穿过朦胧的夜色。

他们跑了！一切都在消失，可我还在奔跑。我又绊了一跤。脚上有什么东西老在绊我，是长长的草还是什么，可我看不清到底是什么，因为这时硝烟正好漫过膝盖。嘈杂的声音萦绕在脑际，深绿色的幕帘正在下落，下落，下落，再卷起来。一切都越来越好看。

我最后又使了一把劲儿，举起左轮手枪，冒昧地开了一枪，然后一头栽倒在地上。

看哪！绿色的幕帘变成了黑色，我、地球，还有世上万物都不复存在。

中篇

绿霭

第一章
巨变

一

我似乎从酣睡中苏醒过来，未受噩梦惊扰。

我徐徐睁开双眼，怡然自得地躺着，欣赏眼前的一切：一排红得出奇的罂粟花在亮闪闪的蓝天下熠熠生辉，日出的天空显得格外壮丽，有着金色沙滩的紫色群岛飘浮在光闪闪、绿莹莹的海面上。罂粟花有着天鹅般的花蕾、火红的花冠和半透明的坚硬果皮，它傲然挺立，晶莹剔透，似乎是某种更强的光亮才使得它如此光彩照人。

我木然地看着这一切，好一阵子才回过神来，那仅有的一点点意识却与眼前一大片密密麻麻、长势旺盛的金绿色麦穗糅在一起。

我究竟身处何方？这个遥远而又模糊的疑问在我脑海中忽隐忽现。四周万籁俱寂。

我感到浑身轻松，精神抖擞。我想自己当时正侧身躺在杂草丛生、野花遍地的麦田里一小块惨遭践踏的地方，此处沉浸在一种说不清、道不明的光辉和美妙中。我直起身来坐了许久，那缠绕在麦秆间和蔓延在地面的精致小巧的牵牛花让我高兴不已。不久，我又想起了先前的疑问——这到底是什么地方？我怎么会睡在这里？

我记不得了。

令我疑惑的是，不知是什么原因，使我对自己的身体感到陌生。非但如此，一切都有点陌生——大麦、美丽的杂草、渐渐逼近的黎明——却又说不出所以然来。我感觉自己就像是贴在刷得亮闪闪的玻璃窗上的某种东西，感觉天色就在我身体里破晓，感觉自己就是一张用欢乐、喜悦绘制的精美图画的一部分。

一阵微风拂过麦穗，把我的思绪吹向深处。

"我是谁？"看来我可以从这个问题着手。

我抬起左臂举到眼前，发现手极为肮脏，袖口也磨损了许多，就像波提切利画中的乞丐。袖口上一粒精美的珍珠纽扣让我定定地看了许久。

我想起了威利·利德福特，好像他是另一个人，这双手和这对手臂都曾归他所有。

哦！我对那一段经历虽然只隐隐约约有点印象，却逐渐浮现在脑海，微小清晰却不可企及，就像从显微镜里看东西似的。于是，我想起了克莱顿和斯瓦辛格利；想起了贫民窟和黑暗，有着丢勒画作一样的风格，精细而丰富的深色令人愉悦。我正是穿过这些地方，走向了宿命。我把双手放在膝上，陷入深思：那是一段荒唐而又冲动的过去，它随着一声划入浓黑天际却徒劳无功的枪响而宣告终结。想到那声枪响，我的情绪再次起伏。

现在想来，事情有些蹊跷、有些荒唐。我不由得顾影自怜，悲从中来。

可怜的区区愤怒，可悲的芸芸众生！可怜的区区愤怒，可叹的整个世界！

我哀叹着，不只是自怨自艾，更怜惜那些满怀热忱、心力交瘁、怀千般希望、受万般苦难的人们，他们最终在彗星的层层浓雾和令人窒息的笼罩下找到了和平。他们是那样软弱、抑郁，而我却这般强壮、神圣。我深信自己已经死去，因为任何一个活着的人都不可能拥有如此妙不可言的真善美，拥有如此强烈而自信的平静。我已摆脱了生之恐惧，我死过一回，感觉非常棒，而这些——我有些不敢相信了。

二

真奇怪，天堂里怎么会有麦地呢？令我疑惑的又何止这一样呢？

166

一切都如此宁静！和平！传递理解的和平终于向我走来。但一切真的是太静了，听不到一声鸟鸣，甚至远方的牛叫、犬吠都已停止，一切生命之声都已停止，这个世界只剩下我。

恐惧悄悄爬上了我的心头。我知道一切都很正常，但毕竟只有我一个人！初升的太阳带着喜讯越过麦浪向我奔来，于是我起身去回应它那热烈的呼唤。

我茫然地走了几步，脚却触到了什么坚硬的东西。于是我弯下身去，发现竟是我那支蓝黑色的左轮手枪，像条死蛇般蜷在我的脚边。

这可着实让我犯了一阵糊涂。

不过随后我就把这事给忘得一干二净，因为先前的疑惑又爬上心头。一个没有鸟鸣的黎明，多奇怪啊！

世界可真美，可也真静啊！我穿过麦地，朝一排灌木和荆棘围成的篱笆缓缓走去。我在一堆稻草里发现了一只死老鼠，看起来似乎是被拖到这里来的。接着是一只青蛙，躺着一动也不动，我的脚步竟然没把它惊走！于是我把它捡起来，看到它小小的身躯像活着的时候一般柔软，却未曾挣扎，眼睛已褪去了往日的明亮，在我手心里纹丝不动。

我怔怔地握着那只了无生气的小家伙，过了一会儿才弯下身去把它轻轻放回原处。我蓦地被一种莫名的情绪所左右，不由得直打寒噤。我的目光敏锐而仔细地在麦茎和麦秆间来回逡巡，才发觉到处都是一动不动的甲壳虫、蝴蝶和一些其他小动物。它们还保持着受到绿色气体袭击时倒下的姿态，乍一看如画中之物。对于大自然的东西我一窍不通，有些动物只在小说里见过。"天哪！"我惊叹道，"岂不是只有我？"

我刚一抬脚迈步，听到什么东西尖叫起来，转过身去却一无所见，只剩下阴沟里死水微漾，空气中小动物翅膀扑扇的声响逐渐消隐。于是我转身看那只青蛙，只见它眼珠转了几下，全身都动了起来，先是小心翼翼地活动几下，接着便舒展四肢，从我身边爬开了。

现在，惊叹——这个恐惧的胞妹——开始占据了我的心头。不远处有只红褐色的蝴蝶停在一朵玉米花上，起先我还以为是一阵微风拂来惊扰了它，继而薄薄的翅翼开始扇动，就在我的注视下，这只小东西逐渐恢复了生气，舒活舒活筋骨后，便扑扇扑扇地飞向空中。

它在空中翩翩起舞，飞花穿柳，直至突然消失。这时，身旁的小东西一个个都奇迹般地活了过来，带着些许惊诧和骚动，缓缓地伸伸腿，弯弯腰，叽叽喳喳地闹将起来。

我慢慢地朝篱笆走去，每一步都小心翼翼，生怕踩着那些刚刚醒来、犹带睡意的小生命。这道篱笆吸引了我的目光，真是缤纷绚丽，光彩夺目。微风拂过，枝头飘动，流光溢彩，交织成壮美的乐章。篱笆上白羽扇豆、忍冬、布谷鸟、剪秋萝，应有尽有。猪殃殃草在枝头缠绕，缀满枝梢。水渠边星星闪闪的刺草仰着孩子般的面孔，纵情歌唱。我从未见过此番景象，花朵、花须、花叶如同跳动的音符，奏出如此完美和谐的交响乐。突然，从篱笆深处传来唧唧吱吱的鸟鸣声，一只受惊的鸟儿扑扇着双翼"呼"的一声掠过头顶。

一切都依旧生机勃勃，可一切都变得更加美好！我站在那里，用清澈而愉悦的眼睛看着眼前精妙绝伦的大自然，不由得惊叹造物主的神奇，把世界创造得多么丰富多彩啊……

一只云雀在啼啭，那金线般纤细悦耳的歌声直插天际，打破了这份沉静。一只，一只，又一只……云雀们隐身云端，将那湛蓝的静谧织成一匹金色的锦缎。

地球获得了重生——我只有反复使用这句话，才能恰当地形容那个全新的黎明。我为生灵的美好而振奋不已，忘却了旧日种种嫉妒、猜忌和令人难以忍受的悲痛，似乎现在的我就是亚当转世。我对卷须和草叶的一切特征了如指掌，能清楚地讲出含苞的花儿怎样绽开笑颜。我从不曾对那些身披羽毛的小东西有任何好感，可是现在，对这只轻轻拾起的蓝色山雀，我却为它的娇嫩灵巧而心折。它张开乌黑发亮的眼睛审视着我，袅袅娜娜地立在我的手指上，旁若无人地摇来摇去，然后慢慢张开双翅，不慌不忙地飞走了。沟渠里庚群的蝌蚪吐着串串气泡，正如水中其他生命一样，丝毫未受到这场巨变的惊扰。我有幸在最初的时刻醒来，目睹了这场巨变，不禁沉迷于大自然林林总总的瑰丽奇妙之中。

篱笆和麦田之间有条小径，我沿路走下去，怡然自得，兴趣盎然，流连于种种美妙，走走停停，停停走走，不觉来到一道栅门跟前，栅门正前方是一条窄窄的小巷子。栅门上有根腐烂的橡木，上面贴了个圆形标签，写着："Swindells' G 90 Pills。"

我跨坐在栅门上，不大明白这句话的含义。它比我的左轮手枪和脏兮兮的袖口更让我感到迷惑不解。

周围的鸟儿们相继放开喉咙，纵情歌唱，接着越来越多的鸟儿加入了歌唱的行列。我把标签上那句话反反复复地读来读去，又和以下情况联系起来加以思考：我仍着旧装，左轮手枪曾在我的脚边。突然，一个结论闪现在我的脑海中——这绝不是新的星球，也没有我设想的灿烂前景。这优美的乐土还是原来那个我为之愤怒并葬身的世界！但至少我看着这片土地感觉就像在会见一位熟识的邋遢女人，她梳洗完毕之后，穿上女王的睡袍，显得高贵神圣而又光彩照人……

这肯定还是原来的世界，但无疑给万物注入了新鲜血液，那就是宝贵的快乐和健康。这依然是原来的世界，但旧生活的肮脏和愤怒已经一去不复返。至少我对此深信不疑。

我想起过去那种生活的最后一段日子，那黯然而又疯狂的追踪与愤怒，使人类濒于灭绝的绿霭在不停地旋转，彗星撞击了地球，结束了一切，对此我也毫不怀疑。

可是此后？……

现在呢？

儿童时代丰富的想象力如今又派上用场了。那些日子，我深信人类的终结日定会到来，巨型的天外来客会摧毁地球。待那时，人类摇唇鼓舌，惊惶失措，陷入绝境，然后是地球的复活，最后的审判……我的想象如天马行空，任意驰骋。我想最后的审判一定已经进行过了，而且不知为何漏审了我，于是我被孤零零地留了下来，留在了这个清扫干净、焕然一新的世界上（当然，Swindells 的标签除外）来重新开始生活。

斯温德尔斯（Swindells）无疑已经得到了应有的赏罚。

我的思绪停留在斯温德尔斯身上，这个被上帝除名的家伙愚蠢而又冲动，整天无所事事。为了得到他梦寐以求的东西——一栋粗俗丑陋的大房子、一群低贱卑微的奴仆，或许还为了给生活添点光彩而使尽手段，通过资助党派谋求从男爵的头衔，结果阴谋暴露——不惜撒下弥天大谎，欺瞒了整个乡村。你简直想象不出那些时代是多么微不足道，那些人是多么幼稚可笑！我有生以来头一次平静地回想起这些往事，没有一丝苦涩。那些日子我所看惯的人心险恶和人之悲苦，现在看来不过是极度的愚蠢罢了。人类富有和自认为重要的另一面——荒谬可笑——呈现在我眼前。一种闪亮新奇的想法如旭日初升般涌现出来，将我包围在一片笑声之中。斯温德尔斯！该死的斯温德尔斯！我所想象的最后审判现在变成了一出轻松的滑稽剧。我看见暗自发笑的天使蒙着面纱，斯温德尔斯的肉体在哄堂大笑中被架了起来。天使说道："这里有个家伙，很好看的家伙，怎样处置这个美貌的东西呢？"于是我看到一个灵魂从一个圆滚滚的、看起来相当结实的身体里被抽了出来，恰如油螺从壳里被剥出来一样。

我长时间地放声狂笑。看哪！那魂飞魄散的众生命用尖锐的凸起猛地刺向我的欢笑，于是我又号啕大哭起来，哭得天昏地暗，泪水顺着面颊潮水般涌出。

三

每一处都随着旭日东升而苏醒。我们醒在快乐的清晨，漫步在令人眩晕、令人愉悦的晨晖之中，处处都是这样。那天似乎总停留在早晨。之所以说是早晨，是因为阳光如果不直射向空气，空气中不断变化的氮就不会稳固下来，睡眠者就永远不会醒来。在变化的中间阶段，空气极不活泼，无力使万物苏醒，也无法再使其昏迷。空气不再是绿色，但跟现在的气体颜色还不完全一样。

我想到精神变化阶段到来之际，某种我曾试图描述过的神奇的东西也同时飘进每个人的身体——那是一种奇迹，一种对美好新事物的印象。当然，与此同时也普遍存在着一些智力上的混乱和自身认识上的模糊。我清楚地记得当时我坐在栅门上，就对自己的身份产生了怀疑并陷入最古老的玄学分析之中。我想："如果这就是我，那么怎样才能使我不再疯狂地追踪内蒂？现在内蒂在我的脑子里变得极其遥远——一切都是我的过错。我怎么会突然从感情的泥沼里拔出来了呢？为什么想到小维罗尔不再使我的心跳加速了呢？"……

那天早晨，成千上万的人和我一样也产生了同样的疑问，我不过是其中之一。我以为当人们从酣睡或不知不觉中清醒过来时，会被熟悉的身体感觉唤起自身的记忆，可是那天早晨，这些感觉全都变了。生命最本质的化学变化——神经的新陈代谢——改变了。过去易于波动的情绪、游移不定的想法和抑郁黯然的心情，现在却变得稳定、愉悦，所见、所闻、所触都迥然不同，所有感觉都更为微妙。幸而我们的情绪稳定多了，思想成熟多了，所以理解了周围的变化，否则我相信成千上万的人早已因此而疯狂。在这场巨变中，我感触最深的就是人们的精神实质得到了巨大的解脱和升华。结果人们分不清自己的头脑是清晰还是模糊，身体感觉发生了变化，却没有产生精神上的混乱。忘记自己的身份在过去看来是一种常见的精神病，现在却让人们从纷纷扰扰、纠缠不清的火热情欲和私人生活中解脱出来。

　　我曾说过我有一段苦涩而受约束的青年时代，那时我想尽力表现出这个世界的狭小、残酷、混乱、肮脏和酷热。而所有这一切，在某种神秘力量的作用下，在我清醒之后的一个小时内，全部宣告结束。所有人都有同感。人们站起身来，大口大口地吸入新鲜空气——随着一声长长的、深深的呼吸，抖落了沉重的往昔。他们谅解过去的一切，无视过去的存在，甚至轻视过去的所作所为……新的世界并没有出现新的事物，也没有出现奇迹去废除一切旧的秩序。只是一切物质条件变了，空气的组成变了。这种变化很快得到了解脱，有些是因此而解脱自我。实际上，人类本身丝毫未曾改变。在巨变发生之前，从我们自己或他人时时高尚的思想中，从历史、音乐和美好的东西里，从英雄人物身上，从悲壮的故事里，我们已经知道，十分惭愧地知道，人类自身可以多么美好，任何人在任何情况下可以多么光明磊落。可是那时的空气由于缺乏更为高贵的元素而让毒气充斥，以至美好的时刻变得弥足珍贵，值得称道——现在这一切都变了。空气变了，从而使得过去醉生梦死、满脑子充斥着无聊邪恶欲念的人们也清醒过来，重新振作起来，用一双虽然迷惑但却清澈的眼睛去重新看待生活。

四

某种神奇的力量使我一个人孤单地清醒了过来，我先是笑，后是哭。过了些时候才遇上另一个人。直至听到他的呼叫声，我才知道这世上并非只剩下我一个人。所有的一切似乎都已过去，所有的艰难困苦也都已不复存在。我已从那隐伏着可鄙的自私自利的个人主义的陷阱中解脱出来，全身充满仁慈与博爱。我嘲笑过斯温德尔斯，就像嘲笑自己一样。这一声叫喊传到我的耳朵里，感觉就像自己脑袋中突然冒出了一种出乎意料的想法一样。及至传来第二声叫喊，我才开腔应声。

"我受伤了。"那个声音说。于是我猫着腰走过小巷子，发现梅尔蒙特背对着我坐在水沟旁。

那天早晨，有些琐碎的感触深深地刻在我的脑海中。我深信，即使我最终要面对那些生活之外的更为神秘的东西，即使这些东

174

西又离我而去，犹如晨雾在日出之前散去，那么这些零零碎碎的感触也不会消失，它将永远覆盖在薄薄的面纱下。我相信自己能把毛皮配在他那件大衣的领子上，能在他宽大的脸庞上涂些暗红的色彩，使他那漂亮的睫毛吸收红色光。他摘下帽子，露出圆圆的头颅，红棕色的头发柔顺地耷拉着。他身体前倾，出神地看着自己蜷缩的双脚，脊背显得宽阔厚实。细细打量他让我觉得他身上有某种东西让我感觉似曾相识。

"你怎么了？"我问。

"哎哟，我动不了。"他吃力地答道，扭过头来望着我，恰好只让我看到他的侧面。他那造型优美的鼻子、性感笨拙的大嘴巴，对任何一位漫画家都不陌生："我跌倒了，扭伤了脚踝，这是在哪里？"

我围着他走了一圈，然后站在他面前盯着他的面孔。他已脱掉了绑腿套、袜子和靴子之类的东西，汽车手套也丢在一边，正用粗壮的大拇指试探着揉自己的伤处。

"啊！你是梅尔蒙特！"我失声叫道。

"梅尔蒙特！"他想了一下，头也不抬地说，"对，这就是我的名字。但那有什么用？它又不会让我的脚踝好起来。"

我俩都沉默了一会儿，偶尔从他那里传来一两声呻吟。

"你知道到底发生了什么事情吗？"我问。

"它还没断呢！"他说。看起来他的思维还停留在先前的对话上。

"你知道到底发生了什么事情吗？"我又问了一次。

"不知道。"他说着，第一次抬头看我，眼里竟没有一丝好奇。

"有些不一样……"

"是有点不同。"他微笑道，笑容里有种出乎意料的高兴，眼神里也流露出好奇，"我那时一心只顾着自己的内心感情，没太注意周围。是不是每样东西都笼罩在一片奇异的光辉之中？"

"那只是一部分。还有一种奇怪的感觉，头脑也特别清醒……"

他打量着我，仔细想了想，表情有些严肃。"我醒过来了……"他说着又陷入了回忆。

"我也是一样。"

"我竟然迷路了，忘了到底怎么走回去。空气中弥漫着一种奇怪的绿色雾气。"

他看着自己的脚，继续回忆道："这与彗星有些关系，那时一片漆黑，我正站在一道篱笆边。我拼命地跑啊跑，鬼使神差地跑进了这条巷子。你看！"他用头向上指了指，"这根木栏杆是才折断的。我那时一路从麦地里跌跌撞撞地跑过来，也不知怎么跳过去的……"他仔细想了一想，下了结论，"对，就是这样……"

"天很黑，"我说，"不知从哪里冒出一种绿色气体，罩住了一切。以后我就什么也不记得了。"

"然后你就醒过来了？我也一样……搞不懂到底是怎么回事。空气里肯定有一种奇怪的物质。我那时开着车一路疾驰，全神贯注，兴奋异常。然后我就下了车……"

他得意扬扬地伸出一根手指："装甲舰！"

"哦，我想起来了。我们的舰队开往特克塞尔，恰巧经过德军的防区，经过易北河时遭到水雷攻击，我们损失了'沃顿王号'舰。啊，对，就是'沄顿王号'！耗资两百万英镑！里格拜这混蛋竟说这算什么！我记得有一千一百人落水……我想起来了，我们被围在北海抱头痛哭，束手无策。我们的北大西洋舰队留在法鲁斯等着他们，要知道一艘战舰的煤可以维持三天以上。噢，那是一场梦吗？不，我对很多人都这样讲。那是一次会议吗？这样还能让他们心安理得一些。他们一个个像斗鸡似的，骨子里却胆小如鼠。多么奇怪的一群人，他们大部分都像地精似的，大腹便便，秃头秃脑。什么？当然是这样！我们经历过这一切——一次大型宴会，吃的是牡蛎！在科尔切斯特。我去过那儿，仅仅为了显示所有的袭击威吓都是徒劳无益的。我又回到这里来了，可那似乎不像是最近发生的事。但我想应该是。不错，应该是！就是！正要上坡时，我却跳下车，想沿着陡峭的山路走一走。因为人人都在说，他们的一艘战舰沿着海岸遭到了追击。事情很清楚！我听到了一连串枪声……"

说着，他想了起来："奇怪，我本该忘记这些！你听到枪声了没有？"

我说我也听到了。

"是昨晚吗？"

"昨天深夜。大概是在凌晨一两点钟的时候。"

他枕着手，向后靠着，望着我，坦诚地微笑着。"即使现在，"他说，"我也觉得很奇怪，但整个事情就像一场愚蠢至极的梦。你以为真有一艘'沃顿王号'战舰吗？你真相信我们的舰队都沉没了吗？那是闹着玩的吗？一切都是一场梦。然而，它确实发生了。"

按照当时的行为准则，我能如此轻松自如地与这样一个大人物自由交谈，简直不可思议。"对，"我说，"就是那样。人人都觉得自己如梦方醒——从一种比绿色气体更为神秘的东西里苏醒过来。似乎其他事儿也不那么真实了。"

他皱着眉头，两手抚摸着小腿，若有所思。"我在科尔切斯特做了一个演讲。"他告诉我。

我以为他要就这个话题再说点什么，但多年以来养成的逢人只讲三分话的习惯使他打住了话头。过了一会儿，他忍不住打破沉闷："整个看来，身上的疼痛比意见不合更令人感兴趣，这真叫我想不通。"

"你受伤了？"

"脚踝受伤了。要么是骨折，要么是严重的扭伤，我想是扭伤吧。一动就疼得要命，但对我来说一点儿也没觉得疼。不过是一点小伤罢了，小意思，连点痕迹都没留下……"他风趣地说，"我在科尔切斯特演讲，讲关于战争的事。我现在看得更清楚了。那些报告人全都潦草地胡写一通：马克斯·萨泰恩，1885；人声鼎沸；对牡蛎有诸多好评；嗯，嗯……评论什么？评论战争？一场血淋淋的持久战，不管豪华建筑还是农舍小筑，都要征税！都要征税！全是一些口头上的热情！昨晚上我喝醉酒了吗？"他皱了皱眉头，收拢右腿，胳膊肘放在右膝上，右手托着下巴，浓眉下一双深陷的灰色眼睛不知瞪着什么。"老天呀，老天！"他小声嘟囔着，带着一副厌恶的表情。这个高大的身影沐浴着阳光陷入深思，高大的体型之外另有一种感人的力量，让我觉得必须恭候他的思考。我以前从未见过这种人！世上居然有这样的人！……奇怪的是，巨变前我对政治家的个性是怎么看待的，现在一点也想不起来了，但我怀疑那时是否仅仅把他们看作单个的有形人，看作思想复杂的知识分子。我相信他们给我的印象肯定是漫画人物和新闻人物的简单组合，我对他们也毫无好感和敬意可言。然而站在此人的面前我却自惭形秽，感到卑微低贱，但不是奴性和虚伪，而是尊重和关注。以我先前言必称我的个性，是决不能容忍这种态度的——或许这毕竟只是生活给我的机会而已？我的这种改变似乎是这场大变革的第一个成果。

他从沉思中回过神来，仍然带着迷惑的神情："昨晚我的那场演讲，一派胡言，胡说八道。什么都不可能改变它。没有什么……没有！穿着晚礼服，吞着牡蛎的肥头大耳的老爷们儿更不可能！吃！吃！吃！"

那天早晨最为自然的奇迹莫过于他说话时那令人难以置信的坦诚，不过这丝毫无损于我对他的敬意。

"对，"他说，"你说得对。这都是一些无可争议的事实，我不相信这不过是一场梦。"

五

　　过去的世界一片黑暗，而我对那时的记忆却异常清晰、鲜明。我记得空气中洋溢着鸟儿悦耳的歌声。我有一种很奇怪的感觉，觉得远处传来阵阵欢快的钟声，其实那只是一种幻觉而已。然而，有某种东西，像把铃铛安装在脑子里一样，让人兴奋。高大英俊、郁郁寡欢的梦里也隐藏着美感，似乎他是力量和幽默造就的大师的作品。

　　而今要我讲清楚眼前的这一切实在有点力不从心。他跟我交谈时毫无保留，毫无心机，完全不顾忌我是个陌生人，而只纯粹把我当作一个人来交谈。这在以前是不可思议的。那时人人都会动点歪脑筋，非但如此，我们的想法、种种目光短浅的顾虑——什么尊严啦，客观外部的约束啦，小心谨慎的心计啦，种种龌龊的灵魂啦——使我们在与人交流时疑心重重，不敢敞开心扉，坦诚待人。

　　"如今一切都在往回走。"他半是自言自语半是对我说道。

　　我真希望能写出他所说的每一句话。他只用只言片语就勾勒出了一幅幅画面，让我茅塞顿开。倘使我对那天早上发生的一切有个完整清晰的记忆，我会详详细细、原原本本地呈现给读者，但砍掉那些疙疙瘩瘩的细枝末节，就只剩下个大致印象了。我必须重组记忆中残破不全的话语，哪怕给你一个总体印象，我都十分满足了。不过他下面这段话却犹在耳际："梦幻最终变成了噩梦。战争，这是多么令人恐怖的交易！真是可怕极了！它简直就像一场噩梦，你无论如何也无法逃避，最终人人都卷入其中！"他又开始畅所欲言了。

他向我摊开了这样一幅战争的画卷，如今人人看到的都是这样一幅画面。直到那天早上我才知道战争原来如此骇人听闻。他坐在地上，竟忘了那双赤裸红肿的脚。他把我当作一个平等而恭顺的同伴，向我敞开心扉，道出他内心的苦闷："我们本来能够阻止这场战争。只要有人出来振臂疾呼，战争就能避免，可惜双方都缺乏诚意。是什么阻碍了我们彼此坦诚相待？他们的皇帝可笑而傲慢，但至少是个心智健全的人。"接着他三言两语就勾画出了皇帝的形象，讲到德国新闻界及两国人民。我们现在对那一切的评价也不过如他所说，但他的语调里却带着六分的愧疚和十二分的愤慨。"那些衣冠楚楚的德国教授，去他的！"他突然吼道，"怎么会有这种人！我们的鬼教授们也一样！或许也有人采取了强硬路线，但如果大伙儿同心协力，早些粉碎那些胡言乱语……"

他转而又开始低语，尔后陷入沉默。

我敬重他，理解他，从他身上学到了许多许多。事实上，跟他在一起的那段时光最为美妙，是发生巨变的那天早晨最令人回味的一段时光了。我完全忘却了内蒂和小维罗尔，似乎他们只是消遣小说中的人物，为了跟眼前这个人谈话，我把这些人物统统忘在了脑后。

"嗯，哦，"他从自己的思绪中惊醒过来，说道，"我们都清醒了，战争再也不能继续下去了，一切都该结束了。可这究竟是怎么开始的？年轻人，这一切到底是怎么开始的呢？我觉得自己就像新生的亚当……总的来说，你认为这事发生过吗？或者说我们应该去寻找那些地精之类的东西吗？……谁在乎这些？"

他似乎想要站起来，又想起自己的脚踝，于是要我把他扶到他的小平房里去。我们两人都觉得他理所当然要求我为他服务，我也应该欣然允诺。我帮他包扎好伤口，便扶他沿着蜿蜒的小路跌跌撞撞地朝着悬崖和海边走去。

六

他的小平房在高尔夫球场外面，离小巷约一又四分之一英里。我们向着沙滩走去。沙滩受波浪的冲刷而变得平滑洁白。我扶着他在沙滩上吃力地走着，摇摇晃晃，脚步蹒跚。我觉得有点支撑不住了，便找个地方和他一起坐了下来。实际上，他的脚踝已经骨折了，一放到地上就疼得钻心，因此我们用了将近两个小时才走到他家。如果不是他的贴身男仆出来帮我一把，时间会更长。男仆和其他人在找梅尔蒙特时发现，房子附近路的拐弯处有辆小车被撞得粉碎，司机也已死亡，于是便向那边去了，要不然早就看到我们了。

我们久久地坐在草地上，坐在石灰砾上，坐在木梁上，彼此坦诚交谈，毫无保留。今天看来，这种交流是最普遍不过的时尚，而在那时却足以惊世骇俗。通常是他说我听，偶尔我也告诉他我的一些事，关于我策划的谋杀，我对内蒂及其情夫的追踪以及绿色气体怎样袭击了我。我讲得十分清楚，就如同讲述一段曾一度令人迷惘的情感历程一样。他用灰色的眼睛望着我，理解地点点头，又简要地问了我一些问题，如我的受教育情况、成长历程、工作等。有时他会完全静下来，细细思量什么，但这种停顿却丝毫不令人生厌。

"哦，"他说，"是啦，当然啦。我真傻呀。"然后就不再说什么，直到我们又挣扎着走起来。其实，我并不明白我的经历为何让他自责起来。

"倘若，"他边说边喘气，"真有像政治家一样的人物呢？"

他转向我说："假如有人认为所有的混乱都必须结束？假如有人正在着手做这件事，正如艺术家拿起了黏土，建筑师有了工地和石头，并且做了……"他把宽厚的大手向海天交接的光彩中挥舞了一下，深吸了一口气，"什么东西来陪衬这种背景？"

他进一步解释道："那么压根儿就不会有你这种经历了，你知道……"

"再跟我说详细点，"他说，"告诉我你的一切。我觉得一切都已过去，一切都要改变，永远永远……从现在起你将不再是原来的你，你以前所做的一切，现在都不必去管了。不管怎么说，对于我们，这些事根本就算不了什么。我们两人相遇了，谁知道又有谁在我们身后的黑暗之中分离了呢？来吧，告诉我你的事。"

"说吧。"他对我说。于是我把自己的经历原原本本地告诉他，正如我讲给诸位的一样。"那里，中心地带外围，那个在落潮中冒出长满海藻的小石礁的地方，就是邦格楼村。你拿手枪做什么？"

"我把手枪放在那儿了，放在大麦之中。"

他透过亮闪闪的睫毛盯着我："如果其他人和我们一样，今天就会有许许多多的手枪留在麦地里。"

我们就这样交谈着。我和这个伟岸健壮的男子之间，有着一种兄弟般的友爱，是那样朴实自然，根本无须任何词句去加以渲染。我们的灵魂在一片赤诚中交融。从前我对周围的人除了警惕就是小心，现在再也不一样了。在这片荒凉的正在落潮的海滩上，我看见他靠在一个镶满贝壳的柱子上，低头望着一具可怜的水手的尸体，这具尸体是我们刚刚发现的。不幸的死者恰好错过了这个令我们欣喜万分的美好黎明。我们发现他躺在一摊水中，周身被褐色的水草缠绕着，海滩上树木投下的黑色阴影笼罩着他。你不要过多地估计过去的恐怖事件，那些日子在英国见到的死尸并不比现在的多。这个水手在德国的大战舰"拉瑟·阿德勒（Rather Adler）号"上工作，这艘我们仅闻其名的战舰就沉在离岸边不足四英里的地方，周围是白垩软泥翻耕过的连山。这艘战舰被撞得支离破碎，完全沉在深海中，九百多名水手溺死其中，那时他们是何等强健娴熟、何等富于能耐……

那个可怜的男孩儿在我脑海中鲜活依旧，栩栩如生。他在绿色气体侵袭下被海水吞噬了，俊美年轻的面庞多么安详、多么平静，但胸部的皮肤却被滚烫的水灼伤了，右臂奇怪地垂在身后。这种不必要的死亡和所有残酷的行径甚至都被罩上了一层自尊的光彩。我们站着，觉得每样东西都汇在一起想表达什么。我，穿着破烂，不名一文；梅尔蒙特穿着一件毛皮大衣（尽管走路时身上发热，他却没想过脱下它），靠在笨拙的柱子上，怜惜地望着这个战争受害者。而战争的发动又何尝没有他的一份。"可怜的孩子，"他说，"可怜的孩子啊！是我们这些罪人断送了他的生命！看看这个平静美丽的脸庞吧，看看这个身体——竟被这样扔在这里！"

（我记得在这具死尸的手边，有一只陷入困境的星鱼正扭着渐渐恢复知觉的身体，挣扎着游回大海，沙滩上留下条条痕迹。）

"不能再这样继续下去了，"梅尔蒙特喘着气，靠在我的肩上说，"不能再这样下去了。"

过了一会儿，他坐在一块白垩砾岩上，又讲了起来。阳光洒在他布满汗珠的大脸上，他下定决心："我们必须结束战争，战争愚蠢至极。既然有那么多有知识、有头脑的人，就根本不需要战争这种玩意儿！我们究竟在干些什么！……就像人们待在令人窒息的房间里，昏昏沉沉，太无聊，太困倦，彼此之间尔虞我诈，以致没人起来打开窗户。我们究竟干了些什么呀？"

他坐在那里，强健的身影印在我的脑海中，他对自己的一切都感到迷惑、感到震惊。"我们必须改变这一切，"他重复道，在碧海蓝天间挥着手臂，做了个强有力的手势，"我们太窝囊了。只有上天知道这是为什么！"现在我能把他看得清清楚楚了。当他注视着那片被曙光染得金碧辉煌的沙滩，注视着在我们周围环绕的海鸟，注视着那扭曲了的死亡时，我觉得他像个巨人。我记得这样一幅完整的画面：在茫茫沙地的极远处，一艘前面描述过的白色船只，歪斜地搁浅在低矮山崖顶峰的黄绿色草地上。

他说着说着，对往事感到疑惑。"你曾想过每一个与发动'战争'有关的灵魂是多么渺小吗？"他问道，然后又继续下去，似乎为了证明这句话是可信的，为了描绘那位首先在内阁散布恐怖言论的莱科克，言语是必不可少的。他说："莱科克是个喋喋不休、满肚脏话的牛津小扒手，就是那种从小在姐姐们的崇拜之下长大的小傻瓜……"

"几乎每时每刻，"他说，"我都在注意观察他。我在想，这样一个傻瓜怎么值得人们用生命信任呢？如果我早点想到这一点，很可能会做得好一些，我没能做任何事来阻止战争的发生。这个可恶的低能儿整天忙于渲染战争、鼓吹战争，他边注视着我们边叫嚣着。'那么这就是战争！'里奇福不以为然地耸了耸肩。我稍稍表示了点异议，然后还是让步了。后来我又梦到了他。"

"我们这些人啊！简直是自己吓唬自己，一切都机械化了……"

"就是那样的傻瓜把事情弄成这样的！"他突然把头指向旁边的那个死人。

"搞清楚世界到底发生了什么变化一定相当有趣……绿色气体——多么奇怪的东西。但我清楚我自身发生了什么变化。那是一种转变，我一直知道……但交谈，交谈又有什么用！还不是像个傻瓜？我要去制止它！"

他伸出粗笨的双手挣扎着要站起来。

"制止什么？"我问，很自然地走上前去扶住他。

"制止战争。"他用尽力气大声说道。他把手搭在我肩上却未再试着站起来："我要结束战争——任何形式的战争！所有这些都必须结束。世界多么美妙，生活多么灿烂，我们只需睁开眼睛去看。想想当我们驾车在这光辉灿烂的世界里往来穿梭之时，不觉得像一群猪在花园里玩耍吗？生活的色彩、声音，全都千姿百态！我们有过嫉妒和争吵，有过多变的权利和顽固的偏见，有过庸俗的冒险和懒散的羞怯，我们常常喋喋饶舌，尔虞我诈，丑化世界。过去的生活是那么愚蠢荒谬，微不足道，追求肉体的乐趣，谨慎到了自私的地步。我只是早晨万丈光芒下不值一提的黑暗、忏悔和羞耻。如果不是上帝仁慈，我恐怕晚上就已死去——像那个可怜的男孩儿一样——带着一身肮脏的罪孽！不会再这样了！不会再这样了！管它世界是否改变，至少咱俩看到了这个黎明……"他停了一下。

不久他又说："我要回到耶稣身边，对他说……"

他的声音越来越小，最后听不见了。他的手紧紧抓住我的肩，站了起来……

第二章
觉醒

一

伟大的一天终于来到了。

在同一黎明，不仅我苏醒过来，整个世界都苏醒了。

这个活生生的世界已经被同一种力量不知不觉地完全支配。在一小时内，在这颗彗星的新气体的碰撞下，岩石碎片已经流过地球表面，据说这便是空气中的氮气。原来的氮气瞬间已经被彻底改变了，在一小时内变成了适宜呼吸的气体，而又的确不同于氧气，只是帮助和稳固了氧气的活动，即有助于精力的恢复以及神经和大脑的康复。我并不确切地知道眼前发生了什么样的巨变，也不知道我们的化学家将给予这种气体一个什么名称。我唯一可以确定的就是，我和所有人都获得了新生。

我向自己这样描述在太空中发生的一切：一颗行星的运动，一缕淡淡的烟雾，一条流星划过的细长弧线，不断逼近我们这颗行星；我们这颗行星像一个圆球的阴影，无力地飘浮着，有着淡淡的、几乎摸不着的云层和空气做成的"外套"，有着漆黑的海洋，有着熠熠生辉的陆地；在真空的撞击下，透明的气体表面呈现出瞬间的绿色，慢慢地又重新清朗起来……

　　在随后的三个小时或者更长的时间内——我们后来知道这次巨变的最低时限是差不多三个小时，所有的钟和表依旧运行着——不论在哪里，根本没有人也没有任何飞禽走兽呼吸这微微颤动的空气，他们只是安安静静地躺着……

　　那天，在地球上的每一个地方，每个呼吸着的人都能听到空气中传来同一种喃喃声，感觉到绿色气体的冲击，看见星星碰撞时迸发的火光与气流的扇动。印度人在地里干着早上的农活，他们瞪着眼睛惊奇地望着天空，然后倒在地上；穿着蓝色衣服的中国人埋头于午餐的饭碗上；刚从办公室出来的日本商人感到十分惊讶，这时也躺在了办公室的门前；金库的守夜人正在等着看巨大的恒星升空，却被什么东西击倒。所有这一切发生在世界的每一座城市、每一个僻静的山村、每一个家庭、每一座房屋，无论是隐蔽的地方还是公开的场所。在茫茫的大海中，在拥挤不堪的轮船上，乘客们对于这一切目瞪口呆，茫然不知所措，争先恐后地朝出口处挤。船长摇摇晃晃地刚走到驾驶台上就被挤倒了。司炉工被挤得一头扎进煤堆里，发动机在无人管理的状况下颤动着，把轮船推向前进。渔船悄无声息，摇着舵，一路乘风破浪，从轮船边划过……

有种巨大的命运之声呼唤着：一切都停止吧！一场戏正演到中间，演员们却摇摇晃晃地倒了下去，随后一切都安静下来，通过我的笔端把这一幕生动地描述出来。类似的事件在纽约也发生了。大多数剧院的观众四下逃散，但在两个拥挤的剧院里，有些人由于害怕制造恐慌，在抑郁的气氛中继续演奏着，那些以前曾经历过多次灾难的观众们仍然稳坐如泰山。他们坐在那里，只是后面几排稍微有点骚动，但仍坐在原处。在行动受到限制的队伍里，他们垂头丧气，有的向前倒去，有的则滑到地板上。尽管我对帕洛德如此自信悠闲的原因一无所知，但他告诉我，在一小时之内、在一个伟大的瞬间，一股绿色的氮气流已经扩散开来，继而消失殆尽。空气像以前一样呈半透明状，留下的那幕精彩的插曲如此清新，任何人都可以用肉眼看到这种情形。在伦敦正是深更半夜；而在纽约，举例来说，人们挤在酒馆里玩兴正浓；在芝加哥，人们正准备坐下来享用晚餐。月光洒满街道和广场，街道两旁和广场四周都是弯弯曲曲的东西。来来往往的电车没有自动刹车，行走起来犹如犁地一般，遇到倒下的躯体才能停下来。人们身穿礼服躺在餐厅里、饭馆里、楼梯间或是大厅里，到处都是，就好像已经获得胜利了似的。男人们喝酒，赌博，小偷们潜伏在隐蔽的角落里。在这场混乱中，有罪的人清醒过来，良心复苏，灵魂得到了净化。在彗星到来时美国人沉浸在夜生活中，而英国人却在沉睡之中。但据我所知，英国人并没有睡死，而是准备着迎接战争和随之而来的巨大胜利。因为英国的战舰在北海四周全面铺开，像网一样围击敌人。在陆地上，夜晚也是解决大事的好时候。从雷丁根到马科奇的德国的军营都处于备战状态，步兵队伍像干草堆一样躺在黑土地上。在前进受阻的夜晚，在朗英和蒂安科特之间，在阿弗里科特和多恩之间，都有他们行军的足迹。在斯宾科特那边的山里到处藏着法国军队。由法国人内部的小冲突而引起的微不足道的责骂声已被铁铲铲除。尚未消失的星星点点的来福枪声依旧在德军上空盘旋，沿着孚日山脉河边，穿过靠近贝尔福地区的边境，几乎直通莱茵河。

匈牙利和意大利的农民打着哈欠想着黎明前的黑暗，翻个身又进入熟睡中。穆斯林则铺开地毯做起了祷告。在悉尼，在墨尔本，在新西兰，整个下午人们对所发生的事情一无所知。人们被疏散在赛马场和棒球场，停止了卸船的工作。人们从午休中被唤醒，跌跌绊绊地聚集在街道上。

二

我的思绪飘进了森林、荒野和丛林，飘向了与人类一样失去自主的野生生物。我想到数以千计的狂野行为突然中断，突然删节，犹如被冻住一般。所有生物都安安静静的，呼吸到这种空气的一切生物都变得迟钝呆滞，没有知觉。一动不动的飞禽走兽在枝条低垂的花草树木之间沐浴着宇宙的曙光。老虎趴在刚捕到的猎物旁边，那猎物像是在睡梦中死去似的。蚊子、苍蝇在空中振翅上下翻飞。蜘蛛又扯起丝，织起网。蝴蝶像一些快乐飞舞的薄雪花一般在田间地边漂来荡去，然后又安静下来。与此形成奇怪对比的是，各种鱼类在海水中并没有遭遇任何变故……

谈起鱼，使我想起了全世界沉寂一片的奇怪现象。对于"B94号"潜水艇上船员的奇怪命运，我一直记忆犹新。就我所知，他们是从来没有见过绿色气流拂过世界而唯一生还的一批人。那时寂静一片，他们正在驶进易北河口，极为缓慢而又小心翼翼地穿过机器的轰鸣声，经过煤矿，沿着淤泥遍布的海底进行探险。他们留下一条长长的线索，以引导同伴从母舰里漂流出来。而后，在堡垒下面长长的通道里，他们终于把阵亡者的名字刻在上面。他们在黎明之前就在那儿了，因为他们谈到了星星的光芒。他们惊讶地发现自己离岸上的泥淖中开采的铁矿还不足三百码，海岸线正随着潮水的涨落而起伏。中间的船着起火来，但是没有人注意到，也没有人能够冷静下来去留心什么。不仅是这艘千疮百孔的船，所有黑乎乎的船只都浮在他们周围，他们感到迷惑不解，他们惊慌失措的头脑里一定全是死人！

我想他们的经历在所有人中最为奇特，他们从未失去过知觉；而且立刻有人告诉我，他们在一阵大笑之后便开始呼吸这与以往不同的空气了。可惜他们中间没有一位作家，所以我们无法描绘他们的奇遇，也无法描述他们说了些什么。但是我们知道，这些人在人们普遍苏醒过来之前一个半小时内仍是清醒的、活跃的。当德军终于苏醒时，他们发现这群陌生人占领了他们的战舰，潜水艇随波逐流地漂浮在海面上。英国人疲惫不堪，仍然忙忙碌碌、热热闹闹，在明亮的曙光里，从火势逐渐微弱的大火中救助失去知觉的敌方人员。

然而，想到潜水艇上的伙夫和水手都未能幸免于难这一事实，我的思绪被拉回到这件事所带来的巨大惊骇之中。我不能忽视这条思路，因为人们所有的灿烂辉煌皆由此而来。我无法忘记那艘没有领航的船沿着海岸独自行驶，然后跟昏昏欲睡的水手们一起陷入灾难。我也无法忘怀陆地上汽车在马路上撞毁的情景，以及火车无视信号灯一直向前冲去，最后被惊醒的司机发现火车停靠在陌生的轨道线路上，锅炉已经熄火。更不幸的是，吃惊的农民或刚刚苏醒的搬运工发现火车已被撞坏，冒着滚滚浓烟。四镇上铸工车间的火烧得正旺，火光冲天。燃烧的火焰使巨变更加辉煌灿烂，也使巨变传播蔓延。

三

想象一下在《新报》印刷与排版期间所发生的事情。我手头上就有这样一份报纸，这是巨变之后印刷的第一份报纸。它是用一种没打算长期保存的纸印制而成的，现已页卷残破，纸色褐黄。我是在旅馆花园里等候内蒂和小维罗尔时发现它的，就在我打算和他们好好谈谈的最后一次谈话之前，在花园凉亭的桌子上发现了这份报纸。我看着它，所发生的事情又一幕幕地浮现在脑海中。内蒂站在阳光明媚的花园里，深情地凝视着正在读报的我，她白衣素装，周围一片青葱碧绿……

这份报纸破旧不堪，纸页在我手中随着折痕碎成一片一片，落在书桌上，成为一个已然消逝的时代的无足轻重的纪念品，成为我心中昔日情怀的见证。我知道我们讨论过上面的新闻，但在我的一生中，都想不起来我们说了些什么。我能记得的就是内蒂只说了几句话，而小维罗尔这个家伙竟一度从我身后探头读着报。我一点儿也不喜欢他从我身后探头看。

我手中的资料一定可以帮助我们了解那次会晤中第一个尴尬的局面……

在下一章中我一定会详尽地描述我们说过的话和做过的事……

显而易见，《新报》在一夜之间排好了版，随后用几大块立体印版来印刷。我对老式印刷法知之甚少，所以并不确切知道是怎么回事。不过这一过程给人的印象是，大面积的打字印刷已被淘汰并被新的刻板印刷所代替。刻板印刷有些地方还很不成熟。用新技术比用旧技术印的字黑一些，就是左边有点淡，那是由于没有油墨，并且靠边处为锯齿形造成的。我的一位朋友对传统印刷术略知一二，他告诉我，用来印刷《新报》的机器其实那天晚上已被毁掉，于是在巨变发生的那天早晨，班赫斯特借用了隔壁一间办公室继续印刷报纸，也许是因为那家公司在资金上要依赖于他。

外面几页的版面完全是旧时期的模样，有变化的部分只有中间两页。我们在这里惊奇地发现，在一块小巧的长方形四栏内印有"所见所闻"的字样，通栏标题赫然写着"激烈海战正在进行，两个帝国的命运尚在较量之中，报道双方各自的损失"。这些由记者搜集来的东西现在已经无人问津了，或许因为这些东西只是凭猜测捏造出来的。

把这些老掉牙的片段拼凑起来，再重读这份已经褪色的新纪元的产物，就觉得滑稽可笑了。

新的报纸版面用了简单明了的陈述，我记得它对大呼小叫的拙劣的英语提出了大胆的挑战，这点当时给我的印象非常深刻。现在看来它就像一场已然平息下来的暴力活动中一个明智的声音。但是他们目睹了伦敦遭受气体袭击后的迅速复苏；目睹了全体伦敦人民迅速重新振作起来，充满了生机勃勃的朝气。在重读报纸的过程中，我才惊诧地注意到在报纸印刷出来的前一天，有那么多的研究、实验和归纳已经完成……这里不过顺便提一下。我坐下来，凝视着这些已经部分碳化了的纸片，左思右想，一种同样奇怪的遥远的幻象又显现在我的脑海中，这种幻象那天早晨就曾在我脑海中闪过。这一幻象就是，我方才提到的那些印报纸的办公室正经历着危机。

催化的浪潮肯定已经全面席卷了这块地方，这种催化作用已经达到白热化的程度，的确激烈异常。这都是由彗星和战争所引起的，而战争的作用尤为明显。在嘈杂的喧闹声中，在造成当地夜晚气氛的电灯的闪耀下，这间办公室极有可能发生了令人难以察觉的变化。绿色的闪光说不定已经无声无息地经过那里，正在下降的绿色气体的雾化尾迹就像一年四季飘浮于伦敦上空的雾霾（在黑沉沉的雾霾笼罩下，当时伦敦即使在夏季也不安全）。于是，巨变终于来临，一切都发生了变化。

假如他们事先能够得到警告的话，那么大街上一定会陷入突如其来的骚乱之中，继之而来的是死一样的沉寂。可惜他们并未得到其他暗示。

在绿色气体袭击每个人之前，已经来不及让这些印刷机停下来，绿色气体笼罩住机器，把它们摔在地上，使它们永远安静下来。一想到这些，我的想象力总是奇怪地被搅动起来，我猜因为这是我第一次成功地亲自描述这个城镇所发生的一切。当巨变来临之时，机器还在继续运转，在我看来这真是奇怪之极。我并不确切地知道此事对于我来说为何如此奇特，但事实上的确如此，并且使我愈陷愈深。我想，人总是习惯于把机械看作人力的一种延伸，巨变所展现出来的自主、自由的程度深深地震撼了我。举例来说，电灯继续散发出模糊昏暗的光芒，并且已经亮了至少有一段时间了。在越来越浓厚的黑暗的笼罩下，巨大的印刷机一定还在继续轰鸣、印刷、折纸，把印好的报纸一份一份地推到一边。耸人听闻的通栏大标题占据了四分之一的版面，报道捏造的战争新闻。

整个车间仍然随着机器熟悉的轰鸣声微微地颤动。竟然没有人在操纵机器！在越来越浓的绿雾下，到处都是蜷缩成一团或者四仰八叉静静地平躺着的人。

如果有人碰巧有能力抵制这种气体的侵袭，并能漫步于其中的话，那一定是一项壮举、一桩奇闻。

不久，机器终于耗尽了油墨和纸张，虽然继续发出轰然巨响，但嘎吱嘎吱慢了下来，逐渐趋于平静。我猜大概是缺少燃料的缘故，锅炉的火也熄灭了，活塞里的蒸汽压力下降，机器也磨起洋工来，电灯光线暗了下来，随着发电厂提供的能源的减少而忽明忽暗。这会儿谁能准确地预言它们的结果呢？

接着，在人们越来越弱、然后停止下来的嘈杂声中，绿霭先是清晰可辨，继而若隐若现，一个小时后，就无影无踪了，说不定变成了一缕微风吹拂着地球。各种生命之声全都销声匿迹了。然而，仍然有些东西并未失去活力，而是在宇宙的衰败中依然生机勃勃。在世界穷途末路之时，教堂塔楼上的钟敲了两下，又敲了第三下。塔楼四面钟表的滴答声笼罩了整个地球，震耳欲聋。

于是迎来了第一个充满生机和活力的清晨，迎来了复苏之后第一声沙沙的响声。或许在那家办公室里，电灯依旧闪亮，机器仍然有气无力地运转。这时，就连那一堆堆被揉皱的布也重新有了生气，印刷厂工会和印刷工人无疑全都震惊地发现了办公室的沉寂。在这令人眩目的黎明中，《新报》苏醒了，它对周围的一切感到疑惑不解，也对自己的变化大吃一惊。

市镇教堂里的钟一次又一次地敲，都敲了四次了，办公室的职员们衣衫折皱，邋遢不堪，但却有一种心旷神怡的奇妙心境。他们站在破破烂烂的机器旁，感到惊诧疑惑。编辑读着自己昨天熬夜写出的标题，觉得荒唐可笑。那天早上，许多职员都对他们以前所做的事情大笑不止。在室外，邮递员给他们刚刚醒来的马儿拍拍脖子，擦擦膝盖……

接着，经过热烈的讨论和质疑，他们又着手印刷报纸。

想一想这些心存疑虑的人，他们受原有职业习惯的惯性支配，仍在努力工作着，而这时的工厂早已发生了令人难以置信的巨变。工人们在工作中被无数的问题所困扰，但他们十分轻松，时不时停下手中的工作讨论一番。这份报纸送达芒通时，仅仅晚了五天。

四

接下来介绍一位名叫威金斯的平凡的杂货店老板，以及他是怎样度过这次巨变的，还有他给我留下的深刻、生动的印象。

我是在芒通的邮局听说他的故事的。那是巨变发生后的第一天下午，我想我该去给母亲发一份电报。这家邮局同时也是一家杂货店老板的一个分店。我进去的时候看见威金斯正与这家店的店主谈话，他们是生意场上的老对头。威金斯刚刚走过街道来到店里，为的是化解他们之间多年的积怨。巨变令他们的眼睛熠熠生辉，炯炯有神，双颊微泛红光，举止彬彬有礼。他们谈到了年老体衰对健康的威胁和影响。

"一切仇恨都对我们无益，"威金斯先生向我解释了历经坎坷之后所体会到的感情，"仇恨对我们的顾客也毫无益处。我来就是要告诉他这些。小伙子，假使你也拥有一家自己的店铺，一定要铭记那些教训。这种愚蠢的痛苦一直压抑着我们，直到那片绿光闪现，我才得到了解脱，所有的丑恶行径都同样愚蠢。一种愚蠢的嫉妒心理。想想看！两人住得很近，因为心中解不开的结就二十年不说话，相互之间冷若冰霜！"

"我简直难以想象我们怎么会处于这样一种状态，威金斯先生。"另一个老板说道。他一边说话一边包茶叶，一英镑一袋，这是他的习惯："一切都是可恶的傲慢和顽固在作祟。我们一直都明白这样做很愚蠢。"

我把邮票贴在信封上。

"就在那天早上，"他继续对我说道，"我降低了法国鸡蛋的售价，亏本出售。我路过他的店时，看见他醒目的巨型标价牌上写着'九便士一打鸡蛋'，这就是我的对策！"他指着一个标价牌对我说道："'八便士一打鸡蛋，与别处卖的九便士的蛋一模一样'，整整降了一便士，真值！价钱只比成本高一点点，甚至……"他斜靠着柜台，表情十足地对我说，"其实跟九便士的鸡蛋并不一样。"

"喂，会有什么人在理智的情况下做出这种事来？"威金斯先生问道。

我发了电报，或者说值班人正在为我发送电报。就在他忙着发报的时候，我和威金斯先生交换了一些经验。对于事情所经历的变化的本质，他知道的并不比我多。他说他被绿光吓坏了，恐惧地躲在卧室的百叶窗后面观察了好一会儿才起床，飞快地穿好衣服，然后唤醒家人，以便为世界末日的来临做好准备。他叫他们穿上了做礼拜时才穿的礼服，一起走出房间，走进了花园。他们的脑海里时而呈现出对这种壮丽奇观的敬佩，时而呈现出对它的畏惧。他们都不信奉国教，但在休闲时间里还是有宗教信仰的。在他们看来，毕竟在那美妙绝伦的最后时刻，科学一定是错误的，而神学则是正确的。绿色气体让他们更加坚定了这个看法，他们准备好去与上帝会面……

此人相貌平平，穿着长袖衬衫，用围裙围着大肚皮，操着英国口音讲述自己的经验，他的话意味深长。他在讲述自己的经历时，以我那斯塔福德郡的耳朵听起来，并无骄傲自豪的口气，好像那不过是小事一桩。正是这一点，使我看到了他勇敢非凡的一面。

这些人并没有像其他人一样到处乱跑。这四个平凡而又纯朴的人站在后门外，在醋栗和灌木丛之间的花园小径上唱起歌来。父亲、母亲和两个女儿站在那里坚定地唱着歌，可是毫无疑问，他们善良的方式多少显露出一些无精打采，终于支撑不住，直到一个接一个地倒了下去，安静地躺着。

"在对天国的永久期望中，

我的灵魂唱着胜利的歌儿。"

邮局的经营者在越来越浓的黑暗中，听见了他们的歌声："在对天国的永久期望中……"

倾听这位满面红光、两眼放光的人讲述他最近的死亡经历真是世界上再奇妙不过的事情了。我简直不敢相信，这事竟发生在十二小时之前。这些人在黑暗中不断地向上帝歌唱的声音既短暂又遥远。对我来说，这就好比一幅画在纪念盒上的图画，小巧精致，鲜艳夺目。

然而，巨变的影响并不局限于这个特别事件。许多在彗星到来之前发生的事情都经历了同样圣洁的变化。我认识的许多人也都有着同样的幻觉，一种放大的感觉。对我来说，即使是现在，那穿越整个英格兰寻找内蒂和她的情人的黑色手枪也不过只有一英寸高。我们先前的生活都成了一场光线昏暗的木偶剧，在薄暮中上演着……

五

一想到巨变，我总是不由自主地想到母亲的形象。

我还记得她每天怎样为自己忏悔。

她说，她那天晚上也是彻夜未眠，说着她拿起附有抢拍到的流星照片的报告。它们已经侵袭并肆虐了克莱顿和整个斯瓦辛格利，并且持续了一整天，因此她才下床观望。她隐隐约约感到我陷入了所有这些灾难。

但当巨变真的来临之时，她却并没有去观看。

"当我看到流星如雨一般落下时，我的宝贝，"她说道，"就想到你深陷其中，我觉得为你祈祷没什么坏处，是吧，宝贝？我想你不会介意的。"

于是我又看到了另一幅画面：绿色气体来而复去，那位慈祥的老妇人跪在那块缀满补丁的床罩上，关节突起的双手仍然紧紧握着，保持着祈祷的姿势。她在为我祈祷！

透过薄薄的窗帘和百叶窗的缝隙，我看见星光从烟囱上空微微隐退，天空露出黎明的曙光，也看见她的蜡烛摇曳着，熄灭了……

在寂静之中，这些画面一直跟随着我——默默地跪着祈祷的身影，祈求上帝保佑我。这祈祷在寂静的世界中沉默，在广袤无声的空间里回荡。

六

随着黎明的到来，地球渐渐苏醒了。我已经介绍过自己的亲身经历，当我在变得圣洁美丽的香普汉贝里的玉米地边漫步的时候，心中感到多么惊奇啊！每个人都有同样的感觉，小维罗尔和内蒂当时就在我旁边苏醒，我显然已经忘记了他们的存在。他们依偎着醒了过来，在宁静与阳光中，在其他事物发出的喧哗声中，他们听到了彼此的声音。原来四下里逃散的人群倒在邦格楼村边的沙滩上，不久就苏醒过来。熟睡之中的芒通村民惊醒了，在异常罕见的新奇景象中坐起身来。花园里蜷着身体的人们仍旧唱着圣歌，在百花丛中扭动着身躯，互相轻轻地抚摸着，他们想到了天堂。母亲发现自己蜷缩在床上，便慢慢地站起身来，兴奋无比，相信一定是上帝回应了她的祈祷。

巨变发生时，士兵们已经拥挤在通往阿拉蒙特的大路上，大路两旁灰扑扑的杨树整齐地排列成行。他们和法国枪手一边聊天，一边分享着咖啡。这群法国枪手在博维勒葡萄园间精心构筑的堑壕里向士兵们欢呼。这些士兵为了一颗即将发射的、足以使整个舆论界为之哗然的火箭紧张得难以入梦，可现在他们却感到有点莫名的困惑。法国枪手看到下面公路上的士兵，听到他们的骚动声，每一个人都清楚自己不能开枪。有一个应征入伍的士兵把苏醒时的情形说了出来，他说想到堑壕里身边的来福枪时，感到非常惊讶。他把枪放在膝盖上审视着，枪的用途在他脑海里逐渐清晰起来，于是他扔掉枪，罪恶感便随之消失。他带着一种喜悦的自豪感站起身来，以便凑近了更加仔细地观察那些他本该杀死的人。勇敢的士兵们，他想，他们寻找的竟是这样的命运。待命发射的导弹永远不会呼啸飞舞了。下面的士兵也不会再加入发射导弹的行列了，他们只是坐在路边或三五成群地站着说话，讨论战争的原因，人人都心存疑虑。"什么帝国！"他们说，"呸！见鬼去吧！我们是文明人，另找别人去干这种事吧……咖啡在哪里？"

　　军官们也无视纪律，牵着马和人们毫无顾忌地谈着话。一些法国人走出掩体，从山上慢慢走下来。另外一些人手中还握着步枪，犹豫不决地站在那里。好奇的面孔扫过这些手中握枪的人。这引发了一场小小的争论："你以为他们会朝我们开枪吗？胡说八道！他们可是受人尊敬的法国公民。"这就是当时的写照，在晨曦中显得极为明亮、极为细腻，阳光照在老南希城废墟上建立起来的战争陈列馆上。可以看到旧世界"士兵"的制服、式样古怪的帽子、皮带和靴子、子弹带、水壶、军用背包以及一种奇特精致的装备。士兵们一个接一个地清醒过来，先是一个，然后又是一个。我有时就纳闷，如果两支军队在同一时刻苏醒过来，仅仅由于习惯和惯性，战斗会不会再打起来？可是那位第一个醒来的士兵坐了起来，诧异地环顾四周，并且还花时间思索着什么。

七

　　一种毫不相干的记忆浮现在我的脑海中。它毫不相干，但从某种微妙的意义上来说，为我总结了此次巨变的意义。那是一张女人的面孔，一张美丽绝伦的红扑扑脸蛋，长着一双水汪汪的明亮眼睛。她一言不发地走过我的身旁，却不知为啥勾走了我的魂儿。当第一天下午发电报告诉母亲我一切平安时，曾与她擦肩而过，于是便生出一种悔恨，因为我不知她是什么时候来的，又是什么时候离去的，从此之后再也没有见过她。只有她那张脸——那张闪烁着刚毅光芒的脸庞，活生生地浮现在我眼前……

她的表情，正是这世界的样子。

第三章
内阁会议

一

　　两天之后，在梅尔蒙特的平房里举行了内阁会议，讨论世界政权格局。为了便于陪伴梅尔蒙特，我也参加了，这对我来说是前所未有的新奇事。我没有别的特殊方法，梅尔蒙特家里也没有人照料他骨折的脚踝，只有一位秘书和一名洗衣妇在帮他分担明显摆在这位世界统治者面前的繁重劳动。由于没有留声机，所以一包扎好他的脚踝，我便坐下来速记他的口述，然后坐在写字台前整理成文。在旧时代，与令人发指的暴力行为并驾齐驱的又一特点是令人难以置信的懒散懈怠。秘书不会速记，周围又找不到电话，所有信件都必须拿到半英里之外的芒通村杂货店里的邮局去处理。于是，我坐在梅尔蒙特房间的后面做了一些必要的备忘录，写字台被置之一旁。当时，在我眼里，他的小屋是世界上装饰得最漂亮的房间。直到现在我还能感受到这位伟大的政治家躺在我面前的印花棉布沙发上残留的愉悦和振奋，还能分辨出他阅读过的内容丰富的文件、他使用过的红色封蜡以及我用过的写字台上摆设的银器。这时我意识到，我在这间屋子里本身就是一桩奇事，是一件了不起的事情。那开启的大门，甚至连秘书帕克的进进出出，都是那般新奇。以前，召开内阁会议是保密的。所有的公众生活中都弥漫着偷偷摸摸、鬼鬼祟祟的事，人与人之间总是保持一定的距离，只有尔虞我诈和玩弄心计、撒谎欺骗、诱人误入歧途，许多事情毫无道理可言。这些秘密几乎没有被人注意到就退出了生活。

我闭上双眼就能看见那些人，听到他们小心翼翼地讲话声。我看见他们先是在清冷皎洁的月光下怔怔地出神，随后又在神秘朦胧的阴影里回过神来，集中精力工作起来。我还清楚完整地记得其中的一个场面：桌子上有许多饼干屑和一滴溅出来的水，先是在灯光下闪闪发亮，然后便钻进绿色的桌布无影无踪了……

我对于艾迪沙姆勋爵的形象记忆犹新。他是梅尔蒙特的密友，因此比别人早来平房一天。他也是最终引起战争的十五个人中的一个。让我给你们描述一下这位政治家吧。他年届四十，生性开朗，是政府里最年轻的官员。他生就一张轮廓清晰、棱角分明的灰色脸庞，眼含笑意，亲切和蔼，嘴唇很薄，胡须刮得干干净净，说起话来小心谨慎，待人接物平易近人。他具备作为一名男人最优秀的品质——随遇而安，他拥有我们惯称为哲学家的气质——冷漠无情。巨变发生时正值周末，他正自娱自乐地用鱼饵钓鱼。我记得他说过，他苏醒过来时发现自己栽进水里，没入一码左右。但即使在危机四伏的时期，艾迪沙姆勋爵仍坚持周末去钓鱼，以陶冶性情。没有危机的时候，他就更加喜爱钓鱼了，因为再没有比钓鱼更能让他高兴的事了。当然，没有事务缠身他就能痛痛快快地钓鱼了。后来他权衡利弊，还是决定不再钓鱼了。他来看梅尔蒙特时我也在场，亲耳听他这么说的。很显然，他来此地的意图与梅尔蒙特不谋而合。我让他们单独交谈了一会儿，随后又回来记录下他们发给即将到来的同僚的冗长电报。在这次巨变中，他无疑也和梅尔蒙特一样，深受影响，但他推诿客套、尖酸刻薄而尚可接受的幽默感依然保留了下来。他讲起自己态度的变化和心绪的开阔，娓娓道来，用词典雅，摆脱不了过去世界要人们谈吐的模式。那种职业性的过分谦虚、过分热情简直让你受宠若惊……

统治大英帝国的这十五个人与我想象中的大相径庭，令人惊讶。每当我没有活儿干时，便仔细地观察他们。当时这些英国政客和政治家们曾经形成过一个奇特的阶层，这个阶层现已不复存在。他们在某些方面与世界上其他地区的政治家截然不同，我从他们身上也找不出一点政治家应有的风采。或许你喜欢阅读古旧书籍。狄更斯在《荒凉山庄》一书中用带有敌意的夸张笔调描绘了他们的种种丑态，迪斯雷利这个通过曲解别人来取悦宫廷而侥幸爬到他们头上的政客，对他们既曲意奉承又进行尖刻的讽刺。汉弗莱·沃德夫人在其小说里，借终身官员阶层的眼睛去观察他们，发觉他们是些不折不扣的狂妄自大、自命不凡的家伙。以上这些书现在依然到处都有，随手可得。此外，哲学家巴奇霍特以及文风生动的历史学家麦考利曾对他们的思维方式进行过描述。小说家萨克雷也曾深刻地揭露过他们颓废的社会生活。在《二十世纪文库》里更有许多出自如西德尼·洛之类作家之手的优秀讽刺片段、人物描写以及回忆录。所有这些描述概括起来就是两个字——欲望。过去他们是家喻户晓的大人物，而未过多久的今天，他们已经变得难以理解了。

从前我们这些普通人对政治家的印象几乎完全是从漫画里得到的，这些漫画是政治斗争最强有力的武器。即使有些漫画谈不上怪异粗俗，却也能蛊惑人心。举个例子，我读莱科克的作品时，漫画中的形象是一个身体结实、智勇双全、积极能干的人物，他关于"巨人哥利亚"的演讲使得战争更加不可收拾。这个形象与现实生活中说话结巴、声音尖细、略有秃顶、受到良心谴责的名人迥然不同。我发现，梅尔蒙特现在的漫画像跟以前那个带点轻蔑神态的形象也完全不同了。我不知道世人几时才能对那些人有个正确的印象，一如巨变之前对他们了如指掌。他们的所作所为越来越令人难以置信。我们对他们的疏远虽不能动摇他们的过去，但足以使他们现在的威信大打折扣。他们的全部历史变得越来越陌生，越来越像用健忘的舌头表演的一出出奇异野蛮的戏剧。现在，他们从那些离奇扭曲的漫画形象中神气活现地走了出来，张张面孔隐藏在巨大的非人面具后，种种声音展示在愚蠢的政治言论中，外表可以将人性伪装得十分正常，却无法掩饰其在公众媒介里的叫嚣狂吠。这场业已结束的高深难懂的表演，那些过去曾被弃之一边的、至今仍然无人问津的东西，那古老的拜占庭民族的神学，如同中世纪威尼斯的酷刑，一一呈现着。这些卷入战争的政客们的统治影响着全球近四分之一的人口，他们小丑般的冲突摇撼着世界，其中或许会有欢笑，或许也有激情，但最终都是无尽的灾难。

这场巨变的确让这些人变得更为活跃，但他们依然身穿旧时代的奇装异服，保留着旧时代的生活方式和习俗。如果他们曾经从旧时代的框架体系中挣脱出来过，那他们依然不得不重新返回其中，将其作为共同的起点。我焕然一新的心智能够适应这一切，因此我认为自己确实目睹了这一幕。公爵领地的大臣亚里·布朗宁，我记得他的脸盘颇大浑圆，愚蠢而又虚荣，总是废话连篇。他一次又一次泯灭了觉醒的良心，虽然他也在内心做过挣扎，也曾讽刺、嘲笑过自己，但他突然意味深长地说出下面一番话来，这番话让我们个个如坐针毡，内心作痛："我一直是个傲慢而又无能的老家伙。我在这里已经没有什么用了。我把一生都丢在钩心斗角的政治旋涡里，现在已是油尽灯枯。"说完他便静静地坐了很长时间。卡顿是复爵，他皮肤白净，善解人意，那张刮过胡须、有太多赘肉的脸简直能跟恺撒大帝的半身塑像相提并论。他声音

211

舒缓，嘴唇有点斜，带着一股子自信和傲气。他幽默地眨了眨眼说："我们得原谅，甚至得原谅自己。"

这两个人坐在桌子的上角，因此我能看清楚他们的脸。紧挨着卡顿的是内政大臣马奇特。他身材矮小，眉头紧锁，一丝笑容凝固在扭歪的薄唇边。他很少参与讨论，只是偶尔插几句明智的评论。头顶上的电灯点亮之后，他的眼袋显得更黑，看起来像一个可笑的恶鬼。挨着他的是非凡的贵族里乔维尔公爵。他那放纵、慵懒的样子简直把自己当作 20 世纪英国一个教养良好的古罗马贵族了。他既是政治家又是赛马师，在文学研究上也很有造诣，但从不偏重于其中任何一个角色，对三者总是花费几乎同等的时间。他说："我们从未做过一件有意义的事。至于我，已经功成名就了！"尽管他无疑陷入了对当年的回忆之中，回忆富裕的贵族生活，回忆现已成为工作室的富丽堂皇的大房子。一座座跑马场上人们争相狂呼他的名字，一次次热烈会议上他满怀希望，无益地创办奥林匹克运动会……他坚定地说："我一直就是一个傻瓜。"人们静静地听着他的话，心中充满同情与敬重。

格克，英国财政大臣，因为被艾迪沙姆勋爵的背部挡住视线，我只看到他的半边身体。他向前斜靠着，不时插入讨论，带着较重的嗓音，长着一只大鼻子和粗糙的嘴巴，耷拉着下嘴唇，密密麻麻的皱纹之间一双眼睛炯炯有神。他坦率地讲出自己民族的特点："我们犹太人经历过这个世界的体制，没有任何作为，巩固加强了一些东西，但也毁掉了许多东西。我们的民族是极其自负的。看上去我们把丰富而粗糙的智慧全部用于扩张、掌握和保持我们的既得财产了，把生活变为一盘商业棋局，并庸俗地庆祝自己的胜利……我们从未有过服务于人类的感觉。美是一种神性，而我们却把它当作一份财产。"

这些人和他们这些言论深深地留在了我的记忆中。真的，也许当时我记录下来了，可现在却怎么也想不起来了。迪格林·普里维特先生、雷维尔先生、马克海默先生以及其他人是怎样坐的我一点儿印象都没有了，有的只是他们的声音、插话以及不太恰当的评论……

人们得到这样一种奇怪的印象，或许除了格克或雷维尔，其他人并不特别热衷于自己已经拥有的权力，他们只希望成天无所事事，安稳地享受荣华富贵。他们自认为是内阁成员，直至如梦初醒的这一刻，才为自己的所作所为而感到羞愧。但是他们对此倒并没有缺乏绅士风度地大呼小叫。他们十五人中有八人毕业于同一所学校，接受过同一水平的教育。有些人学了希腊语言学，有些人学了初等数学。有些人掌握了一些肤浅的'科学知识'、一点儿历史知识，自学过一点儿17世纪到19世纪的传统英国文学。这八个人都吸收了刻板的具有绅士风度的传统教育，实际上却相当幼稚，真是不可思议。一种传统如果既没有坚韧进取这把利剑，又缺乏艺术素养，大难临头时，就容易使感情陷入崩溃，也容易使人们马马虎虎地完成自己简单的义务，还拿去邀功请赏。他们盲目度日。他们的一生都是沿着从托儿所到幼儿园，从幼儿园到小学，从伊顿公学到牛津大学，从牛津大学到政治社会这样一成不变的路子走过来的。甚至连他们的恶习和失误都遵循一定的良好行为模式。他们都从伊顿公学溜出去看过赛马，都从牛津大学跑到市中心去享受过生活，去听音乐会，而且都是屡错屡犯。可是现在，他们突然发现了自己的局限性。

梅尔蒙特问道："我们准备做些什么呢？我们已经觉醒，这个国家在我们手中……"我知道，在我谈到的所有关于旧体制的话题中，这似乎是最令人难以置信的事情。但我的确是亲眼所见，亲耳所闻。这群人组成了一个政府来管理世界可居住陆地面积的五分之一的疆域，他们控制着成百万的军队，而且拥有前所未有的海军力量，他们的国家、语言和人民都还处在对那些伟大的日子的惊疑困惑之中，对如何收拾这个世界没有任何共同的意见，这一点是事实。他们成立政府已经三年有余，巨变之前，他们从未想到过有必要有什么一致意见，也根本不存在什么一致意见。那个大国不过是件飘忽不定、漫无目标的东西，是一件只知吃饭、睡觉、持枪的东西，过分地为过去偶然的辉煌而感到自豪。它没有任何计划、任何打算，它实际上已无足轻重。另一个大国也陷入同样的困境，它飘摇着，摇摇欲坠地飘摇在惊涛骇浪之中。现在英国的内阁议会在你们看来也许非常可笑，但它并不见得比那些独裁专制机构、总编委员会及其各自的政敌更加荒谬。

二

当时对我的打击非常沉重，至今还让我记忆犹新的是内阁会议对于现行的国家原则居然没有任何讨论，也没有任何异议。他们之所以不受某些轻率而具有破坏性的思想的影响——社会主义、共和主义、共产主义等这些至今可能还沿着彗星撞击前的老路走下去的理论——是因为有一种看不见、摸不着却难以逾越的屏障在保护着他们。可如今在苏醒的一刹那，那些屏障和防御似乎全都消失了，仿佛绿色气体清洗了他们的头脑，溶解并扫清了那些一度曾经极为顽固的界限和障碍。他们立即承认没有包装好的宣传品里也有好的东西并将其吸收了，而这些东西曾经强烈地叩击过他们思想的大门，却从未叩开过。这简直就无异于从一场荒谬而短暂的噩梦中醒来。他们自然而然地携起手来，不可避免地踏上了这个宽敞明亮的讲坛，这个讲坛上签订过通顺合理的协议，承载着我们以及整个世界的体制。

让我试着帮他们回忆起一些早已从他们脑海中抹去的往事。首先，古代的"所有制"的体制造成了对我们居住其上的土地管辖的极度混乱。旧时兰没有人认为这种体制公平合理或是理想方便，但人们却接受了它。居住在这片土地上的社团必须断绝自己与土地的一切必要联系，只有公路和其他公共设施除外。其他所有的土地都被疯狂地分割成从一百平方英里到几亩面积不等的块状、长方形和三角形，且将其置于一批几乎和政府平起平坐的地区附近管辖，这些管理者叫作地主。地主拥有土地，差不多就像一个男人拥有自己的帽子一样。他们可以对其买卖分割，宛若切奶酪或汉堡包一样随意。他们可以任意损毁，或任其荒芜，或在上面建些可怕而丑陋的破坏性的东西。如果该社团需要修一条路或是有轨电车的轨道，如果它想在任何位置建一座城镇或村庄，甚至假如它想来回走动的话，那么需要使用哪片土地，就得跟那片土地的君主签订代价高昂的协议。除非向其中一个君主表示效忠并向他付税，否则谁也别想在地球表面找到立足之地。他们与有名无实的、地方性的政府或者国家政府实际上早就没有联系，也没有责任和义务了，而这些政府却位于他们自己所管辖的大片区域内。我知道，这事让人听了就像一个疯人梦，可人类就是那个疯子。不仅仅在欧洲和亚洲的古老国度里，这种体制到处都存在，它产生于对土地大王实行地方管制的合法代表，这些代表在当时普遍出身卑贱，后来又逃避责任。他们的确得到了"新国家"，我们称这些地方为美利坚合众国、好望角殖民地、澳大利亚和新西兰。19世纪的大部分时间都花在疯狂地出卖土地上，随便什么人，只要他想要，就能永久性地得到这片土地。哪里有煤，有石油，有黄金，哪里土地肥沃，哪里有天然良港，或者哪里适合建城市，这些鬼迷心窍、胸无点墨的政府官员便急呼开荒者奔向那里。于是一批批贫穷、刁滑、野蛮的冒险家便潮水般地涌去开创一方由土地贵族们统治的新天地。一个世纪的短暂的希冀自豪之后，伟大的美利坚合众国的希望似乎成了全人类的希望，很大一部分变成了一群一群无立锥之地的流浪者。土地大王、铁路大王、粮食大王（有土地就有粮食）以及矿产大王统治了这个国家，并以前所未有的庸俗、愚蠢和穷奢极欲去挥霍其宝贵的资源。兴办学校对于他们不过相当于随便给乞丐几个硬币罢了。巨变之前，没有一个人把它认真看待，只是当作一个痴迷时期业已消逝的疯狂的幻影。

土地所有制存在着上述问题，其他种种体制和机构以及人们生活中种种复杂诡谲的因素也都一样。他们谈到交易，我才第一次知道有一种买卖，双方都无损失。他们谈到工业组织，你从那些为工人谋求福利的工业巨头那里就能明了一切。古老的、个人的、习惯性等各种糊里糊涂的关系在社会培训的大舞台上烟消云散。各种见不得人的勾当如今以惊人的清晰度赤裸裸地展示在人们面前。一切恩恩怨怨在已然清醒过来的人们的笑声中化为乌有，各种学校、书本和传统都迷糊可笑，教堂的教学拙劣滑稽，令年轻人尊严和荣誉扫地的不堪一击、莫名其妙的建议如今也都没有了，只留下一段令人好奇的、愉快而褪了色的记忆。"必须对年轻人进行培训，"里乔维尔说，"坦白地说，这仅仅是一个开始。我们未曾很好地教育过他们，他们的盲点委实太多了。这件事做起来可能会很容易，也应该很容易。"

我始终记得内阁会议上反复说过的那句话："一切做起来都相当容易。"当时听到这句话，我感到一股强大的、清新的力量。一切做起来都相当容易，这话听起来是何等的坦诚，给人以何等的勇气！当那些条条框框的陈词滥调被注入新鲜的活力和惊奇时，一切做起来就十分容易了。

将与德国进行的战争放大了去看，我们发现神话般的、英雄式的、女性也并肩作战的德国已经从人们的想象中消失了，人们仅仅把它看作一出弄得双方精疲力竭的闹剧。梅尔蒙特已经安排了双方的停战。内阁大臣们在一段段精彩的缅怀之后，把和平问题置之一旁以便特殊处理……世界上的政府的全部计划在他们看来都只不过是临时性的。鸡毛蒜皮的小事被夸大，病房和教区会、中央管辖地区和自治区、国家和州府、疆域和民族之间生出无数的争执，政府间的联系与冲突、无数贪得无厌的律师、代理商、经理、老板和组织者们粘在蝇头小利的毛毡上，犹如一群苍蝇叮在一件又破又脏的外套上。旧秩序那张冲突、嫉妒、仇恨织成的大网缝了又补，补了又缝，现在他们把旧世界的这个丑陋的东西都扔在了一边。

"我们的新举措是什么呢？"梅尔蒙特说，"这次混乱处理起来非常棘手。我们要重新开始。那就让我们一切从头来过！"

三

"让我们从头来过！"这个显而易见的常识对我来讲却要充满勇气。多么崇高的话语啊！在他讲话的时候，我的心像跳出了胸膛，追随着他。事实上那一天又模糊、又伟大。我们根本没有看见一切是如何开始的。我们所见到的只是旧秩序不可避免的坍塌。

　　随后没多久，人类蹒跚前行，但是同时彰显了有效的兄弟情义，使世界焕然一新。早些年，即新时代的前一二十年，人们每天都在舒畅而辛勤地二作着。人人都知道自己该做些什么，很少计较别人该做什么。直到现在我才得以站在高塔上，从这些充实的岁月中回首最初的日子，回首巨变给世界带来的神奇变化，才发现旧时代残酷的混乱在不断地消融，如今只剩下清朗和纯朴了。那个旧世界现在何处？伦敦又在何方？这个被烟雾和黑暗弥漫笼罩的阴沉的城市到哪儿去了？到处都充斥着歇斯底里的吼叫和杂乱无章的音乐。城市里那条漂浮着油污、充塞着船只、周围积满了淤泥却依然波光粼粼的河流呢？那黑色的小尖塔和日渐变黑的圆屋顶呢？那衰败荒芜的黑灰色屋子呢？还有那成千上万拖着湿漉漉的脏裙子的妓女、为生计而忙忙碌碌的职员呢？一切都无影无踪，只有那因为沾上油腻腻、黑乎乎的脏东西而恶臭难当。树叶依然可见，粉白的巴黎在哪里？那青翠齐整的叶子、那一贯苛刻的鉴赏力、那包装得光彩照人的邪恶和在沐浴着灰白寒冷的曙光的大桥上那熙熙攘攘的工人呢？纽约在哪里？这个工业发达、精力过剩的先进城市，每每遭到飓风的侵袭，受到竞争的侵扰，高大的建筑物一座挨着一座，竭力向上争取自己的一方蓝天，战死沙场者无人怜悯，无人问津。城市里代价沉重的无度挥霍，暗地里卑鄙罪恶的行贿受贿，狂热的生活里纸醉金迷的丑陋，都藏到哪个角落里去了？费城这座有着无数孤寂小家的城市今在何方？拥有许多血迹斑斑的股票交易所和狂怒喧嚣、欲壑难平、语种混杂的地下世界芝加哥呢？

所有这些大型城市都不见了，甚至于我家乡的陶瓷厂和黑人村庄也消失了。那些曾经被俘、身体残废、忍饥挨饿、身受重伤而陷入绝境的生命，那与世界格格不入而被人忘怀、忽略的人们，还有那巨大、没有人情味、心怀鬼胎的工业机器都从人们的生活中消失了。那些人口剧增、事故不断的城市不知去向，今日的世界再也看不到一根烟囱冒烟了。又累又饿的孩子们撕心裂肺的哭声，生活负担过重的妇女们麻木的绝望，胡同里粗野的争吵声，以及卑鄙低级的乐趣和富人们的庸俗丑陋、不可一世统统随之消失，随着生活的彻底改变而烟消云散。回首往事，我记得看见一颗巨大的尘埃在绿色气体到来之后随即腾空而起，我如同再次生活在坦兹时代和斯卡福丁的时代，如同为一篇乐章确定了新的主题而欢呼雀跃——在我们的新时代，巨大的拔地而起的城市，卡尔顿和亚美顿这两座英格兰南部的孪生城市，蜿蜒的泰晤士河横穿其中。我目睹贫瘠肮脏的爱丁堡老城消亡了，取而代之的是那古老山脉的阴影下一座又白又高的现代化新兴城市。都柏林也焕然一新，富裕、美丽、宽敞，处处欢声笑语，热情洋溢，从柔和温暖的雨水中透出的缕缕阳光把它映得熠熠生辉。我看到由美国规划并建起的大城市戈登，宽阔温馨的大路两旁果实累累，还有充满欢乐钟声的千塔市。我再次看见它们依然如故。剧院和会场之城，阳光港湾之城，还有沿用旧名"犹他"的那座新城。满眼都是圆屋顶，处处可见悬崖上大学正面朴实而又高贵的线条，还有马特那巴这座到处都是冰雪的冬城。小一点儿的城镇也一样，乡镇都是恬静悠然的地方，村庄里一半是森林，叮咚作响的溪水绕过条条街道，雪松排排胜似花园，玫瑰和其他秀色可餐的花儿引来嗡嗡飞舞的蜜蜂。如果在旧时代，我们的儿女，男孩儿只能是奴颜婢膝的店员、庄稼汉、仆人；女孩儿只能是农妇、心力交瘁的母亲和牢骚满腹的失败者。但如今，他们正兴高采烈、昂首阔步地在新世界里学习、生活、工作，一个个自由奔放。我想起那些徘徊在平静与干净的古罗马废墟上、埃及的古墓里或是雅典的庙宇神殿中的逝者，想到他们来到梅宁顿，会感到多么惊喜和兴奋；来到奥巴，又会多么惊异于它那白色细长的塔……但有谁能讲出生活的充实和欢乐，谁能数得清世界上所有新兴的城市？人们用爱的双手为仍然活着的人建造起这些城市，又哭泣着进入这些城市，他们是多么纯朴，多么高雅，多么善良啊！

我坐在梅尔蒙特的靠椅上，想着这一幅幅美好的画面，现有的知识夹杂在我的期望中，也影响着它。我一定预见到了美好的前景，要不然我为何如此高兴呢？

下篇

新世界

第一章
巨变后的恋情

一

到目前为止，我从未说过内蒂一个"不"字。我已远远偏离了个人经历的讲述。

我一直都在试着描述一些与人类生活的基本框架有关的变化所产生的影响，如短暂而壮观的黎明，强大而频繁的闪电以及生命的灵魂所带来的影响。在我的记忆中，巨变前我的生活是黑暗的，不时闪现出一线朦胧美的光芒，其余都是枯燥与平淡、痛苦与黑暗。突然间这道痛苦的围墙坍塌了，我不知所措，盲目而欣喜地在五彩缤纷、变幻莫测并且充满机遇的世界漫步。倘若我具备音乐才能，就会创作一首能在世界上广为流传的乐曲，其主题思想步步深入，最后在胜利和狂喜中达到高潮。其旋律要优美，充满自豪，充满曙光初露、逐渐明亮的希望，并体现出意外的惊喜和艰苦的努力突然得到回报所带来的欢欣。像盛开的鲜花，像孩子们的快乐嬉戏，像抱着新生儿时激动得热泪盈眶的母亲，像建筑在音乐之声中的城市，像披红挂绿、喷洒香槟、滑过欢呼人群、第一次直奔大海的巨轮。所有听了这个乐曲的人都会大踏步迈向希望，那是满怀信心的希望、前景灿烂辉煌的希望、战无不胜的希望。直到最后，希望这个征服者走向胜利，伴着鼓号和彩旗穿过洞开的新世界之门，走向胜利。

正当欢乐令我眼花缭乱、头晕目眩时，变了形的内蒂向我走来。

内蒂再次向我走来，这是多么令人惊异、多么令人难以忘怀呀！

她回来了，身边却跟着她的情人小维罗尔。她又闯入我的记忆，就像当初她回来一样，让人感到有些离奇古怪，因为开始看不太清，被一些干扰物弄得有点扭曲变形。透过芒通邮局和杂货店那褪色的玻璃窗，我满心疑虑地盯着她。当时正值巨变之后的第二天，我正在给梅尔蒙特发电报，他即将调往唐宁街，正在安排离任之事。我先是看见他俩小小的轮廓。通过玻璃，他们的模样、动作和步伐看上去都有些变形。我觉得应该走上前去，向他们"问安"，于是门铃一响，我就走了出去。他俩一看见我，马上停住了脚步，小维罗尔就像哥伦布发现新大陆一样叫起来："他在这里！"紧接着内蒂也大叫起来："威利！"

我向他们走去，所有的恩怨顿时烟消云散。我好像第一次见到这两个人，他们看上去是那么温文尔雅，和谐般配。我以前似乎从没真正仔细地观察过他们。的确，以前我总是心存偏见，透过自私的有色眼镜去看他们。他们同甘共苦，风雨同舟，共同走过了艰苦的历程，度过了黑暗的过去，正在享受新生活。刹那间，我内心对内蒂真挚而强烈的爱又复活了。这一变化扩大了男人的胸怀，使爱情永无止境。事实上，它曾拥有过宽广的心胸和辉煌的爱情。她走进了我重新构造的梦中世界，充满了我的脑海，并全身心地拥有这份感情。一缕发丝拂过她的面颊，她朱唇微启，笑容甜蜜，目光里满含惊喜、鼓励和友好，仔细地审视着我。

我一把握住她伸过来的手，开始浮想联翩。"我本想杀了你。"我简洁地说了一句，试图击中要害，好像要刺死星星或者谋害阳光似的。

"后来我们找过你，"小维罗尔说，"可是我们找不到……我们听到了另一声枪响。"我转眼看着他，内蒂的手从我手中滑落。正是那时我才想起他们坠入爱河有多深，想起那天黎明在什么人身旁与内蒂一起醒来的情景。我曾看见过他们，当时我透过浓雾最后瞥了一眼，他们手拉着手，亲密无间。巨变像绿色的鹰在他们疲倦的脚步上展开了神秘朦胧的翅膀，于是他们坠入爱河，然后又苏醒过来。这对情侣沐浴在伊甸园的晨光中一起醒来。谁

225

能讲出，对于他们来说，阳光有多么明媚，鲜花有多么娇艳，鸟儿的歌唱又有多么甜蜜呢……

我心里这么想着，可嘴上却说："我醒来时把枪给扔了。"我脑子里一片空白，沉默了一会儿，说了些无关紧要的话。"很庆幸我当时没有杀掉你，所以你还能站在这儿，而且看来你们过得还挺不错……"

"我准备后天回克莱顿，"我赶紧解释说，"我一直在这里替梅尔蒙特做速记，现在差不多快做完了……"

他俩谁也没说话。虽然所有的事顿时全都无关紧要了，可我仍然滔滔不绝地说："梅尔蒙特就要被调到唐宁街去工作了，那里有一个合适的职位，这样这里也就不再需要我了……当然，你们对我为什么会和梅尔蒙特在一起有些不解。我偶然遇到了他，后来就直接来找他。我在一个小巷子里找到了他，他的一只脚踝骨折了。我马上要去四镇帮助准备一份报告。很高兴再次见到你们二位。"我的声音有些哽咽，"很高兴向你们道声再见，祝你们幸福快乐。"

第一次透过杂货店的橱窗看到他们所想到的一切，我就记得这些了。但当我真的把话说出来后，感觉和想法却又变了。我不停地说话以防出现尴尬的场面。和内蒂分手对我来说非常困难，所以我说的话也东一句西一句，有些莫名其妙。于是我打住话头，我们三个人就默默地在那里站了一会儿，互相对视。

我觉得还是我发现的东西最多。我第一次意识到巨变对我性格的影响是多么渺小。

在这奇妙的世界里，我曾有段时间忘却过这次爱情经历。就是这样，从本质上来说，我没有失去什么，也没有改变什么。只有思维能力和自我约束能力取得了可喜的进步，也培养了一些新的兴趣爱好。绿色雾霭已然消散，我们的大脑被清洗得一干二净，纵使生活在清新纯净的空气里，我们还是我们自己。我对内蒂的爱非但没有改变，而且她的魅力随着我对她了解的加深而逐渐加强。只要她一出现，只要一看到她的眼神，我的爱欲便立即苏醒，不再疯疯癫癫地乱发脾气。

这种感觉像过去写完有关社会主义的文章后去切克希利一样令人激动……

我放开她的手，这种分手方式未免有些荒唐。

我们都感觉到了这一点，但却心照不宣。这个主意是小维罗尔想出来的，是他说明天我们必须见面告别，因此今天短暂的相逢就成了安排明天有关事宜的一个过渡。我们决定在芒通那家小店见面，然后一起吃午饭……

显而易见，我们只好把要说的一切都说了。

我们有点尴尬地分手告别。我一直沿着去往乡村的那条街道往前走，没有回头，就连我自己也对这一举动感到惊讶和困惑。好像是发现了什么平常忽略了的东西似的，它打乱了我的所有计划，并且让我感到仓皇失措。我心事重重地回到家，不再急着去梅尔蒙特那里工作。我还想思考一下内蒂的事，满脑子都是内蒂和小维罗尔的影子。

二

　　我们三个人在新时代曙光里的谈话极为深刻地印在我的脑海里。那次谈话内容简洁、新颖、朝气蓬勃、令人兴奋。我们幼稚而又胆怯地着手解决巨变带给人类的一些最难的问题。不过现在回想起来，我们也没做什么。人类一切旧的生活模式都被摒弃并且一去不复返，如人与人之间的尔虞我诈、贪得无厌、卑鄙挑衅、嫉妒和冷漠等。巨变又给我们留下些什么呢？这正是我们和其他数以百万计的人讨论的问题……

　　凑巧的是（我也不明白这是为什么），我和内蒂的最后一次见面跟芒通小店的老板娘不可分割地联系在一起了。

　　芒通小店是当时体制下少有的最令人愉快的地方之一，生意出奇的兴隆，许多香普汉贝里的人常常光顾这里。小店经营午餐和茶点。它有一方宽敞的长满青苔的草坪，可以玩滚木游戏。周围是几个被葡萄等藤蔓植物覆盖的凉亭，凉亭的周围有一些金鱼草、蜀葵、飞燕草和夏天常见的娇美鲜花。草坪后面是一些月桂树和冬青属植物。小店三面环墙，其路牌标志是骑着白马、勇杀巨龙的乔治，另一边是一些山毛榉。

　　在这个令人惬意的约会地点等待内蒂和小维罗尔时，我和老板娘谈起了巨变发生之后的早晨。老板娘肩膀很宽，满脸雀斑，面带笑容，精力充沛、和蔼可亲，长着一头红发。她乐观地确信，世上万物都已变好。在谈话中，她的声音和自信感染了我，使我喜欢上了她。"现在我们都苏醒了，"她说，"不用说，一切都会步入正轨，这一点毫无疑问。嗨！你说呢？"

她用善良、充满友好的蓝眼睛看着我，双唇形成了一个迷人的微笑。

我们有着很强的传统，当时所有的英国小酒馆只收不速之客的现钱。我问她我们的午餐要花多少钱。

"你付不付现钱都可以，"她说，"随你的便。现在是假日，我们仍然采用记账或支付现金这两种方式。不管怎样都用不着担心，这点我敢肯定。我向来都不热衷于收现钱。我曾多次透过灌木丛窥探，冥思苦想对于我和我的小酒馆来说怎样做才算公平正确，怎样才能使顾客满意而归。我在乎的不是钱。我敢肯定，世界将发生巨大的变化。但我要留下来为人民造福，使在这条路上来往的人开心。只要人们快乐，这个地方就会令人愉快。一旦他们个个相互嫉妒、吝啬、空虚或贪婪，把自己灌得烂醉如泥，魔鬼就会潜入这块世外桃源。每天我都能看到许多人满面春风，脸上洋溢着幸福的微笑，他们就像老朋友一样再次光顾，但是一切都会变的。现在一切都在步入正轨。"她微笑着，生性豪爽慷慨，对生活充满信心和希望。"你可以来份炒蛋，"她说，"还有你的朋友们。炒蛋味道美极了，就像天堂里的佳肴一样！我觉得这些天我的烹饪手艺比以往任何时候都好。我十分高兴能为你们服务……"

正在这时，内蒂和小维罗尔出现在做工粗糙的拱廊下，拱廊上面有一些从小酒馆里伸出来的玫瑰。内蒂一袭白衣，戴着一顶太阳帽，小维罗尔则一身灰色。"我的朋友来了。"我说。由于巨变产生的魔力，我的心情豁然开朗，恰如云开日出。"真是天生的一对呀！"当他们穿过草坪走来时，老板娘赞叹道……

他们的确是一对金童玉女，但这并没使我们高兴起来，真的没有。因为我的心为之一紧。

三

这份旧报纸——第一期重新发行的《新报》——干燥成一个已然消逝时代的最后一份纪念物，犹如迷信的旧时代的一小片见证。我突然回到了五十年前，又看到了我们三个人坐在凉亭里的那张桌子旁，又闻到了弥漫在空气中的欧石南香味。在我们长时间的沉默中又听到了花坛植物上蜜蜂的嗡嗡叫声。

现在是新时代的黎明，而我们三个人却都带着旧时代的标记，穿着旧时代的制服。我看到了我还是一位皮肤黝黑、衣衫褴褛的少年，下巴上依然留有雷德卡勋爵"赏"的青一块紫一块的伤痕。小维罗尔坐在我的斜对面，他长得英俊魁梧，穿着得体大方，文质彬彬。他实际上比我大两岁，但由于皮肤白皙，长相年轻，看上去并不显得比我老。我对面是内蒂，她乌黑的眼睛盯着我的脸，她比以前任何时候都显得高雅漂亮。她仍然穿着我在公园里遇到她时穿的那套白衣服，秀美的脖子上仍然佩戴着那串珍珠项链和一枚金币，看上去和以前没什么两样。然而她的变化又是如此之大，过去她是个小姑娘，而现在却成了妇人，这二者之间的巨大变化令我很懊恼。我们坐在一张绿色桌子的顶头，桌上铺着一块干净的台布，摆着一套简朴的餐具，盛着令人感到愉快的午餐。我身后是沐浴在阳光下的草地和花园。我回忆着这一切。现在我又坐在那里，笨拙地屯着饭，桌子上摊着这张报纸，小维罗尔正在谈论着巨变。

"你简直想象不到，"他用准确好听的口音说道，"这次巨变对我的打击有多大。我觉得仍然没有清醒过来。像我这种人生来就不走运，我以前从来没有怀疑过这一点。"他斜靠在桌子上凑近我，明显希望我能完全理解他的意思。"我发现自己就像脱壳而出的小生命，柔软又新鲜。他们教我如何穿衣戴帽，如何言谈举止，如何思考问题。我现在明白了，这种方法是错误的、狭隘的。不管怎样，绝大部分做法都不合适，这是一套经典的陈词滥调。为了能和其他人打成一片，我们的言谈举止都要合乎彼此的礼仪。的确具有绅士风度！但我就是搞不明白……"

这时我能听到他的说话声，看到他扬起的睫毛和赏心悦目的微笑。

他停了下来，本来还想多说几句，可这并不是我们非说不可的话题。

我往前凑了凑，紧紧地抓住我的杯子。"你们两个，"我说，"要结婚吗？"

他们彼此对望了一眼。

内蒂柔声细气地说："当时我离家出走时并没有打算要结婚。"

"我知道。"我一边回答一边吃力地往上看，和小维罗尔的目光相遇。

他回答了我的疑问："我认为我俩已经分不开了，但支配我们行动的却是某种疯狂。"

我点点头说："恋爱本身就是疯狂。"说完就对自己的话产生了疑问。

"我们为什么要这样做呢？"他说着突然转向内蒂。她双手交叉地托着下巴，眼睛朝下看着。

"我们非这样做不可。"她说，这是她惯用的表达法。然后她好像突然打开了话匣子，说了起来。

"威利，"她突然叫了一声，双眼急切地盯着我，"我本不想用这种恶劣的态度对待你，我真的不愿意。我常常想起你，想起我父母，一直都在想，可这似乎并没有打动我，一点儿也没能打动我，没能阻止我踏上自己早已选择的路。"

"早已选择好了！"我惊讶道。

"似乎有什么东西攫住了我，"她承认道，"可这一切又都无法解释清楚。"

她做了个绝望的手势。

232

小维罗尔在台布上玩弄着手指，然后再次转过来面向我。

"有个声音说'芀上她'，然后所有声音都这么说。这是对她的一种疯狂的愿望。我也说不清楚。一切都有利于这么做，或许我这样说什么也解释不了。你——"

"说下去。"我说。

"当我认识你时……"

我盯着内蒂说："你从未对他提起过我吗？"觉得心里好像被什么东西刺了一下。

小维罗尔替她回答说："没有，但流露过一些蛛丝马迹。那晚我见到了你，一下子就警觉起来，直觉告诉我，那就是你。"

"难道说你战胜我了吗？……要是有可能的话，我一定会打败你。"我说，"再接着说！"

"生活中的每件事情都是相辅相成的。开始我满不在乎，大大咧咧。这就留下了祸根，有可能意味着在政治生活和一般事务中遭到失败，我在这方面有过教训，接受教训是我的荣幸。这件事使得教训更加深刻。这件事对内蒂来说意味着崩溃和痛苦。没有哪个神经正常的人、行为得体的人会赞同我们的做法。那样做使这件事比以往更糟。我占尽优势，而且卑鄙地利用了这些优势。其实根本就无关紧要。"

"是啊，"我说，"的确如此。同样的暗潮抬起了你却冲掉了我。就用那把左轮手枪，加上怨恨的哭诉。那话是怎么说来着，内蒂，'献身'是吗？把自己推下悬崖吗？"

内蒂的双手落在桌子上。"我也说不清是怎么回事。"她坦诚直率地对我说，"男女的思维方式不同，女孩儿不像男孩儿那样头脑清楚。我现在也没搞明白。当时有多种自私的目的，有各种各样的小算盘，还有那些卑鄙的动机。我一直在想着他的衣服。"她朝小维罗尔笑了笑，眼里闪出亮光。"我一直梦想成为一位太太，住在大酒店里，身边有男仆侍候。这是一个可怕的事实，威利，再没有比这更自私的了！真的！"我能看出她在乞求我，说话坦诚直率，就像发生巨变那天拂晓的曙光。"并不是都很卑鄙。"停了一会儿，我缓缓地说道。

"对呀！"他们异口同声地说。

"可是女人的选择要比男人多，"内蒂补充道，"我从一些清晰的小照片中看到了这一切。你知道吗？那件夹克……有点……你不介意我告诉你吧？你现在是不会的！"

我摇摇头说："不介意。"

她好像在对我的灵魂诉说，轻声细语而又认真严肃，想告诉我事情的真相。"你的那件衣服有些棉的成分，"她说，"我知道，有一些类似的可怕的东西在周围晃动，它们真的在我的周围萦绕。坦白地说，那是在过去的时候！于是我恨克莱顿那个地方，恨它的脏，还有那个厨房！你母亲那可怕的厨房！除此之外，威利，我也怕你。我不理解你，但我却能理解他。现在情况不同了，可当时我明白他的意思，还有他的声音。"

"不错，"我对小维罗尔说，尽量使这些发现冷静一些，"没错，小维罗尔，你的嗓音很好。奇怪，我怎么以前从没想过这一点！"

分手之前我们又默默地坐了一会儿。

"天哪！"我叫道，"在所有这些天性的冲击波和无言的欲望之上，我们的智力有小小的多余的东西，这些泡沫状物体就像一笼笼母鸡从船上落入水中，在大海里咯咯地叫着。"

小维罗尔放声大笑，称赞我这个比喻。"一周以前，"他把这个比喻进一步发挥下去，"我们还紧紧抓着鸡笼不放，叹息着，诉说着。千真万确，一周以前的事。可是今天呢？"

"今天，"我说，"风停了，暴风雨过去了，每只鸡笼都奇迹般地变成了一艘艘乘风破浪的舰艇。"

四

"我们准备做些什么呢？"小维罗尔问。

内蒂从面前的花瓶里摘了一朵深红色的石竹花，开始熟练地把花瓣一片一片揪下来。我们谈话时她就一直这样扯着。她把那些碎花瓣排成长长的一行，然后拼来凑去地摆弄着。最后剩下我一个人在店里时，这些花瓣还没摆成一个图案。"嗯，这件事看起来很简单。你们俩，"我改口说，"彼此爱着对方。"

我打住话头。他们用沉默、若有所思的无言作为对我的回答。

"你俩已经不分彼此。我已经考虑过这个问题，从各个角度仔细考虑。我曾想要——不可能的事……我举止粗鲁，没有权力追求你。"我转向小维罗尔，"你敢保证对她负责吗？"

他点点头。

"难道任何社会影响，比方说离开清新的空气这种事发生，都不会使你回心转意吗？"

他真诚地望着我答道："不会的，利德福德，绝不会！"

"我以前不认识你，"我说，"我想象中的你跟你本人大相径庭。"

"我本来是不一样。"他插嘴道。

"可现在，"我说，"一切都变了。"

我没再往下说，因为我的思绪早已飞走了。

"对我来说，"我一边接着说下去，一边盯着内蒂的脸，她正低着头向下看。于是我把目光转向我俩之间的鲜花。"既然内蒂已经占据了我的整个心灵，既然这种爱充满欲望的种子，既然我无法忍受眼睁睁地看着你们在一起，那我就必须离开你们。我们必须避免见面，生活在不同的世界里，就像雅各布和伊索一样……我必须调整自己，把所有的精力和心思放在其他事情上。毕竟，这种爱不是生活的全部！对野人来说或许是，但对人类来说，绝不是！我们必须分手，我也必须忘却过去。除此之外我们又能怎样？"

我紧张地坐在那里，不敢抬头，满脑子都是红色的花瓣。但我觉得小维罗尔同意我的做法。沉默了一会儿，内蒂开口说："可是……"她说了两个字就停住了。

我等了一会儿，叹了口气，身子往椅背上一靠，"这事儿很简单，"我故作轻松地笑了笑，"我们的头脑现在都很清醒。"

"难道这事儿真的如此简单吗？"内蒂打断我的话。

我抬头一看，发现她的目光在小维罗尔身上。"你知道，"她说，"我喜欢威利。这种感觉是很难说得清的，但我不想让他就这样离开我们。"

"那么，"小维罗尔反驳道，"你要怎样？"

"我也不知道。"内蒂说着，把她排好一半的花瓣又搅乱了，很快把它们又排成一条直线。

"这事儿太难了，我一辈子都没这么束手无策过。就是这件事，我没正确处理好跟威利的关系。他——他期待着我。我知道这一点，我是他的希望，是他希望的曙光，是他幸福的源泉，是他生命中最美好的东西，也是他心底的骄傲。他为我而活。我知道，当我俩相遇时，我是指你和我，这对他是一种背叛。"

"背叛！"我说，"你们就这样稀里糊涂，只顾自己的感觉。"

"你曾认为这是背叛。"

"我不知道。"

"我的确这么认为过。从某种意义上来说，我现在仍然这么认为。因为你曾经要过我。"

我对这番话表示了一丝抗议，并陷入深思。

"甚至就在他想杀死咱们的时候，"她对情人说，"我仍从心底里怀念他。我能理解他所做的一切，我已做了最坏的准备，包括屈辱在内，可他却走过去了，没有杀掉我们。"

"是的，"我说，"但我不明白……"

"我也不明白，我正尽力想弄明白。可你知道，威利，你是我生活的一部分。我认识你比认识爱德华的时间要久，我更了解你。我的确了解你。你认为你说的话都是冲着我来的，可我不这样理解。我过去不理解你这一面，不懂你的勃勃雄心及其他事，确实一直都不懂。我现在比当时爱动脑子想问题。现在我一切都明白了。必须更深层地去了解你，不能像对待爱德华那样对你。我现在明白了……你是我生命中的一部分，所以现在我不愿意就这样跟你一刀两断。"

"可你还爱着小维罗尔。"

"爱情就是这么奇怪！……难道只有一种爱吗？我的意思是说，只有唯一的一种爱吗？"她转向小维罗尔，"我知道我爱你。现在我可以大胆地说出来了，昨天上午以前我还不会这样说。我的脑袋就像刚从一个充满气味的监狱里放出来似的。但是，对你的这种爱算什么？是对你诸多方面的喜爱，包括你看事物的方法和你的处世原则。这是一种感觉，对某些美好事物和人的感觉。也是对你说的话、你的希望以及你对我一些安慰和承诺的认同。这些都撞击着我的心扉，牵动了深藏在我心中的情思。看起来这就是全部，其实不然。怎么说呢？这种爱就像一盏有着浓浓的阴影、光线却异常明亮的灯，房间里的其他东西都被它遮住了。是你把这阴影驱散，于是其他东西露出了原形。同样的一盏灯，仍

238

旧在那里，但它却照亮了每个人！"

她停了下来。好一阵子没人开口。内蒂动作迅速地把花瓣堆成了金字塔形。我在说话时常因修辞法而困惑不解，限制了思维："这仍是同样的一盏灯……"

"任何女人都不会相信这些东西。"她突然冒出一句。

"什么东西？"

"任何女人从来都不相信他们。"

"那你只好选择一个男人。"小维罗尔说。他先我一步理解了她的意思。

"我们受的教育就是这样。从书本中，从故事里，从人们看问题的方法和他们的言谈举止中我们受到了教育，总有一天会造就这样一个男人。他意味着一切，任何其他人都无足轻重。放弃其他一切，跟他生活在一起。"

"他们也告诉男人，女人该是什么样子。"小维罗尔说。

"只有男人才不信这一套！他们的脑筋更顽固……男人即使相信也不会那样做。人不必非得到老年才知道这一点。他们天生就不相信。但女人天生什么都信。她走进一种模式里几乎把自己的一切想法都隐藏起来。"

"她过去常常这样。"我说。

"不管怎样，你没有这样。"小维罗尔说。

"我已经走出来了，全靠这颗彗星。威利，因为我压根儿就没有相信过模式这个东西，即使我曾经有过这种想法。把威利打发走是愚蠢的，永远不再见他、驱逐他很丢人现眼。这样做未免太不近人情，太不道德了。从他身上耀武扬威地踏过，好像他是个战败的敌人一样，假装像以前一样开心，生活中没有这种道理。这样太自私、太冷酷了，简直没有道理嘛。我……"她声音颤抖地说，"威利！我办不到。"

我坐在那里，头埋得更低了，双眼盯着她那迅速拨动花瓣的手指，陷入了深思。

"这的确很残忍，"我最终还是开口了，故作木然状，"然而这符合事物的本质……不是！……内蒂，我们毕竟仍然有些残忍。正如你所说的，男人要比女人顽固。彗星并没有改变这一点，只是使它更为明显。经过一阵喧嚣骚动，我们安定了下来……回到了我刚才说的那种状态。我们发现自己思辨能力不强，只想过好日子，在爱河中漂荡，有些偏激，愚昧……我们就像依附于某物上的人，就像刚刚苏醒的人们，站在竹筏上。"

"我们终于回到我的问题上来了，"小维罗尔轻轻说道，"该怎么办呢？"

"分手。"我说，"内蒂，我们没有天使之躯。天使的躯体是完全一样的。我在某本书中看到过，说我们的体内可以找到祖先的遗迹。比如耳朵，就是一个例子。还有牙齿，和鱼的牙齿有些类似。我们的骨头能让人回忆起什么来呢？可以追溯到一百多万年前的类人猿。甚至你那迷人的身躯也有这种污点，内蒂。别插嘴！听我把话说完。"我表情严肃地向前凑了凑，"我们的情感、我们的恋爱、我们的欲望，这些东西的本质跟我们血肉之躯的本质都是一样的，都是动物，有竞争意识，也充满欲望。现在你跟我们说话，是一人对几人，一个人经过训练，吃饱了饭，无所事事，就可以做这事。"

"没错，"内蒂慢慢地接过我的话，"但你要控制它。"

"只有服从才能征服它，这种事没有魔法可施。为了控制局面，我们必须瓦解敌人，把有关联的事看成一个同盟体。如今正是这样。一个人凭着信念可以移山，可以和大山对话，可以填海。而他之所以这样做，是因为他帮助并且信任自己的同伴，因为他能集智慧、耐心、勇气于一身，去战胜钢铁、炸药、起重机、载重汽车等人力、物力和财力。要克服对你的思念，除非看不到你。我必须远走高飞，看不见你。我还得培养其他一些情趣，把身心投入到事业中去……"

"还要忘却？"内蒂问。

"不是忘却，"我说，"只是不再去想你。"

她琢磨了一会儿说："不行。"然后把刚摆好的图案一把推掉，抬头看着小维罗尔。

小维罗尔向前俯身靠着桌子，双肘放在桌上，双手的手指交叉放着。

"你知道，"他说，"这些事我想得不多。在中学和大学里，一个人不会……有规章制度阻止这种事情的发生。毫无疑问，会有人违反。我们似乎……"他想了想，"忽略了一些问题，一个人最终会在希腊文或柏拉图的集注本里看到这些问题，但对那些把一种废弃不用的语言翻译成现代语言的人来说，从未遇到过此类问题。"他停了下来，对某些没有说出口的问题谈了自己的看法。

"不行，内蒂，正如他自己所说，利德福德这么说是由事情的本质决定的，男人要除外……人的思维无拘无束，可是一个男人只能拥有一个女人，必须淘汰自己的对手。我们生来就要为生存而奋斗，为生存而战，现在所有生物都是奋斗后生存下来的。我们可以得出这样的结论，人都是为同伴而奋斗，因为每个男人只能拥有一个女人，其余的人只能走开。"

"像动物一样。"内蒂说。

"对……"

"生活中有许多事情，"我说，"但这基本上算是一条普遍正确的真理。"

"但是，"内蒂说，"你用不着挣扎奋斗，人类是有思维的，那条真理已经改变了。"

"由你选择。"我说。

"要是我选择的是不选择呢？"

"其实你已经选择了。"

她有些不耐烦了："噢，为什么女人永远是性的奴隶？难道这理性和光明的时代什么也没改变吗？还有人类也没有改变。我看这一切都太愚蠢了。我不相信这是解决问题的正确方法，或是旧时代的坏习俗……说什么本能！在其他诸多事情上，你都没让本能去统治自己。我现在夹在你俩中间。这边是爱德华，我爱他，因为他令我愉快，也因为我确实喜欢他！这边是威利，他是我生活的一部分，是我的初恋，是我的老朋友！为什么我不能同时拥有你们两个？我就不明白，难道你们只能把我当成一个女人看待吗？难道你们总是把我看成是一件为之奋斗的东西吗？"她停了一下，然后做出了一个令我沮丧的决定。"让咱们三个人在一起吧！"她说，"咱们永不分离，威利，分手就意味着憎恨。我们为什么不能设法保持朋友关系？为什么我们不能经常见面聊天呢？"

"聊天？"我说。"谈论这种事吗？"

我盯住小维罗尔，与他的目光相遇。我们彼此琢磨着对方，眼光中明显流露出敌意。"不行，"我下定决心，"我们之间无法和平相处。"

"任何时候都不可能吗？"内蒂问。

"永远都不可能。"我加重了语气答道。

我不断为自己鼓气。"我们不可能违背与爱情有关的法律和风俗习惯。"我说，'这种爱是自私的。长痛不如短痛！我要得到的是内蒂全部的爱。一个男人的爱不仅是奉献，还是索取、挑战。此外，"讲到这里我强调说，"我现在已另有所爱。所以内蒂，是我不忠诚。在你身后，在你上方，世界之城正拔地而起，我就在这座建筑物里。心肝啊！只要你幸福！只要我的生命、我的血肉之躯能做你幸福的奠基石，我情愿扮演这个角色。内蒂，我愿用一切换取你的幸福。"我信誓旦旦地说道，"没有什么爱情的冲突会使我分心。"我又硬邦邦地加了一句。

一阵沉默。

"这么说我们非得分开不可了。"内蒂眼睛里闪着女性特有的魅力。

我点头认可。

过了一会儿，我站起身来，他俩也站了起来。大家闷闷不乐地分手了，没有任何留念的话。最后凉亭里只剩下我孤零零的一个人。

我想我没有目送他们远去，只记得自己留在那里，空虚而孤独。于是我又坐了下来，陷入了漫无边际的深思。

五

突然，我抬起头来。内蒂不知怎么又回来了，站在那里低头看着我。

"既然我们已经谈过了我一直在考虑的事，"她说，"爱德华让我单独来找你谈谈。我也觉得单独谈更好一些。"

我什么也没说，这使她很尴尬。

"我认为我们没必要分开。"她说。

"真的，我们没必要分开。"她又重复了一遍。

"每个人的生活方式都不同。"她说，"我不知道你是否能理解我正在说的话，威利。我很难说清自己的感觉，但我想把它说出来。假如我们要永远分开，我更要明明白白地把它说出来。生活教会女人掩饰感情，这是女人的天性，以前我也这样。但是，爱德华并不是我的全部。我希望能更清楚地告诉你我对这件事的看法。我不完全属于我自己，不管怎么说你都是我的一部分，要离开你我受不了。我不明白为什么我该离开你。你我之间有一种关系，威利。我们一起长大，骨肉相连，不能分割。我理解你，现在我真的理解你。我的理解力在某种程度上有了很大的提高，我真的理解你和你的梦想，我想帮助你。爱德华他没有梦想。这对我来说太可怕了，威利。想想吧！咱俩就要分开了。"

"可我们已经决定了，我们必须分开。"

"为什么？"

"因为我爱你。"

"好，那我为什么要掩饰这份感情？威利，我也爱你……"我们的目光相遇了。

她满脸通红，继续坚决地说："你真傻，这件事整个都傻得要命。你俩我都爱。"

我说："你根本不知道自己在说些什么，你压根儿就不懂！"

"你是说我必须走了？"

"对，对。走吧！"

好一阵子，我们凝望着，琢磨着，好像其中的意义深不可测，捉摸不透。她本想说些什么，但还是打住了。

"我必须走吗？"最后她双唇打战，眼睛里闪着泪花喊道，"威利……"

"走啊！"我打断她的喊声，"快走！"

但我们仍旧站着不动。

她站在那里，哭成了一个泪人，急切地看着我，让人既爱又怜。爱意在体内徐徐扩散，难以自制，但彼此的义务和责任迫使我们分开，这就像从天堂刮来的一阵狂风，一卷而过。我有一股冲动，想抓住她的手亲吻，然而我随即打了个冷战。我知道只要一碰她，我所有的堤防都要崩溃。

就这样，我们保持着一定距离呆呆地站了一会儿，然后就分手了。内蒂极不情愿，一步三回头地走向了她所选择的人，走向她所选择的生活空间，走出了我的生命，像阳光走出了我的生活……

然后我大概折起了那张报纸，塞进口袋。但我对那次见面的记忆也随着内蒂转身而去的那一瞬间而结束了。

六

至今我对这一切还记忆犹新，几乎能把我们三个人说的话背出来，后来的事就想不起来了。我隐约记得回到林克家附近的房子，记得跟梅尔蒙特告别时的喧闹场面，记得发现帕克的旺盛精力令人讨厌，还记得我怀着想要单独与梅尔蒙特告别的强烈愿望沿着马路走下去。

或许我已经开始怀疑与内蒂永远分离的决定，因为我记得把刚才的所作所为都告诉她了……

除了和她匆匆握了一下手之外，我记得没跟她说什么。我也不太肯定，已经记不清了。但我却非常肯定地记得，当看着她的车飞驰而过、爬上马垣博鲁山并消失在山后时，自己孤寂的心情。我也清楚地记得由此而得到的一个肯定的暗示：了不起的巨变和我的新生活目标对我并非全都意味着幸福。当目送她远去时，我心中窝着一团火，像遭受了不公平的待遇一样。"怎么这么快就剩下我一个人了呢？'我自言自语道。

我感到自己付出的太多了。在我告别了炽热、闪电式的爱情，告别了内蒂和我的欲望，告别了个人体力上的竞争，告别了一段最为紧张的时间后，他们不该撇下孤独的我和一颗破碎的心不管，铁着心马上去继续追求新的生活。我觉得自己像刚出生的婴儿，全身赤裸，一无所有。

"工作！"我竭尽全力夸张地说道，然后转过身来叹了口气。至少我还可以回到母亲身边，这是令人高兴的事。

但令人奇怪的是，我记得那天晚上在伯明翰时我的心情特别愉快，情绪激动，兴致高昂。当时由于火车改点，我无法回家，只好在伯明翰住了一夜。我去公园听了乐队演奏的古老乐曲，和一个陌生人聊了天，他曾是当地一家小报社的记者，醉心于所有正日益显雏形的改革计划。听了他的话，我心中崇高的梦想又死

247

灰复燃了。我们伴着月光走到了一个叫伯思维勒的地方，谈论着新的社会分工必将取代旧式的自给自足经济，我们还谈到了应该怎样解决住房问题。

伯思维勒就遇到过这个问题。一家私营制造公司想在这里建房以改善工人的居住条件。现在想来这种做法最不仁慈，但在当时却不同凡响。人们曾长途跋涉，特意来看这些整齐的、浴室建在厨房地板下（令人难以想象的地方）的小屋以及其他辉煌的创造。在那个极富挑战性的年代，好像没人看到自由解放的危险。虽然卡车法案早已颁布，用以阻止这方面哪怕是微小的进展，可工人一旦成为雇主的雇工，欠了雇主的债，危机恐怕就会出现……可是我和那个偶然相遇的朋友似乎那天晚上就意识到这种可能性。毫无疑问，我们也想到了住房税的社会本质，而我们的兴趣却更多地集中在儿童室、厨房，以及共用餐厅有多大能减少人们的麻烦，给人们提供空间和自由。

这些事情非常有趣，但我仍然郁郁寡欢。那天晚上我躺在床上，想起了内蒂和她所做出的选择。我承认当晚我做了祈祷，向永远活在我心中的造物主，向这神秘的世界之主做了祷告。

但在祈祷前后，我想象自己仍在和内蒂说话，论理，我再次和内蒂见面……可她却从没有和我一起走进教堂做过礼拜。

第二章
母亲临终之前

一

第二天，我回到了家乡克莱顿。

我在克莱顿长大，但成长的道路却异常坎坷，充满不堪回首的记忆。我在那里度过了暗无天日的童年时代、辛勤劳累的少年时代和痛苦悲伤的青年时代。崭新、陌生、光明灿烂的新世界在这里更加欣欣向荣，生气勃勃。我好像第一次看到那里清晨的景色。那天，没有一根烟囱冒出滚滚浓烟，没有一座熔炉点火燃烧，人们都在忙着其他事情。强烈的阳光穿过清新的空气，使狭窄的街道充满温馨，喜气洋洋。一路上我遇到了许多笑脸。人们刚刚享用完镇政府提供的公共早餐回家，这种情况还要持续下去，直到有更好的安排。帕洛德恰好在人群中。"当初关于彗星的说法，你是对的。"我一看到他就脱口说道。他朝我走过来,一把握住我的手。

"人们在忙什么呢?"我问。

"他们正从外面给我们送食物。"他说,"我们准备推平所有贫民窟,在荒野上建些帐篷。"于是他谈了许多正在筹划的事。米德兰的土地委员会已着手为此而努力,他在一所临时组建的工程学院工作。为满足新兴企业再次建设的需要,在工作计划制订出来之前,大家都准备去接受技术培训。

他一直陪我走到我家门口,在那里遇到了正下台阶的佩蒂格鲁老先生。他看上去疲惫异常,肮脏不堪,但双眼比以往任何时候都要明亮,肩上背着一个工人用的工具箱。

"佩蒂格鲁先生,你的风湿病怎么样了?"我问。

"如果每天限定饮食,"佩蒂格鲁说,"就能创造奇迹……"他直视着我,"考虑到某些原因,我想这些房子都得拆掉,我们的财产观必须经历相当大的修正,当然要讲道理。我正在维修那见不得人的屋顶!早知要拆,何必多此一举呢?"

他扬起一只手以示反对,肥胖的大嘴上松弛的嘴角往下一撒,摇了摇那颗衰老的脑袋,做无奈状。

"过去的就别提了,佩蒂格鲁先生。"

"你那可怜的母亲!她真是个善良而又诚实的女人啊!宽容而又纯朴!想想吧,年轻人!"他很男子气地说,"我都有些自愧不如啊!"

"那天黎明时分,整个世界的人脸都变红了,佩蒂格鲁先生,"我说,"干得相当漂亮。这些事已经过去。只有上帝知道,在上周二到来之前谁没有为随之而发生的一切感到脸红羞愧。"

我也伸出一只手以示宽容,天真地忘记自己曾经是个小偷。他一边拉住我的手让我跟着他走,一边摇摇头、咕哝地说他很过意不去,但我却感到了些许安慰。门开了,我那可怜的老母亲焕然一新的脸庞出现了。"噢,威利,我的孩子!原来是你呀!"

我担心她会摔倒,急忙跑上台阶去迎她。

在过道里,母亲急切地向我扑来。我亲爱的母亲!

可她首先"砰"地关上了前门,还是尊重我这难以解释的脾气,这习惯依然未变。"噢!亲爱的!"她说,"你受苦了。"她把脸一直靠在我的肩膀上,生怕流出的眼泪会惹我不高兴。

她哽咽了一下,然后安静了一会儿,用满是老茧的双手久久地把我紧紧搂抱在胸前……

她感谢我发给她的电报,我拥着她走进了起居室。

"我过得很好,亲爱的妈妈。"我告诉她,"黑暗的时代已经过去,永远地过去了,妈妈。"

听完我的话,她再也控制不住,放声大哭起来,没有人会责备她。

她没有告诉过我她哭泣的另外一个原因:为过去艰苦的五年而落泪。

二

我的天哪！世界变化更新后留给她的时间是多么短暂啊！我不知道这段时间到底有多么短，但我能做一点事（对她来说或许还不是微不足道）来弥补我往日的不孝。我每天都殷勤地照顾她，因为我察觉到，她现在非常需要我。这并不是因为我们要交流思想或分享快乐，而是因为她喜欢看着我吃饭，看着我干活，看着我走来走去。她再也不用受苦受累了，在她的风烛残年，只要干一些轻松愉快的活就行了，我觉得虽然她的日子不多了，但过得还是挺幸福的。

她仍旧保持着 18 世纪古老的宗教信仰，没有一点改变。这个特殊的护身符她已佩戴了很久了，几乎成了她的一部分。虽然她很固执，但巨变产生的效果还是十分明显。有一天我对她说："难道你仍旧信奉宗教吗？亲爱的妈妈，你还在全心全意地信奉它吗？"

她点头说是。

因为她受过某些神学思想的影响，现在依旧……

她若有所思地久久凝视着面前的一排报春花，然后把颤抖的双手放在我的胳膊上，"威利，亲爱的，你知道，"她对我说，好像在纠正我的一个孩子气的误解，"我觉得并不是任何人都会去那里。我真的从来没有想过……"

三

由于她所做的有关神学的决定令人愉快，我们这次谈话深深地印在我的脑海里，但这只是许许多多谈话中的一次。下午的时光总是很令人惬意的。利用干完一天的活儿而晚上的学习还未开始的这段时间，我们常到罗切斯特廊宅的花园去散步。我抽上一支雪茄，或听母亲漫无边际地说些她感兴趣的事情……在过去，这段时间如果一位工人阶级的青年去做一些有关社会学的研究生工作，看起来很古怪。可现在却似乎关系重大！从体力上来说，巨变没有完全恢复她的元气，因为她在克莱顿这阴暗的地下厨房住得太久了，任何后天的补品都不能恢复她原有的活力。她的脸确实散发着红光，就像灰烬中即将熄灭的火光，遇到新鲜空气，依然有可能冒出火苗。这显然加速了她人生旅程的结束。但那些足不出户的日子，她过得倒挺安静满足。和她在一起，生活好比风雨交加一整天后傍晚才露出残阳。但闪电已经结束了。在舒适的新生活中，她没养成什么新习惯，没做什么新鲜事，只是觉得比以前更幸福，更轻松。

母亲和属于我们社区的其他许多老年妇女住在罗切斯特大宅的上层房间里。那些公寓宽敞简朴，造型美观，具有典型的乔治五世风格，其建筑宗旨是使入住的人感到最大限度的舒适、方便，以节省专业人员护理的需要。我们早已接管了这些形状各异的"大房子"（过去常这么称呼），并将其改造成公共食堂之类的场所。他们的厨房宽敞便利，对于六十多岁想过悠闲日子的老人来说，是个蛮不错的地方，于是那些房子就做了类似的公共用房。我们把雷德卡勋爵的宅邸和切克希利住宅都进行了类似的改造，老维罗尔太太曾是切克希利住宅一位能干并受人尊敬的女主人。的确，这些都是位于四镇和威尔士山间美丽而广阔的乡村里的上等住宅。在这些大宅周围一般都建有挺不错的附属建筑，如洗衣房、已婚仆人住房、马厩和奶牛房等，并且全都自然地掩映在树丛中。我们把这些地方全都改成住房，首先添了些帐篷和木制小屋，后来又建了些四边形的居民住宅。为了离母亲近一点，我住进了这些新社区建筑里的两间小屋，我们的社区差不多第一个占据了这些建筑。这里交通极为方便，我可以每天乘高速电气火车去克莱顿开会，去做秘书和统计工作。

我们是第一批步入正轨的现代化社区之一，这要感谢雷德卡勋爵的鼎力相助，他对家传祖屋与美丽自然的结合很有眼力。他建议开辟一条小小的弯路，使我们穿过了西部森林的山毛榉、欧洲蕨和风铃草，保留了公园令人愉快的野味。周围的环境有许多值得我们骄傲的理由。工人们搬出去时，遍布四镇工业谷的几乎所有社区都到这里来学习，研究居民广场和四边形房屋的建造。我们用四边形房屋取代了大宅和教堂附近牧师住宅之间的后街，他们也来学习我们所采取的符合社会需要的建筑方法。有人宣称要在我们的基础上加以改进。但他们不敢与我们灌木丛外的杜鹃花园竞争。

这些花园大约是五十多年前在雷德卡勋爵三世名下时设计

的。花园里有各类杜鹃花，阳光充足，地势优越；玉兰花苗壮成长，花满枝头；一些参天大树，掩映着各种紫红色和嫩黄色的玫瑰花；各种类型的鲜花和漂亮的针叶树，以及其他花园无与伦比的草地。由于长期绿树掩映，林间空地变成了艳绿色的草皮。到处可见篱笆，里面点缀着玫瑰。有的篱笆里长有球茎，有的长有樱草花、报春花和水仙花。母亲喜欢由后几种花构成的篱笆，还有那些数不尽的好似瞪着圆圆小眼睛的黄色、红棕色或紫色的花冠，这是其他花园无法比拟的。在斯卡福丁那一年的春天，她常常带着我选一个最佳位置，日复一日地坐在那儿赏花。

这除了给她留下舒适愉快的印象外，还给她一种满足感。过去她从不知道在这个世界上还有什么比愉快更美好的事情。

我们常会坐下来思考或聊天，无论是聊天还是沉默，彼此之间都有一种默契。

"天堂，"有一天她对我说，"天堂就是一座花园。"

我禁不住想捉弄她一下，"当然喽！那里有数不尽的珠宝，还有音乐。"

"像这些东西，"母亲想了一会儿，坚定地说，"我们大家都会有的，那是当然。但对我来说，那不可能成为天堂，宝贝儿。除非它是一座漂亮的、充满阳光的花园……我们都喜欢它，离它很近，又便于料理。"

你们这一代比我们更幸福，体会不到新时代初期的精彩和安全感，以及与旧石器时代对比所产生的影响。除了盛夏，每天早晨我都是天亮前起床，在飞速平稳的火车上用完早餐，然后冲出通往克莱顿·克雷斯特的隧道（或许正赶上日出），接着就像男人一样开始工作。既然除了煤、铁矿和黏土之外我们还感受到了家、学校及生活的温馨，既然有一千种碍事的"权利"和胆怯已经被扫除，那么我们就可以放心大胆地往前走，把这家企业与那家企业合并起来，抄近路穿过这块或那片向来就挡路、碍事的私有土地，通过联合或者分家，产生巨大的经济效益。这片山谷里不再上演一幕幕悲惨的人生悲剧，不再是一些简陋的、相互抵触的工业，一切都变得美好起来，但那是一种人力、机械和激情的、野性的、残酷的美。

有时母亲会深深地怀疑自己的晚年是否会是个梦。

"一个梦，"我常常说，"的确是一个梦，但与旧时代的噩梦相比，这是一个只差一步就会醒的梦。"

从我变化多姿的服装里她找到了巨大的安慰和保障。她喜欢时装。她曾宣称，这并不仅仅是服装的改变，虽然我的衣服确实长了两英寸，胸围也加宽了，体重也比二十三岁以前增加了四十二磅。我穿了一件柔软的棕色上衣，她摸着我的衣袖赞叹不已。像许多妇女一样，她对布料有极强的辨别力。

有时母亲会缅怀往事，不断地搓着那双粗糙且永远不能再变柔软的双手，告诉我许多从未听过的有关父亲的事和她早年的生活。让我觉得就像在书本里发现了一朵虽已枯萎但却仍旧散发着芳香的花。我意识到母亲也曾热恋过，早已逝去的父亲也曾扑在她的怀里动情地掉过眼泪。有时母亲也会试探性地用一些含蓄的话谈及内蒂，数落她的不是。

"她配不上你，宝贝儿。"她常会突然冒出这样一句话，让我去猜"她"指的是谁。"没有哪个男人值得一个女人去爱，"我答道，"也没有哪个女人值得男人去爱。我爱她，亲爱的妈妈，这一点你无法改变。"

"还有其他女孩子嘛！"她会若有所思地说。

"都不适合我，"我说，"没有。我当时没有开枪。我烧了自己的杂志。我不可能重新开始，妈妈，不可能从头开始。"

她叹了口气，再也没说什么。

还有一次她说（我想大概是这么说的）："我走后你会孤独的，宝贝儿。"

"那你就别想着走的事。"我说。

"哎，傻孩子！男大当婚，女大当嫁，这是天经地义的呀！"

我哑口无言。

"你想内蒂想得太多了，孩子。要是我能看到你与一个漂亮、善良的女孩结婚……"

"亲爱的妈妈，我会结婚的，或许哪天，谁能说得清呢？我可以等待。"

"但那跟女人没有关系！"

"我有我的朋友。别担心，妈妈。尽管一个人心中不再有爱，但在这世界上男人还有许多工作要做。内蒂过去是——现在和将来都是——我的生命，是我心中的女神。别以为我失去的太多了，妈妈。"

（因为我在内心告诉过自己，这事会有一个结果。）

有一次她突然冒出了一个问题，吓了我一跳。"他们现在在哪里？"她问。

"谁？"

"内蒂和他。"

她已经看透了我的心思。"我不知道。"我简短地答道。

她枯萎的手轻轻碰了一下我的手。

"这样最好，"她说，像在乞求，"的确，这样最好。"

她那苍老颤抖的声音一时间把我带回了19世纪，让我想起先前的主张，想起那些让我屈服认命的忠告，想起那些让我别得罪上帝的劝告，这些话总是在我心中激起一种反叛的精神。

"这正是我所怀疑的。"我说着，突然觉得无法再跟她谈论内蒂的事。我站起身来走开了，过了一会儿又回来了，双手捧着一束水仙花送给她，和她谈起别的事来。

但我并没有每天下午都和她一起度过。每当我思念内蒂心切时，就需要独处，出去走走或骑骑自行车。最近在学习骑马时我找到了一种新的乐趣和安慰，因为马早已迅速地尝到了巨变带来的好处。新世纪的第一年之后，任何地方都再也找不到虐待马的迹象了，拖、拉等这些重活都由机器操作，马已经变成了给人以快乐的宠物和旅游马车。我有时配上马鞍骑马，有时不用马鞍。

我发现当我极为忧郁时，剧烈的运动对我大有好处。骑马骑累了，我就到霍斯马登山外去和飞行员们一起练习飞行。但至少每隔一天我就和母亲在一起，算起来，三个下午中我有两个下午是和母亲一起度过的。

四

新时代之初，许多上了年纪的人染上了一种疾病，身体越来越虚弱，最后安乐地死去。母亲也不例外，根据当时的新风俗，安娜·里夫斯来照料她。安娜自己选择要来的，从偶然的会面中我们对她有了一些了解。在花园里她曾帮母亲做过事，千方百计给母亲帮忙。在世界风气最坏的时期，她们往往会沉着不惊，出淤泥而不染，安娜就是这样一个好姑娘。她坚定不移地我行我素，平平凡凡，不求回报，无私奉献。像女儿，像护士，又像忠诚的仆人。她比我整整大三岁。起初我并不觉得她长得漂亮。她个子不高，但长得很结实，肤色很好，头发略带红色，眉毛浓密，眼睛是红褐色的。她那双长满雀斑的手却乐于助人，说话声充满欢乐……一开始对我来说，她不过是一个穿着蓝上衣、系着白围裙，在老母亲的病榻前不知疲倦地侍候的善良女孩儿。她常常走到母亲床前问她需要什么，给她一些安慰，母亲也对她满意地微笑。不久，我就发现了她的美丽：她身材匀称，品质高尚，温柔可爱，嗓音悦耳，善解人意。我清楚地记得母亲曾用苍老枯瘦的手拍着她那强壮有力的手，然后沿着床罩滑下去的情景。

"我看她是个好姑娘，"有一天母亲说，"确实不错。女儿也不过如此罢了……我有过女儿，真的。"她静静地想了一会儿，"你姐姐早就死了。"她说。我从没听说我还有个姐姐。

"11月10号，"母亲回忆道，"当时她已有二十九个月零三天。我哭呀哭，那时你还没出生，宝贝儿。那是很久以前的事了，可我现在还记忆犹新。当时我还是个少妇，你爸爸对我非常体贴。我现在还记得她那双手，小小的，柔软可爱。亲爱的，听说医生是不会让婴儿死亡的。"

"不会的，妈妈，"我说，"我们现在生活好多了。"

"俱乐部的医生不能来看病。你爸爸去了两次，说是别人先付了定金，所以你爸爸只得又赶到斯瓦辛格利，那里的医生也不愿来，说是除非先交钱。你爸爸换了套体面点的衣服，身上一点钱也没有，甚至连回来坐车的费用都没有。家里有孩子生病，又请不来医生，这似乎太残忍了。我现在还常忍不住想，或许本来可以救活她，但在过去我们实在太穷了。那医生最终还是来了，却气急败坏地问为什么不早叫他，他生气是因为当时没有人向他解释原因。我恳求他，但一切都太晚了。"

母亲双眼噙着泪水，十分平静地讲述往事，就像在叙述一个梦。"现在我们这方面的技术越来越高了。"我说。听她用微弱的声音讲完这铁一般的事实，我心中既悔又恨。

"她会说话。"母亲接着说，"以她的年龄，算是说得很好了。她会说'河马'。"

"什么？"我问。

"'河马'，亲爱的。有一天当你爸爸给她看图片时，她口齿清楚地说……她会念祷文'我现在要躺下睡觉了'……我给她做短袜，都是用手编织的，孩子，脚跟最难织了。"

母亲闭上了眼睛，不再对我说话，而是自言自语。她悄声细语、含含糊糊地说了些事情，断断续续的句子，什么早已死去的鬼魂之类，话音越来越弱。

她睡着了。我站起来走出房间，但脑海里老是浮现出那从未听说过的姐姐的影子。她曾经那么可爱，充满活力，却过早地离开了人世。

当时我感到出奇的愤怒，为这无可挽回的损失，为这昙花一现的姐姐所遭受的痛苦。我在花园里来回踱着步，觉得花园的空间太小了，于是我走了出去，在荒野上徘徊。"过去的就让它过去吧！"我嚷道。我似乎一直能听到二十五年前母亲为病死的姐姐所发出的心碎的哭声。尽管新时期有那么多的变化，但传统的反叛精神还没从我的心完全消失。最后，我终于平静下来，觉得母亲并没把故事的整个经过告诉我，或许她无法对我们这种头脑的人讲这种事。无论如何，不管过去发生的事多么残忍，我们今天都有勇气、有力量、有爱心去战胜它。我们不会让历史重演，因为我们有能力去预防、阻止并挽救它。"过去的就让它过去吧！"在回家的路上，当我再次看到沐浴在夕阳下的罗切斯特老宅院的窗户时，无可奈何却又非常坚定地说："这种悲惨的事不可能再发生了。"

第三章

5月燃烧节和除夕

一

后来，母亲突然去世了，我为此深感震惊。当时的诊断很不精确。医生们当然都充分意识到普通医疗培训的缺点，并且正尽力弥补自己的不足，但他们还是知之甚少。有些医生检查她的病因时马虎了事，于是母亲病情恶化，开始发烧，身体垮了下去，很快就去世了。我不知道当时她接受了何种医疗措施，直到整个事情结束，我几乎都不知道发生了什么事。

当时我正为斯卡福丁5月举行的盛大的燃烧节一事忙得焦头烂额。这是所举行的十次大型垃圾焚烧中的第一次，标志着新时代的开始。如今的年轻人很难想象我们不得不处理的与日俱增的垃圾。要是没有专门的节日和专门的季节来处理垃圾，全世界就会永远弥漫着烟火味。把 5 月和 11 月定为燃烧垃圾这样一个古老的节日真是一个好主意。我们必须连名带义恢复"净化"这一古老的概念，把无数的伪劣产品、债券、契约和恶毒的记录投入火中烧掉。这种燃烧不会对发展有什么影响。人们一边围着火堆转，一边祈祷，这标志着一种新形式的更为明智的认同。一些仍能从传统信仰中获得安慰的人，也不请自来到这里祈祷。

我们必须清除、销毁的东西数不胜数。首当其冲的是几乎所有旧时代的建筑物。当彗星到来时，英格兰五千幢矗立的房屋中一幢也没留下。年复一年，当我们把房屋布置一新、跟上新社会的步伐时，我们废弃了越来越多布局不合理的古老住宅。那些房子结构呆板，缺乏想象力，缺少美感，既不舒适又不方便，还是 20 世纪初建造的。当然一些特别美观有趣的建筑还是保留下来了。我们不可能把实实在在的房屋拖入火中，但那些关不严实的门，吓人的纱窗，折磨用人的楼梯，黑乎乎的碗橱，糊破墙用的纸，沾满灰尘的脏地毯，设计丑陋却自以为不错的桌椅、抽屉和餐具柜，又旧又脏的书本和装饰品等都被烧了。我记得其中甚至有些是剥制成标本的小鸟或是刷上灰泥、包装极差的木制品，不过扔入火中却燃烧得出奇的旺。我已经尽力让你们对旧时代的家具、帕洛德的卧室、我母亲的房间和加布比塔先生的起居室有个印象，但是，谢天谢地！如今的生活中没见过谁搬运如此肮脏灰暗的家具。有件事值得一提。现在再也没有劣质煤，也没有像贫瘠突兀、布满灰尘的孤岩一样的公路。除了几千件非常特别、典雅的家具

（现有的一些家具模式就是从中发展起来的）外，我们烧毁了大部分私人建筑、所有木制品和全部家具，还有几乎全部的旧式服装、地毯和悬饰品，只剩下几套能耐心洗净的套装仍然留在博物馆里。

现在我怀着对旧式服装的极端恐惧写文章。他们的衣服除了偶尔刷刷表面外，穿一年多都不会清洗。衣服是黑的，所以也就不显得脏，其面料是毡制的，多孔，能吸纳灰尘等物。许多妇女也穿类似布料的裙子，裙子很长，极不方便，在有不少马匹的路上她们也非得拖着走不可。我可以自豪地说英国人都穿靴子（因为他们的腿部长得很丑，要用靴子来遮掩），但不可思议的是，把脚裹在真皮或人造皮靴里怎么受得了。在 19 世纪后期据说人们的体质明显下降（虽然有一半原因肯定与吃的劣质杂食有关）主要归因于这种廉价的普通鞋子。他们从不参加户外锻炼，因为他们把鞋穿破了，如果进行运动，靴子就会夹痛并且损伤脚。我已在前文提到过在我悲惨的青年时代，我的靴子所扮演的角色。因此当最后我接二连三地把满卡车的廉价靴子和鞋（斯瓦辛格利没有卖掉的存货）运到了格兰维勒高炉的顶端时，我有一种战胜了敌人后幸灾乐祸的胜利感。

"扑通！"燃烧节到来时，他们就把靴子扔进火堆里，到处都是鞋子燃烧的声音。再不会因为穿棕色的纸质靴而引起感冒，再不会因为愚蠢的造型使人长鸡眼，也再不会因为靴底的钉子使脚丫子倍受折磨。

我们在重新设计居住方案时，拆毁、烧掉了大部分公共建筑。剧院、银行、拥挤不堪的办公场所、工厂以及所有"呆板的复制品"，即那些哥特式小教堂及会议厅的傻里傻气的赝品，这些建筑都是用石头和灰浆砌墙，外表简陋，看上去极为普通，缺乏美感，没有创造力，看不出对生活的热爱。我们在前十年里就把这一切都毁掉了，接着又拆了火车站、路标、栅栏，毁了全部车辆、一个布局不合理的工厂和四处漏烟的有害设施，并用一整套蒸汽铁路系统去取代这些东西。要是在过去，或许半个世纪都只能维持现状，继续妨碍生活。接着我们还大修了栅栏、广告牌、招贴板、丑陋的车棚、所有皱巴巴的铁制品，以及涂了柏油的东西和所有天然气厂及汽油厂，清除了所有马车和马拉货车。我已经说得够多了，大家对早些年的篝火、火的旺弱情况、我们收拾残局的辛劳以及建筑工作情况或许有个大概的了解了。但这些都是造就世界火凤凰的根据地的粗劣材料。焚烧大量的契约、债券、账单等，这只是一些表面的、看得见的形式。我们还烧掉了许多既不新奇又不漂亮故不值得保存的勋章和制服，使火烧得更旺。与战争有关的所有标记、器材和物资（除少数真正令人感到光荣的纪念品）也被烧掉了。我们没收了无数旧时的战利品，假冒的、劣质的或不好的艺术品。一些为取悦受过一定教育的中产阶级而做的巨幅油画炫耀地陈设一阵子后也被弄走了。学校里的大理石被碾成了有用的石灰。一大堆呆头呆脑的雕塑、装饰用的陶器、窗帷、绣织品、粗制滥造的乐谱和低级的乐器也受到了同样的待遇。无数的书本和报纸也被扔到木材里当燃料。仅仅从斯瓦辛格利私人住宅（我个人认为，或许不太公正）就搜集了满满一四轮车廉价的、印刷低劣的各种版本的英国次要的经典作品。我之所以这么认为，是因为那些书大多枯燥无味，书内干干净净，极少有人翻阅。还有大约一货车脏乎乎的折了角的廉价小说，正是这些潮乎乎的书腐蚀了国民的思想。在我看来，似乎我们并不只是单纯在搜集这些书本报纸，不仅仅是收集纸张和印刷品，也是在聚集一些偏激的、片面的思想、懒惰的思维习惯，逃避责任等坏毛病。对我来说，把这些东西汇集起来之后，我们并没有满意，也没有幸灾乐祸。

我一直忙于清洁工作，以致忽略了（我本该注意到）母亲身体状况的细微变化。

真的，我还觉得她身体更健壮一点了呢。当时她有点脸红，话也多了一点。

燃烧节前夕，罗切斯特的检查工作结束了，于是我沿着山谷到斯瓦辛格利最边远处去帮助他们给库存物品分类，主要产品是模仿大理石生产的金属饰品。我发现那里没做什么清理工作。保姆安娜终于通过电话在那里找到了我，说母亲在我上午离家之后不久就猝然去世。

我顿时呆住了，简直不敢相信这是真的。其实这事十分明显，并且随时都可能发生，可一旦事情发生了，我却不知所措，好像从未有过思想准备似的。好一阵子，我才继续干活以麻痹自己，然后怀着沉重的心情回到了罗切斯特。

我到家时葬礼已经结束了。他们带我看了躺在白花丛中母亲的遗体。她脸色安详而苍白，非常平静，但我总觉得有点冷漠、严厉和陌生。

我独自走近母亲，走进那个安静的房间，在她身边久久地站立，然后坐下来陷入深思……

最后我终于奇怪地平静了下来，感到异常孤独。我走出房间，重新融入缤纷喧闹的世界，人们都喜笑颜开，正忙着为除旧迎新做最后的准备。

二

在我的记忆中，第一个 5 月燃烧节是我一生中最可怕、最孤独的夜晚。我脑子里还残留了一些片段，依稀记得感触颇深，不过其中的来龙去脉有些记不清了。我清晰地记得踏上罗切斯特大宅楼梯以及下楼时与安娜相遇时的情景（但我记不清我是怎样从母亲所躺的房间走到这个楼梯口的）。安娜听说我回来了，急着上楼来看我。我俩都停下脚步，紧紧握着彼此的手。她用女性惯用的方式盯着我的面孔，就这样过了几秒钟，我什么也说不出来，但却能感受到她的情绪波动。我回应着她紧握的手，然后放了下来，莫名其妙地犹豫了几秒钟后，继续往楼下走去，回到自己原先的思路上去。压根儿就没问自己，当时她会怎么想，会有什么感觉。我还记得那个灯光柔和的走廊和我机械地走向餐厅的情景。

我看到了一些小桌子，当时有个人走在我前面把门踢开，里面乱哄哄的，许多人大声说着话。我还记得那天我没有食欲，餐后我在屋前的草坪上散步。我记得独自到荒原去的目的，记得有人从我身边经过，对我说了些有关帽子的事，因为那天我出去时没戴帽子。我依稀记得我的身影被夕阳拉得很长，沐浴在夕阳下变成了金色。失去了内蒂和母亲，世界变得空虚，生活没有任何意义。内蒂这时已经重新回到了我的心中。我来到了荒原上，避开了堆满篝火的山顶，去寻求一块宁静的地方……

　　我清楚地记得自己坐在公园外的门边，公园坐落在山顶下的峰回路转处，从那里看不到比肯山的篝火，也看不到人群。我在那里欣赏落日，被余晖笼罩的金色大地和天空就像飘荡在地球上的小灯泡。后来，我伴着夕阳踏上一条无名小路，路两旁是高高的篱笆，到处飞着蝙蝠。

　　那天晚上我没有在室内睡觉。午夜时分我感觉饿了，就在通往伯明翰的路边小店里吃了点东西，那里离家有数英里远。我已本能地躲过了燃着篝火、围着人群的山顶。但这里人也很多，我不得不和另一个人共用一张桌子。那人有许多作废的契约和单据要烧，我心不在焉地和他谈着这方面的事。

　　很快，每个山顶都点起了一朵郁金香形的火花，形状又小又黑，到处都是，点缀成花瓣，其他地方都被浓浓的夜色所笼罩。虽然谈笑声和火的噼啪声混在一起，在我周围挥之不去，可我却东拐西弯，尽量避开他们。

我走到一块偏僻的草地上，找了一块凹地躺了下来，仰望着天上的星星。我藏在黑暗的夜色中，但嗖嗖的风声和燃烧节噼啪作响的火声，还有人们的谈笑祈祷声仍不时地传入我的耳中……

　　我想起了母亲，想起了新添的孤独与寂寞，接着又疯狂地想起了内蒂。

　　那天晚上我想了许多，主要是想巨变过后苏醒时满腹柔情的爱和对她的渴求。我需要她，她能使我雄心百倍，完成所有梦想。只要母亲还活在世上，她就能部分地占据我的心，给我精神支柱，慰藉我空虚的心灵，可是她却突然离我而去。在发生巨变的时代，许多人认为，人类的六扩张会消除人与人之间的爱，但事实上它却使爱更深厚，更丰富，更不可缺少。他们曾经以为，看见人们充满欢乐，热爱自己的同伴，愿意为同伴服务，就不再需要过去那种最美的、亲密无间的、互相信任的爱了。的确，如果说人们只为生存、物质生活而奋斗，也有道理。但如果说人们还有精神追求，那这种看法就错了。

　　事实上我们并没有摒弃个人的情爱，只是剥去了它华丽的包装、傲气、猜疑和一些唯利是图、尔虞我诈的因素，直到最后它占据了我们的整个脑海，闪闪发光，不可战胜。随着旧时代的时过境迁，这种爱只会越来越明显。每个人的内心世界都深藏着某些特定的人，一旦他们出现，就会带来快乐，他们的存在本身就是一种快乐。对他们的情人来说，他（她）独特的气质无论在何种场合出现都会达到完美和谐的境界，他（她）是生活中最重要、最基本的东西。没有他们，这复苏后缤纷的世界就像一匹披着华丽的马鞍却没有骑士的马，像一只没有鲜花的精美的花瓶，像一座没有戏剧上演的剧院……对我而言，5月燃烧节那个夜晚，很明显是内蒂，也只有内蒂唤起了我心中的柔情。可她却早已离去！是我把她赶走的！不知道她现在何方。我品德高尚，高尚得发傻，把她让给了别人，让她永远走出了我的世界！

我躺在夜色中，背朝天，回忆着这一切，呼唤着内蒂的名字，泪流满面。而人们却兴高采烈，川流不息。浓浓的烟雾袅袅上升，遮住了遥远的星空，红色的火苗摇曳不定，像是对新世界手舞足蹈。

不是！事实上巨变使我们摆脱了低级的情欲，从惯常机械的俗念和粗野的想象中解放出来。它没有消除个人情爱，并为我们带来生命之王——厄洛斯爱神。经过那漫长而痛苦的夜晚，本已心灰意冷的我向厄洛斯忏悔了一番，哭诉了心中难以平息的悔恨。

我记不清自己是什么时候起来的，也不知道半夜沿着山谷在火堆旁徘徊了多久，更不知道我是怎样避开欢笑喧闹的人群的。他们当时正三三两两回家打扫并装饰新家，准备迎接新生活。我只记得黎明时分，燃烧的灰烬不再飞舞，天边泛起鱼肚白（天色惨淡，我穿着夏天薄薄的衣服，在晨曦中瑟瑟发抖），我穿过一块田地，来到了一个长满浅蓝色风信子的灌木丛边。一种熟悉的感觉让我顿足，我站在那里，迷惑不解。于是我偏离小径，又走了几步，很快在脑海里浮现出一棵奇形怪状、枝丫伸入峡谷的大树。就是这个地方！我曾经就站在这里，把旧风筝放在那边，学着使用左轮手枪射击，就是那天我遇到了小维罗尔。

现在手枪和风筝都没了，神气和狂热的过去也一去不复返，残留的记忆日益枯萎，被卷入燃烧的火中烧掉了。最后我只好踏着灰烬，回到了亲爱的母亲曾经住过并在那里去世的那幢荒凉、寂静的大房子。

三

由于苦苦思念内莘却毫无结果，当我回到罗切斯特大房子时，已经精疲力竭了，根本没有心情去想摆在我面前的一切。

走进这座大房子，我再次感到死一样的平静，就像母亲僵硬的面孔一般，不禁悲从中来。我走进房间，一直坐在洞开的窗前的安娜站起身来迎接我，窗户是开着的，她在等我！我仔细观察才发现她脸色苍白。整个晚上她在屋内面对的是死人，屋外是燃烧节的篝火，她急切地盼我归来。我怔怔地站在她和床之间。

"威利。"她轻声唤我，眼睛和体态似乎流露出同情。

一种无形的力量把我们联系在一起。我母亲的面孔看上去坚定、严厉。我无助地转向安娜，就像小孩儿转向保姆。我把手搭在她强壮的肩膀上，她把我搂进怀里，我的心顿时要跳出来了。我无力地倒在她怀里，把脸埋在她的胸前，号啕大哭起来……

安娜热烈地拥着我，轻声对我说："有我在这儿，别哭！"

就像轻声抚慰一个孩子……突然她开始吻我，狂热地吻着我的脸颊和嘴唇，吻掉我嘴边的泪水。我也回吻着她。

突然我们停了下来，后退了几步，互相对望着。

四

挨上安娜嘴唇的一刹那，我对内蒂的苦苦思恋似乎一下子烟消云散了。我爱上了安娜。

我们一同到理事会——当时叫社区——去登记结婚，一年之内她就为我生了个儿子。我们非常恩爱，常在一起谈心，她成了我永远忠实的朋友。曾有一段时间，我们爱得天翻地覆。安娜一直都很爱我，让我对她充满浓浓的爱意和感激之情。每当我们相见，我们都紧握双手，四眼相望，表示亲切的问候。从我们结婚并坦诚相待的那一刻起，这种方式一直贯穿在我们的生活中。但没过多久，我对内蒂强烈的思念之情又悄然重升，似乎永远不会消失。

现在的人们不难理解这件事，但在过去那个罪恶的年代，这简直就不可思议。我本该忘却过去的情人，不让安娜知道这个秘密，让全世界都不知道这件事的真相。过去的观念总认为，只能有一种爱，但涉足爱河的我们对此十分费解。他们认为，一个男人只能属于一个女孩或女人，而她也只能属于一个男人，不能有例外，超越了这一点就被认为难以置信。他们制定了有关夫妻及

272

其所生孩子的制度，不允许他再发现其他女性的美丽可爱，不能对她产生兴趣。同样，她也不能倾心于其他男性。在过去，男人和女人成双成对地住在防御性的小房子里，与其他人分开，像野兽住在坑里。在这些所谓的"家"里，他们坐下来谈情说爱，但其实很快就注意到对方对自己的过分占有欲。所有的新鲜感都从他们的爱情、谈话中迅速消失，所有的自豪感也随着平凡的生活而消失。允许对方自由坦率地谈话就是不忠诚。我和安娜应该相爱，在旅行结婚之后分开生活，在公用餐桌上用餐，直到她生下孩子做了母亲，这似乎是为我们那无懈可击的忠诚续上一根紧绷的弦。而我内心仍恋着内蒂（她也用两种不同的方式分别爱着我和小维罗尔），这个事实已是违背传统习俗的典型。

在过去，爱情意味着残酷的占有。但是现在，安娜允许内蒂自由地留在我的记忆中，如一枝玫瑰花能够容忍百合花的出现。如果我听些她不喜欢的音乐，她会很高兴，因为她爱我，认为我应该听听她平时不大听的音乐。同时，她能认识到内蒂的美丽。现在的生活是丰富多彩、绚丽多姿的，它能给人以友谊和千姿百态的兴趣，给人提供帮助和安慰，没有人会限制其他人去充分展现全部的内在美。从一开始，内蒂就是我心中美丽的女神，她的身材和肤色都是神圣的象征，照亮了整个世界。对每个人来说，都有各自不同类型的脸庞、身段、姿态、声音和性格等，这些都难以解释，无法分析。这些特点在一群群善良友好的同伴及妇女身上体现出来。经过这种神秘的接触，大家对世界的认识就会加深。不接受这种解释就是拒绝太阳，使生活暗淡沉重……我爱内蒂，也爱所有与她有几分相像的女孩，如声音、眼睛、体形、微笑等。我和妻子生活幸福。伟大的女神、造物主阿佛洛狄忒爱神生活海洋的女王就是这样进入我的想象的。在已经发生变革的世界上，爱不是占有，我们并没有受到限制，因此所有人都友好、和谐地生活在这张金色的网中。

我常常想起内蒂，总是触景生情。优美的音乐，纯洁的色彩，所有动人漂亮的事物都会勾起我对她的思念。闪烁的星星和神秘的月光里似乎都有她的影子，我仿佛看到阳光洒在她的头发上，点缀得恰到好处，闪闪发光……突然有一天，我收到了她的来信。字迹依旧那样清秀，但一改往日的写信方式，使用新的语言表达法。她告诉我许多事情，她得知了我母亲逝世的消息，对我的思念与日俱增，所以只得打破我对她假装的沉默。我们开始通信，起初都克制自己，像普通朋友一样，接着我便强烈地希望再见她一面。我把这个愿望隐藏了一段时间，后来忍不住告诉了她。于是，弗尔年的元旦，内蒂来罗切斯特看我。五十年过去了，我对她来看我的情景依然记忆犹新。为了单独和她见面，我穿过公园去接她。那天上午没有风，晴空万里，有些寒冷，地上覆盖着一层白雪，所有的树都一动不动，树枝上点缀着闪闪发光的水晶玻璃般的霜花。初升的太阳给银白色的世界披上一层金色，我的心急剧地跳动着，激动异常。我现在还记得，那天太阳高高地挂在蔚蓝的天空上，地上白雪皑皑，我深爱的女人穿过白雪覆盖的静静的树林向我走来……

　　我曾把内蒂当作女神，现在却把她当作与我同类的人来看待！她穿着暖和却浑身发抖，眼含热泪地向我走来，她伸出双手，脸上挂着微笑，双唇颤抖，一步一步从我为她编织的梦中走了出来，带着歉意，也带着人类的善良。我握住她伸过来的手，手是冰凉的。她全身真的闪耀着女神般的光芒。对我来说，她就是寺庙中令人崇拜的爱神，真的。但是我能感觉到她生命的本质与活力，感受到她可爱的个性和双手。

后记
塔楼之窗

　　这篇故事的作者是位头发灰白却依旧神采奕奕的男士。早在故事一开始，我就深深地着迷，忘记了作者，忘记了他典雅的房间，也忘记了他住的那座高高的塔楼。但是，随着故事渐渐地接近尾声，我却重新产生了陌生的感觉。我越来越明显地感觉到，这种人道主义与我以前所知道的都不一样。这是虚构的，具有不同的风俗习惯、不同的信仰、不同的解释和不同的情感。这不单纯是彗星所带来的条件和制度方面的改变，这是心灵和思维的变化。从某种意义上来说，它使世界失去了人性，剥夺了人与人之间的怨恨，消除了强烈的嫉妒感，平息了异议，抹杀了幽默。最后，特别是在他母亲逝世之后，我对他的遭遇完全失去了同情。燃烧节的篝火烧掉了他内在的、依旧存在的东西，也烧掉了我心中未被征服的东西。特别是在内蒂回来后，这种意识更加强烈。我变得有些心不在焉，对他不再有任何感触，也不能完全理解他字里行间的真正含义。他的厄洛斯爱神！他和他所描绘、美化的那些人，都是既漂亮又高贵的，犹如巨幅画像中的伟人一样伟大，像神像一样尊贵。然而他们和现实生活中的人相距太遥远了。随着巨变的实现和认识的分歧越来越大，我越来越难读懂他的故事。

我放下最后一册，却碰到了他友好的眼神，这让我很难讨厌他。

我想问一个百思不得其解的问题，但又觉得这样做太唐突、太尴尬了。可对我来说，这件事似乎十分重要，非问不可："你们是否……"我终于开口说道，"你们曾经是恋人吗？"

他扬起眉毛说："当然是。"

"可你的妻子……"

很显然他没有明白我的意思。

我更加犹豫了，弄不清他是不是有点卑鄙。"可是，"我又开始问道，"你们仍然保持着情人关系吗？"

"是的。"我怀疑是否正确理解了他的意思，或者说他是否听懂了我的意思。我更加大胆地问了一句："难道内蒂没有其他恋人吗？"

"像她那样漂亮的女人怎么会没有呢？我不知道有多少人爱上了她的美貌，也不知道她在别人身上发现了些什么。但我们四个人从那时起就关系密切，你知道吗？我们是朋友，也是恋人，常常互相帮助。"

"四个人？"

"还有小维罗尔。"

我突然想到，在我心中涌动多日的想法既邪恶又卑鄙，我对旧世界古怪的猜疑和粗俗的嫉妒已然消失，我应该心胸开阔，于是说："你们共同营造了一个家。"

"一个家！"他盯着我。我不明白为什么，低头看着自己的双脚。这双靴子做工极差，看上去多么笨拙啊！我的衣服样式过时，色彩暗淡。站在这些体面完美的人中间，我是多么丢人现眼啊！一时间我产生了一种反叛的憎恶，恨不得立刻逃离这个地方，但这毕竟不是我的作风。我很想说点什么来挫挫他的锐气，用攻击性的指责来证实我的猜测，于是我抬起头。他仍站在那里。

"我忘了，"他说，"你还以为这是旧社会，还存有一个'家'的概念！"

他伸手轻轻开大窗户，我们的视野顿时开阔了，那个幻境中城市的景象展现在我的面前，有一刻钟我看得相当清晰。长廊、广阔的空间、结着金色果实的树林、清澈透明的流水、优美动听的音乐、欢乐情爱和美丽动人等有形和无形的东西永不停息地在这错综复杂的街道里奔流。这时再看附近的人，又直接又清晰，不再像映在头上的镜子中一样呈扭曲状。他们的确没有证明我的猜测是正确的，现在仍然没有！这些人跟我们在现实生活中见到的一样，只是他们已经改变了。我该怎样描述这个变化呢？像一个女人在她情人眼里的变化，又像一个女人被她情人的爱所改变了一样，都变得高贵了。

我从他身旁站起身来，往外看着。想到我的好奇心带来的不便以及由于道德差异引起的尴尬，我稍稍有点脸红，耳朵也有些发烧。他还是要比我高明一些。

"这就是我们的家。"他用深邃的目光看着我，微笑着说。

H.G. 威尔斯年表

1866 年 9 月 21 日，出生于伦敦肯特郡布罗姆利。

1874 年 进入布罗姆利学院读小学。

1880 年 在温莎一家布店做了一个月的学徒工。
在萨默塞特一所乡村学校担任很短一段时间的小学老师。

1881 年 在米德赫斯特给一名药剂师当学徒。
在米德赫斯特语法学校学习。
在南海镇一个布料市场当学徒。

1883 年 在米德赫斯特语法学校担任小学老师。
拓宽自学范围，开始广泛学习自然科学和政治经济学。
为参加全国理科考试做准备。

1884 年 进入伦敦肯辛顿科学师范学校（皇家科学院的前身）学习，主修由托马斯·赫胥黎授课的生物学和动物学。

1885 年 在夏季考试中获得一等荣誉，再次获得奖学金。

1886 年 很快对主课失去兴趣，而对文学和政治学兴趣倍增。
在威廉·莫里斯家里参加社会主义集会。
撰写有关社会主义的论文并向学校的辩论协会投稿。
创办《科学学派杂志》（*Science Schools Journal*）并担任主编（直至 1887 年 4 月）

1887 年 期末考试地质学不及格，失去奖学金，离开师范学校且未能获得学位。

在北威尔二的霍尔特学院任教。

在一场校园足球比赛中遭到撞击，造成肾破碎和肺出血，被迫从霍尔特学院辞职。

全身心投入写作。

1888 年　在伦敦的亨利豪斯学校任教。

《时空长河中的寻金羊毛者》（*The Chronic Argonauts*）在《科学学派杂志》上连载，这也是《时间机器》（*The Time Machine*）的部分初稿。

1890 年　通过伦敦大学的考试，被授予伦敦大学理学学士学位。

获得生物学一等荣誉和地质学二等荣誉。

被选为动物学协会会员。

被大学函授学院聘为生物学专业学生的助教。

1891 年　第一篇学术论文《独特之物的重新发现》（*The Rediscovery of the Unique*）刊登在《半月评》（*Fortnightly Review*）上。

1893 年　出版《生物学教程》（*Text-Book of Biology*），开始职业记者生涯。

肺出血复发，决定放弃教学工作，专攻写作。

开始在伦敦各类刊物上发表短篇故事、小说、剧评以及各类主题的文章。

1894 年　《国家观察家》（*National Observer*）刊登其七篇连载（3月至6月），后整编为作品《时间机器》。

1895 年　《时间机器》在《新评论》（*New Review*）上连载（1月至5月）。5月，海尼曼公司（Heinemann）将该书出版发行。

出版短篇小说集《与一位大叔的对话选段》（*Select Conversation with an Uncle*）和《失窃的细菌与其他事件》

（*The Stolen Bacillus and Other Incidents*）以及小说《神奇之旅》（*The Wonderful Visit*）。

1896 年　出版第二部科幻小说《莫罗博士岛》（*The Island of Dr. Moreau*）以及家庭小说《机会之轮》（*The Wheels of Chance*）。

1897 年　与阿诺德·本涅特开始了长达一生的通信。

出版《隐身人》（*The Invisible Man*）、《普拉特纳的故事和其他》（*The Plattner and Others*）、《三十个奇怪的故事》（*Thirty Strange Stories*）、《水晶蛋》（*The Crystal Egg*）、《星》（*The Star*）和《某些个人私事》（*Certain Personal Matters*）。

1898 年　见到亨利·詹姆斯、约瑟夫·康拉德、福特·马多克斯·休弗（后称为福特）以及史蒂芬·克雷恩。

出版《世界大战》（*The War of the Worlds*）。

1899 年　出版《昏睡百年》（*When the Sleeper Wakes*）和《时空传说》（*Tales of Space and Time*）。

1900 年　出版《爱情和鲁雅轩》（*Love and Mr. Lewisham*）。

1901 年　出版《月球上的第一批来客》（*The First Men in the Moon*）和社会学著作《预期》（*Anticipations*）。

1902 年　应邀在皇家科学研究所演讲。

出版小说《海上女王》（*The Sea Lady*）和非小说类作品《发现未来》（*The Discovery of the Future*）。

1903 年　加入社会主义团体费边社。

参加了名为"系数"的讨论组。

与乔治·萧伯纳、西德尼·韦博和碧翠斯·韦博兄妹以及弗农·李成为好友。

出版《十二个故事和一场梦》（*Twelve Stories and a*

Dream）和非小说类作品《制造人类》（*Mankind in the Making*）。

1904 年　出版科幻小说《神食》（*The Food of the Gods and How It Came to Earth*）。

1905 年　出版小说《现代乌托邦》（*A Modern Utopia*）和《基普斯》（*Kipps*）。

1906 年　赴美国巡回演讲，见到西奥多·罗斯福、马克西姆·高尔基和布克·T. 华盛顿。
　　　　出版科幻小说《彗星来临》（*In the Days of the Comet*）以及非小说类作品《美国的未来》（*The Future in America*）、《社会主义与家庭》（*Socialism and theFamily*）。

1908 年　与萧伯纳和韦博兄妹产生分歧并因此离开费边社。
　　　　出版科幻小说《大空战》（*The War in the Air*）以及非小说类作品《新世界》（*New Worlds for Old*）、《一劳永逸的事物》（*First and Last Things*）。

1909 年　出版小说《托诺·邦盖》（*Tono-Bungay*）、《安·维罗妮卡》（*Ann Veronica*）。

1910 年　出版《波利先生的故事》（*The History of Mr. Polly*）。

1911 年　出版短篇小说集《盲人乡及其他故事》（*The Country of the Blind and Other Stories*）、《墙上之门及其他故事》（*The Door in the Wall and Other Stories*）、小说《新马基雅维利》（*The New Machiavelli*）和非小说类作品《地面游戏》（*Floor Games*）。

1912 年　出版小说《婚姻》（*Marriage*）和非小说类作品《伟大的国家》（*The Great State*）、《威尔斯的伟大思想》（*Great Thoughts From H. G. Wells*）、《威尔斯的思想》（*Thoughts From H. G. Wells*）。

1913 年　出版小说《感情热烈的朋友》（*The Passionate Friends*）和非小说类作品《小型战争》（*Little Wars*）。

1914 年　访问俄国。

出版小说《获得自由的世界》（*The World Set Free*）和《哈曼先生的妻子》（*The Wife of Sir Isaac Harman*）以及非小说类作品《一个英国人看世界》（*An Englishman Looks at the World*）、《结束战争的战争》（*The War That Will End War*）。

1915 年　出版小说《比尔比》（*Bealby*）、《辉煌的研究》（*The Research Magnificent*）以及非小说类作品《世界的和平》（*The Peace of the World*）、《战争与社会主义》（*The War and Socialism*）。

1916 年　出版以第一次世界大战为主题的小说《布特林先生看穿了它》（*Mr. Britling Sees It Through*）以及非小说类作品《世界将要发生什么？》（*What Is Coming?*）和《重建的要素》（*The Elements of Reconstruction*）。

1917 年　暂短的宗教信仰经历促成了小说《一位主教的心灵》（*The Soul of a Bishop*）和非小说类作品《上帝是看不见的王》（*God the Invisible King*）的出版。

1918 年　受聘于英国信息部，从事战争宣传工作。

加入国际联盟筹建委员会。

出版《第四年：展望世界和平》（*In the Fourth Year: Anticipations of World Peace*）和《英国民族主义与国际联盟》（*British Nationalism and the League of Nations*）。

1919 年　出版小说《不灭的火焰》（*The Undying Fire*）。

1920 年　出访俄国，见到列宁、托洛茨基、高尔基、莫拉·巴德勃格。

出版《阴影下的俄国》（*Russia in the Shadows*）以及广受好评的畅销书《世界史纲》（*Outline of History*）。

1921 年　访问美国，参加在华盛顿召开的世界裁军大会。

出版《新历史教学》（*The New Teaching of History*）。

1922 年　出版《世界简史》（*A Short History of the World*）和《世界史纲》（*Outline of History*）修订版。

出版《华盛顿与和平的希望》（*Washington and the Hope of Peace*）以及小说《心脏的密所》（*The Secret Places of the Heart*）。

加入劳工党，竞选国会议员失败。

1923 年　竞选国会议员再次失败。

出版小说《神秘世界的人》（*Men Like Gods*）和《梦想》（*The Dream*）、非小说类作品《社会主义与科学动机》（*Socialism and the Scientific Motive*）、《劳工的教育理想》（*The Labour Ideal of Education*）以及传记《一个伟大校长的故事》（*The Story of a Great Schoolmaster*）。

1924 年　《大西洋月刊》（*The Atlantic*）出版《威尔斯作品集》（*The Works of H. G. Wells*）。

1925 年　出版小说《克里斯蒂娜·阿尔贝塔的父亲》（*Christina Alberta's Father*）和非小说类作品《世界事务预测》（*Forecast of the World's Affairs*）。

1926 年　与天主教作家希莱尔·贝洛克就《世界史纲》（*Outline of History*）发生争论。

出版小说《威廉·克里索尔德的世界》（*The World of William Clissold*）。

1927 年　出版《威尔斯短篇小说集》（*The Short Stories of H. G. Wells*）以及小说《与此同时》（*Meanwhile*）和非小说类作品《遭到修正的民主》（*Democracy under Revision*）。

1928 年　　出版《凯瑟琳·威尔斯之书》（*The Book of Catherine Wells*）。

　　　　　出版小说《布莱沃锡先生在兰波岛》（*Mr. Blettworthy on Rampole Island*）以及非小说类作品《世界的走向》（*The Way the World is Going*）、《公开的密谋》（*The Open Conspiracy*）。

1929 年　　在德国议会发表演讲，演讲内容被整理成《世界和平的共识》（*The Common-Sense of World Peace*）并出版。

　　　　　出版了电影剧本《曾是国王的国王》（*The King Who Was a King*）和儿童读物《托米历险记》（*The Adventures of Tommy*）。

1930 年　　与其儿子 G.P. 威尔斯以及朱利安·赫胥黎共同出版教科书《生命的科学》（*The Science of Life*）。

　　　　　出版小说《帕尔厄姆先生的独裁》（*The Autocracy of Mr. Parham*）和非小说类作品《通往世界和平之路》（*The Way to World Peace*）。

1932 年　　出版小说《伯尔平顿沦落记》（*The Bulpington of Blup*）、教科书《劳动、财富与人类的幸福》（*The Work, Wealth, and Happiness of Mankind*）和非小说类作品《民主之后》（*After Democracy*）。

1933 年　　出版《科幻小说集》（*Scientific Romances*），收录了其七部最受欢迎的作品。

　　　　　出版小说《未来世界》（*The Shape of Things to Come*）。
　　　　　担任国际笔会主席。

1934 年　　出访苏联和美国，见到约瑟夫·斯大林和富兰克林·罗斯福。

　　　　　出版《威尔斯自传》（*Experiment in Autobiography*）。

1935 年　与导演亚历山大·柯达合作，制作电影版《未来世界》（*The Shape of Things to Come*），1936 年以《笃定发生》（*Things to Come*）之名发行上映。

1936 年　出版非小说类作品《剖析挫折》（*The Anatomy of Frustration*）和《世界百科全书的设想》（*The Idea of a World Encyclopedia*），小说《槌球手》（*The Croquet Player*）和剧本《创造奇迹的人》（*The Man Who Could Work Miracles*）。

1937 年　担任英国科学促进会 L 分会主席。
　　　　出版小说《新人来自火星》（*Star Begotten*）、《布林希尔德》（*Brynhild*）、《剑津之旅》（*The Camford Visitation*）。

1938 年　出版小说《兄弟》（*The Brothers*）、《关于多洛雷斯》（*Apropos of Dolores*）和非小说类作品《世界的大脑》（*World Brain*）。
　　　　开始澳大利亚巡回演讲之旅。

1939 年　出版小说《神圣的恐惧》（*The Holy Terror*）和非小说类作品《一位共和激进分子的寻找激流之旅》（*Travels of a Republican Radical in Search of Hot Water*）、《人类的命运》（*The Fate of Homo Sapiens*）、《新世界秩序》（*The New World Order*）。

1940 年　赴美进行巡回演讲。
　　　　出版非小说类作品《人的权利》（*The Rights of Man*）、《战争与和平的共识》（*The Common Sense of War and Peace*）、《两个半球还是一个世界？》（*Two Hemispheres or One World?*），以及小说《黑暗树林中的婴孩》（*Babes in the Darkling Wood*）、《驶向阿勒山》（*All Aboard for Ararat*）。

1941 年　出版最后一部小说《小心驶得万年船》（*You Can't Be Too Careful*）以及另一部作品《新世界指南》（*Guide to the New World*）。

1942 年　出版《科学与世界思想》（*Science and the World Mind*）、《征服时间》（*The Conquest of Time*）和《菲尼克斯》（*Phoenix*）。

　　　　发表题为《论幻觉在高等后生动物个体生命延续中的特质 —— 兼论智人类》（*On the Quality of Illusion in the Continuity of Individual Life in the Higher Metazoa, with Particular Reference to the Species Homo Sapiens*）的动物学博士论文。

1943 年　被授予博士学位。

　　　　出版《克鲁克斯·安萨塔》（*Crux Ansata*）。

1944 年　出版 1942—1944 年的论文集。

1945 年　出版最后两部书《穷途末路的心灵》（*Mind at the End of Its Tether*）和《快乐的转折》（*The Happy Turning*）。

1946 年　8 月 13 日，在伦敦的家中去世。